DORIS WIRTH

Findet mich

DORIS WIRTH

Findet mich

ROMAN

Geparden Verlag

Dieser Roman wurde durch einen Werkbeitrag der Stadt Zürich gefördert.

Stadt Zürich
Kultur

Doris Wirth
Findet mich

Lektorat: Anne Wieser
Gestaltung und Satz: Nadja Zela
Umschlaggestaltung unter Verwendung
eines Fotos von Miklós Klaus Rózsa.

www.gepardenverlag.ch

Druck und Bindung:
Gyomai Kner, Gyomaendrőd
Printed in Hungary
ISBN 978-3-907406-11-3
2. Auflage 2024

Für meine Eltern

Ich dachte immer, dass ich aus der normalsten Familie der Welt komme. Mein Vater heißt Erwin, meine Mutter Maria. Mein Bruder heißt Lukas. Ich heiße Florence.

Die Welt, in die ich geboren werde, besteht aus Spannteppichen: einem roten in meinem Zimmer und einem orangen im Flur. Der Wohnzimmerteppich ist beige. Der Küchenboden blau mit weißen wolkenschlierenartigen Einsprengseln. Wir verschütten den Sirup punktgenau dann, wenn meine Mutter frisch gewischt hat. Sie konstatiert es mit einem Hauch Dramatik, Mamma mia, nicht schon wieder, und ihre Augen verdrehen sich, ehe sie sich den Lappen schnappt und uns zulächelt.

Wir frühstücken Weißbrot mit Butter und Marmelade, meine Eltern trinken Filterkaffee, wir Ovomaltine. Manchmal entdecke ich mein Gesicht verzerrt im glänzenden Satz der Tasse und freue ich mich darüber. Ich schaffe es, die Tasse am Mund angesaugt zu lassen und sie nur mit dem Vakuum, ohne Hände, zu halten. Mein Bruder kann auf Befehl rülpsen.

Den Reis und die Nudeln lagert meine Mutter in beschrifteten Tupperware-Dosen. Konserven holen wir aus dem Wandschrank im Schlafzimmer. Dort steht auch das Sturmgewehr meines Vaters, das er wie alle Schweizer Soldaten zu Hause verwahrt. Manchmal stelle ich mir vor, wie er Einbrecher mit dem Gewehr verjagt. Das gibt mir die Sicherheit, die ich brauche, um einschlafen zu können.

Abends trinkt mein Vater ein Bier und meine Mutter

öffnet vor dem Fernseher eine Tafel Schokolade (meistens ist am nächsten Morgen nichts mehr davon übrig).

Meine Mutter ist für mich: Wärme, Verständnis, die haselnussbraunen Augen innig, die dauergewellten Haare hart vom Haarspray (ich erinnere, wie sie sich an meinen Fußsohlen anfühlen, wenn ich die Füße auf ihren Kopf beim Fiebermessen ablege), ihre Haut warm und weich und braungebrannt, wenn sie mich wiegt, mich durch die Wellen trägt im Meer, meine Welt an Land begrenzt durch ihren großen Fuß, der sich im Sand vor mir auftürmt, rau und weiß an den Sohlen, wie ein guter Wächter.

Mein Vater ist für mich: eine breite Stirn, an der ich mich festhalte, wenn ich auf seinen Schultern reite, starke Beine, an denen ich hochklettern darf, wenn er nach Hause kommt, und zwischen denen ich Ski fahren lerne, er ist ein großer Kopf mit Brille, der so viel weiß und den ich alles fragen kann. Er ist der, der alle zum Lachen bringt und er ist der, der schimpft, wenn etwas zu weit geht.

Und mein Bruder: Nun, er war immer schon da. Mit ihm spiele ich, mit ihm zanke ich mich, mit ihm füßle ich unter dem Küchentisch, bis wieder etwas auskippt, ihm eifere ich nach, denn er kann, was ich noch nicht kann.

Im Flur hängt ein Foto von uns: wir vor einem Torbogen, um uns ranken sich Rosen. Ich lehne zwischen den Beinen meiner Mutter, die in Wanderhosen und roten Socken stecken. Ihre Hände ruhen auf meinen Schultern. Mein Bruder blinzelt ins Sonnenlicht. Mein Vater hat einen Arm um ihn gelegt, den anderen um Mama. In seinem Mund klemmt die Pfeife. Man sieht seine Grübchen.

Es ist das einzige Bild von uns in der Wohnung im vierten Stock des Wohnblocks, vor dem zwei Tannen in den oft milchigen Himmel stechen. Es kommen keine weiteren Aufnahmen dazu. Keine von uns, wie wir größer werden, keine von unseren Urlauben und kleinen Fluchten, keine von meinen Eltern, bevor es uns gab. Ich bewundere manchmal die Fotowand bei meiner Tante: Da hängen Fotos aller Kinder von Jahr zu Jahr, und es gibt ein Bild von ihr und ihrem Mann als junge Menschen, sonnenbebrillt an einen VW-Käfer gelehnt. Mir scheint, sie haben Wildes erlebt.

Wir hingegen, unter den Rosen, sind hinter Glas konserviert. Ich hätte nicht geglaubt, dass wir jemals aus dem Rahmen fallen würden.

*

1804 wurde mein Ururgroßvater geboren. Jacob Rüegg. Der heiratete die Margaretha Maag, die ihm zehn Kinder gebar. Zwei Kinder heirateten, das dritte starb mit vierzig ledig, das vierte, Hans Jacob, wurde nicht älter als ein Jahr. Das fünfte blieb sein Leben lang im Elternhaus. Das sechste erlag der Grippe. Das siebte wurde wieder nach dem Vater benannt. Dann kamen die Kinder im Zweijahresabstand: Junge, Mädchen, Junge. Keines überlebte das Kleinkindalter.

Hans Jacob Rüegg, der Siebtgeborene, heiratete 1870 die Barbara Kobalt und übernahm deren Hof. Er lag auf einer Anhöhe. Die Felder waren abschüssig. Der Platz dem Wind ausgesetzt. Sechs von sieben Kindern erreichten das Erwachsenenalter. Der Älteste führte den Hof weiter. Die anderen heirateten und kamen so an einen Betrieb. Auch Rudolf, mein Urgroßvater, weibte sich ein: bei Elisabetha, der Tochter vom Schmied. Durch die Hochzeit kam er an fünf Hektar Land und sieben Hektar Wald.

Als sie sich an einem sonnigen Märzentag das Ja-Wort gaben, zeichnete sich unter Elisabethas Spitzenkleid der Bauch ab. Das Kind kam Mitte August auf die Welt. Nach fünfzehn Tagen lag es leblos in der Wiege. Elisabetha trug es allein zu Grabe. Zeit zum Trauern blieb ihr nicht. Sie war die Einzige, die melken konnte. Bei späteren Geburten entband sie morgens und hockte abends unter dem Euter. Rudolf brütete ständig über seinen Ideen zur Verbesserung der Landwirtschaft.

Dem zweiten Kind der beiden war mehr Glück beschert. Es würde die Augen erst kurz vor seinem hundertsten Geburtstag für immer schließen. Das dritte hieß Margaretha. Ein gutes Jahr darauf folgte Rudolf. 1917 wurde Kaspar geboren. Über ihn schweigt sich die Familie aus. Und auch im Dorf schweigt man. Nur um sein Haus wurde ein Bogen gemacht. »Da drin ist Schlimmes passiert«, sagte man den Kindern. Im Sterberegister lautet sein Eintrag: 24. Juli 1941. Am selben Tag endet auch das Leben seiner Frau Rosa und des gemeinsamen Kindes Barblina.

Das fünfte, Otto, hatte eine Mittelohrentzündung, Eiter tropfte ihm aus dem Ohr. Seither hörte es nichts mehr. Und redete auch nicht. Otto saß in einer Ecke und stierte vor sich hin.

Der jüngste Sohn war Werner. Mein Großvater. In seinem Geburtsjahr erwarben zwei Familien einen Traktor. Drei Jahre später kaufte sich der Landamman als erster im Tal ein Automobil.

Auch Rudolf Rüegg, mein Urgroßvater, wollte zu Geld kommen. Jahr für Jahr versuchte er es. Und Jahr für Jahr kam der Viehhändler, ließ sich nicht hereinlegen und führte ihm die schönste Kuh aus dem Stall. Wer schuftete, Tag und Nacht, war Elisabetha. Sie war jetzt achtunddreißig und kommandierte Haus und Hof. Der kleine Werner wurde nebenbei groß. Die Schwestern spielten mit ihm Mutter und Kind, sangen und trösteten, wenn er weinte.

Als Werner neun war, heiratete Margaretha. Sie hatte sich den Ernst Schütz geschnappt, den zweiten Automobilbesitzer im Dorf. Das Auto war es ihr wert, gegen die alte Familienfehde zu verstoßen. Ihr Vater weigerte sich, die Tochter zum Altar zu führen. Es war Werner verboten, die Schwester zu besuchen. Manchmal schlich sich der Bub an der Kirche vorbei und schlüpfte durch den Kücheneingang. »Werner, mach, dass du wegkommst!«, begrüßte ihn die Schwester. Er lugte in die Töpfe und leckte weiße Sauce von der Kelle.

Die Fußstapfen des Bruders, der das Tal verließ, um Oberturner zu werden und eine Stelle in einem Optikunternehmen anzutreten, waren zu groß für Werner. Er blieb zurück im Dorf. Den Hof wollte er nicht übernehmen. Für einen neuen Traktor hätte ihm der Vater jederzeit Geld gegeben. Nicht aber für die Ausbildung.

Er machte eine Lehre als Landmaschinenmechaniker. Tag für Tag fuhr er die zwanzig Kilometer mit dem Fahrrad. Auch bei Regen. Und im Schnee. Vor der Lehrabschlussprüfung nahm sein Vater ihn beiseite: »Hoffentlich bestehst du die Prüfung nicht. Dann wird ein rechter Bauer aus dir.« Doch den Gefallen tat Werner ihm nicht.

Er arbeitete, zog ins Welschland und genoss das Leben, bis sein großer Bruder ihm ins Gewissen redete. Da kam er zurück, wurde Ingenieur und später Abteilungsleiter einer großen Baufirma. Die Stallstiefel trug er nicht mehr, dafür Jackett und Melone, um sein früh ausfallendes Haar zu bedecken. Er war schon fast dreißig, als er seine Anzüge aus der Chemischen Reinigung holte und da seiner Zukünftigen begegnete.

»Ein Topolino?« Meine Großmutter klatschte in die Hände und lachte übermütig. Werner nahm Claire mit auf eine Spritztour. Ein knappes Jahr nach der Hochzeit, einen Monat früher als erwartet, als Werner noch auf Geschäftsreise war, lag Claire in den Wehen. Blau im Gesicht, die Nabelschnur um den Hals gewickelt, erblickte ein Kind das Licht der Welt: Mein Vater. Erwin.

I

Wahllos greift er nach Klamotten, die gebügelt im Spiegelschrank liegen, und wirft sie in die Reisetasche. Es spielt keine Rolle, was er einpackt. Hemden nützen dir nichts in der freien Wildbahn. Da, wo er wieder nur noch Körper ist, so wie er auf die Welt kam: nackt und roh und hungrig. Ein Pullover tut es, ein Stück Stoff. Ein Lendenschurz oder nicht mal das.

Es ist ein Spiel, das er schon immer mal spielen wollte: Finding me. Auf und davon. Alles zurücklassen, was ihn bisher ausmachte. Haus, Herd, Dienstgrad. Krawatte, Anzug, Feierabendbier. Irgendeiner sein. Einer von vielen. Keiner kennt ihn, keiner nagelt ihn fest. Er öffnet die Luke zum Dachstock und klettert hoch. Er niest, sein ganzer Körper erbebt. Untertauchen will er. In eine Zwischenzone. Vielleicht legt er sich einen neuen Namen zu. Färbt sich die Haare. Tauscht die Klamotten. Er wird Hinweise schicken. Eine Spur, die sie verfolgen können, wenn sie schlau genug sind. Nur, dass er schneller sein wird. Glauben sie sich dicht auf seinen Fersen, ist er längst über alle Berge.

Konzentriert schaut er sich um. Wo verbirgt sich das Zelt? Seine Finger verfangen sich in einer Spinnwebe. Er pustet sie weg.

Er steigt über ein Snowboard, bleibt mit der Fußspitze hängen. Fängt sich auf, flucht. Warum liegt da so viel Krempel, der ihm nicht gehört? Ist er eine Abstellkammer? Er öffnet Kiste um Kiste. Eine alte Stabpuppe schaut ihn an, das Kleid aus Jute. Mit spitzen Fingern zupft er eine Larve aus dem Stück Stoff. Das Tier ist längst geschlüpft, nur die Puppe schnippt er weg. Welche Insekten sind eigentlich essbar? Muss er wissen, wenn er ohne Geld unterwegs sein will. Google weiß es. Oder vielleicht findet er ja ein altes Lexikon. Ein Buch des Wissens, zerfleddert, das ihn begleitet.

Ganz hinten wird er endlich fündig. Na also. Der Ärger verfliegt, als er daran denkt, dass es jetzt los geht. Er lässt das Zelt die Leiter hinabgleiten. Dumpf schlägt es auf dem Teppich auf. Und wo ist seine Gamelle? Das praktische Kochgeschirr aus dem Aktivdienst? Er äugt in Plastiktüten, zieht Schubladen auf, dicke Umschläge beschriftet mit Jahreszahlen leuchten ihm entgegen. Hier muss sie doch irgendwo sein, er gräbt sich vor, wühlt, Fotos wirbeln durch die Luft, Kinder mit rotverschmiertem Spaghettimund. Wo ist sie?

Endlich taucht die Gamelle auf. Wie einen Pokal trägt er sie vom Dachboden. Auch Anzündwürfel steckt er ein. Ein bisschen Nachhelfen ist erlaubt, die Errungenschaften der Moderne nutzen. Er ist ja nicht Indiana Jones! Die Treppen hinab läuft er in die Küche. Und wieder hoch ins Badezimmer. Vor dem Spiegelschrank überlegt er kurz, doch das ist alles überflüssig. Wasser vom Bach und seine Hände. Auch die Rasierklinge kann ihm gestohlen bleiben.

Er pfeift, als er sein Bündel über die Schwelle trägt. Darin verschnürt: Bohnen in Büchsen, Sauerkraut im Glas, schwarze Schokolade und Haferflocken. In der anderen Hand die Reisetasche. Der Feldstecher wäre keine schlechte Idee, doch jetzt geht er nicht noch einmal zurück. Zurückgehen bringt Unglück, hat sein früherer Chef immer gesagt.

Er dreht auch nicht den Kopf, als er den kurzen Plattenweg verlässt. Nichts, was er sich einprägen will, kein letztes Bild. Als ein Nachbar ihm zuwinkt und ruft, wohin die Reise gehe, grinst er nur. »Immer der Nase nach«, sagt er gutgelaunt und nochmals: »Immer der Nase nach.«

Der Toyota erwartet ihn schon. »Hallo Brauner«, raunt er ihm zu, »gleich darfst du zeigen, was du kannst.« Dass der Kofferraum stabil gepackt ist, darauf gibt er acht. Auch jetzt. Es soll beim Fahren nicht ruckeln, nichts auslaufen, nur gute Überraschungen will er auf seiner Reise. Er stellt den Sitz ein, wie immer, wenn er im Auto Platz nimmt. Seine Beine kribbeln vor Vorfreude. Er dreht den Schlüssel und lässt die Kupplung schleifen, spürt, wie der Wagen ihm gehorcht. Langsam, unendlich langsam, ziehen die Blumen der Nachbarin vorüber. Der Feuerbusch leuchtet. Nein, er glüht. Er kann die große Straße kaum erwarten. Gas geben und in die Welt hinein. Er atmet, er stößt fast an die Decke. Ist das Auto geschrumpft? Er fühlt die Begrenzung direkt über seinen Haaren, an den Ellbogen die Scheibe. Endlich die Straße. Los jetzt. Weite dich. Fließ voran.

Der Motor schnurrt, doch ihm ist, als ob er selbst das Auto vorantreibe. Er vibriert und der Toyota mit ihm. Jetzt bricht er in lautes Lachen aus.

Er weiß nicht, ob eine halbe Stunde vergangen ist oder nur zehn Minuten. Der Braune rollt dahin. Bald macht er Halt in einer Kneipe und trinkt eine kalte Ovomaltine. Er stürzt sie hinunter. Trinkgeld gibt er reichlich. Ein erster Hinweis. Vielleicht wird man sich an ihn erinnern. Ein Mann mittleren Alters, breites Lachen, brauner Toyota, würde die Kellnerin sagen. Aber wieso sollten sie genau hier nach ihm suchen? Er muss gezieltere Zeichen hinterlassen. Sicherheitshalber schreibt er sich den Namen des Gasthauses auf. Noch ist es zu früh. Einen kleinen Vorsprung will er sich gewähren.

Er fährt über Land. Fährt und fährt in Richtung Stadt. Niemand wartet, nichts drängt. Wenn er will, kann er im Wagen schlafen. Oder auf einer Wiese unterm Sternenhimmel. Kurz bevor er in die Stadt hineinfährt, überlegt er es sich anders. Wenn er weiter auf der Strecke bleibt, kommt er in ein Dorf, das er kennt. Hier hat er als Kind manchmal seine Ferien verbracht. Er braucht kein Navi, um den Weg zu finden. Er weiß, dass hinter den Rapsfeldern der Abhang kommt. Er pfeift vor sich hin, als er die Senke hinabbraust und im Augenwinkel einen Traktor erspäht.

Vorbei an der Holzfabrik, vorbei an der Kapelle, hält er direkt auf den Gasthof zu.

Dort setzt er sich auf die Terrasse unter einen Sonnenschirm und lässt sich ein großes Bier bringen. Was hat er Durst! Ein helles, mildes Bier, aber nicht süßlich, genau richtig für einen Sommertag wie diesen. Er schlürft und atmet hörbar aus. Die Bedienung heißt Edith. Dass er geduzt wird, gefällt ihm. Er lässt durchblicken, dass er den Gasthof von Kindsbeinen an kennt. Edith lächelt ihn an. Als sie wissen will, wie er denn heiße, sagt er: »Toto, ich heiße Toto.« Doch sie sei zu jung, um sich an ihn zu erinnern. Sie lacht hell auf und lässt die Schmeichelei stehen.

Die Mittagszeit ist um und noch immer ist die Terrasse randvoll. Ob all die Leute frei haben? Woher nehmen die sich die Zeit für das schöne Leben? Kurz spürt er wieder Wut. Im Bauch spürt er sie, wo es krampft und drückt. Doch das Bier besänftigt. Er trinkt es in großen Schlucken. Jetzt ist auch er hier. Und tut nichts. Tut keinem was. Und muss nichts. Muss niemand sein. Was muss es ihn kratzen. Schöner ist es, in Gesellschaft zu trinken. Er hebt das Glas und prostet dem Nebentisch zu. »Auf das schöne Leben«, sagt er und die Biker antworten: »Jawohl! Und auf uns Männer!« Dann zahlt er und steht auf.

Jetzt will Toto zum See, der eher nur ein Tümpel ist. Trotz der Hitze ist niemand hier. Sein Geheimplatz wie früher. Nur ein paar Enten schnattern. Vor dem Wagen schlüpft er aus seinen Klamotten. Dann watet er durch den sumpfigen Untergrund. Er spürt die Sonne auf seiner Haut und einen leichten Wind, bis das Wasser seine Hüften erreicht. Mit einem Jauchzer lässt er sich fallen. Der Teich umhüllt und kühlt seinen Leib. Nimmt ihn ganz in sich auf. Er hat kein Gewicht mehr, er schwebt. Nun ist auch der Kopf unter Wasser, zehn Züge schwimmt er mit offenen Augen. Das Wasser ist grün und trüb. Er spürt die Luft in seinen Lungen. Wie viel Kraft in seinen Armen steckt! In seinem ganzen Körper! Tauchen kann er. Schwimmen kann er. Jetzt ist er wieder da. Endlich ganz da.

Als er doch auf Zürich zuhält, ist es später Nachmittag. Hunger verspürt er keinen. Er parkt den Wagen, geht ziellos durch die Straßen, bis er sich vor einem Antiquariat wiederfindet. Im kleinen Laden ist es dunkel. Es ist die Art von Geschäften, die das ganze Jahr über nach Winter aussehen. Bis unter die Decke vollgestopft mit Büchern. Er schildert dem Besitzer sein Anliegen. Der Mann mit Bart bis Mitte der Brust weiß genau, in welchem Regalfach er suchen muss. Der Schotte, so nennt er ihn insgeheim, stellt die Leiter immer wieder um und klettert hoch.

Den Schakal hat er früher schon einmal gelesen, vor vielen Jahren. Jetzt blättert er nochmals durch die Stellen mit den Verkleidungen und macht sich Notizen. Ein Priestergewand ist nicht schlecht, denkt er. Natürlich braucht er keine geklauten Pässe. So weit will er nicht gehen. Den Pass zurücklassen und sich ohne Papiere fortbewegen, wird abenteuerlich genug sein. Er nimmt im Schnelldurchlauf die ganze Reise des gewieften Killers in sich auf. Für lange Zeit ist er der einzige Kunde im Laden des Schotten, der jetzt bewegungslos hinter seinem Verkaufstisch sitzt. Er nimmt den nächsten Thriller vom Stapel. Auch im Papillon findet er Anregungen für seinen bevorstehenden Aufbruch. Mit zwei Frauen in der Wildnis zu leben, die beide nicht genug von ihm kriegen können – dagegen hätte er nichts einzuwenden. Allerdings macht sich der Kerl, als beide schwanger sind, aus dem Staub. Von all dem, was danach kommt, hat der keine Ahnung. Vom Windeln wechseln und Brei füttern. Von Elternabenden und Steuernachzahlung. Vom Streiten auf der Autorückbank und Fahrrädern, die im Regen verrosten, obwohl sie ihn ein halbes Monatsgehalt gekostet haben.

Schließlich steht er auf und schichtet an die zwanzig Bücher auf den kleinen Tisch, hinter dem der Schotte umso mächtiger wirkt.

»Können Sie mir einen Gefallen tun?«

Der Schotte linst über seine runde Brille.

»Ich bin gewissermaßen auf der Durchreise. Da will ich so wenig Gepäck wie möglich ansammeln. Zwei Schinken nehme ich mit. Könnten Sie die restlichen Bücher für mich aufbewahren? Jemand wird sie innerhalb der nächsten zwei Wochen abholen.«

Der Schotte schaut ihm direkt in die Augen. Er hält

seinem Blick stand, und obwohl er sein Kinn leicht anheben muss, fühlt er sich nicht kleiner.

»Mache ich«, sagt der Buchhändler.

»Und wenn die Dame kommt, sagen Sie ihr bitte: der Weg führt nach Osten, sagen Sie ihr: Herbst 1977.« Das wird sie verstehen, denkt Toto bei sich.

Er zahlt und tritt hinaus in die Sommerluft. Eine Straßenbahn bremst, über den Fluss flattert ein Entenpaar. Die Hände in den Hosentaschen schlendert er am Kasernenareal vorbei. Er kennt die Gegend, unweit von hier hat er gearbeitet. Er lässt sich über den Platz treiben, blickt jungen Menschen ins Gesicht und alten Händlern. Wie viele Leute hier sind! Wo war er eigentlich die ganze Zeit? Alte Kameras gibt es zu kaufen und Rollschuhe und Bilderrahmen, Handys und wunderschöne Lampen, die Leute sitzen an der Sonne und schmusen. Andere nehmen die Ware in die Hand, setzen sich Sonnenbrillen auf, feilschen. Ein unbändiges Glücksgefühl steigt in ihm auf. Höchste Zeit, dass er kommt! Jetzt ist er dran. Die Zeit des fürsorglichen Freiheitsentzuges ist vorbei. Arbeiten, Platz nehmen, essen, Essen loben, Fernsehprogramm. Wocheneinkauf, Altglas wegbringen, neue Kisten voller Wasserflaschen. Er stellt sich vor einen Stand, schiebt die Bügel der Kleiderstange mit beiden Händen auseinander. Seine Klamotten sind ihm viel zu groß geworden. Hier, dieser Baumwollstoff! Die Jacke ist perfekt. Wird er brauchen für den Herbst. Er schlüpft hinein, zieht den Reißverschluss zu, begutachtet die Ärmel.

»Was soll die kosten?«

»Zehn Franken.«

»Einverstanden.«

Er knotet sich die Jacke um die Hüften. Ein Ball landet vor seinen Füßen. Er kickt ihn dem Mädchen zu, schneidet eine Grimasse. Es lacht. Seine Hände befühlen alte Karten. Das Rheintal, der Kanton Graubünden. Braucht er nicht. Er hat den Kompass und seine Augen.

Er kauft sich eine Wurst, die Stehtische sind besetzt. Macht nichts, vertilgt er sie eben im Gehen. Ein Biss für jeden Schritt. Vielleicht schickt er noch einen Hinweis. Allerdings: Zu leicht will er es ihnen nicht machen.

Der See kräuselt sich. Toto lehnt sich an die Motorhaube. Die Nacht hat er im Auto verbracht. Als er morgens um vier wieder nicht in eine Tiefschlafphase zurückfindet, schnappt er den Papillon und macht sich Notizen. Eine Perücke hat er noch nicht. Aber das hat Zeit. Noch braucht er keine Verkleidung. Er hebt ein Kastanienblatt vom Boden auf. »Grüße vom Zürichsee«, kritzelt er mit Kugelschreiber zwischen die Adern. Jetzt braucht er nur noch einen Umschlag, dann schickt er den ersten Hinweis dorthin, wo man inzwischen sicherlich gemerkt hat, dass er weg ist. Glauben die wirklich, dass sie ihn einfangen können? Denken, sie können sogar seine Gedanken einsperren? Er lacht aus vollem Hals. Die jagen doch nur seine Puppe. Aber der Schmetterling ist längst geschlüpft.

Er hört den Wind heulen. Die Masten der Segelboote hüpfen unruhig hin und her. Zeit, sich hinters Steuer zu setzen. Die ersten Tropfen landen auf der Windschutzscheibe. Wie er losfährt, schaut er ihnen zu, bis er den Wagen vor ihm kaum mehr erkennen kann. Dann erst schaltet er die Scheibenwischeranlage ein. Links rechts links rechts. Er mag die rhythmische Bewegung.

Er fährt ohne Navigationsgerät, sein Instinkt weist ihm den Weg. Er fährt auch ohne Brille. So sieht er keine Details, die lenken nur ab. Ohne Brille sieht er, was wichtig ist. Wenn er die Augen zusammenkneift, wird alles schärfer. Die Kontraste werden deutlicher, Unnötiges verschwindet. Es fühlt sich gut an. Keine Brille braucht er und auch keine Medikamente. Er will seinen Körper wieder spüren, und das tut er. Die Tabletten, die der Arzt ihm verschrieben hat, wirft er aus dem fahrenden Auto. Die Natur hat vorgesorgt. Hat ihm alle Sinne geschenkt. Die will er nutzen.

Er beschließt, bald auch das Geld wegzulassen. Wie weit kommt einer ohne Geld und ohne Papiere? Wer ist er, wenn er im Wald ist, auf sich allein gestellt? Ein Mensch, ein Wilder, ein Wesen jenseits der Kultur? Kann der Mensch überhaupt noch überleben, so, wie es ihm von der Natur zugedacht ist? Lernt er sich dann erst richtig kennen? Noch ist es zu früh. Die letzten Tropfen der Zivilisation will er auskosten. Außerdem läuft das hier unter Vorbereitung. Auch der Schakal hat einen langen Vorlauf gebraucht.

Er trommelt mit Mittel- und Zeigefinger den Takt des Regens auf das Steuer. Autobahn und Regen, das passt. Wieder ist ihm, als würde er fahren: als hätte er Räder. Das Auto und er sind eins.

Aber was da so knurrt, das ist nicht der Motor. Seit der Wurst gestern hat er nichts mehr zwischen die Zähne gekriegt. Die Büchsen bewahrt er für später auf. Wer weiß, worauf er vorbereitet sein muss. Bei der nächsten Raststätte blinkt er und biegt auf den Parkplatz ab. Schnurstracks geht er durch die automatische Tür zur Theke, bestellt Schnitzel und schaut, wie der Küchenangestellte Kartoffelpüree auf seinen Teller klatscht. Ein Berg nur für ihn. Der Bursche versteht ihn.

Er spießt das Fleisch auf die Gabel, kaut und mahlt mit den Zähnen, eins, zwei, schluckt und weg ist es. Wie einfach das ist. Kaufen, kauen, schlucken, vorbei. Nicht mehr als fünf Minuten. Früher musstest du dich flach auf den Boden legen und dann im Versteck warten. Hinter Zweigen warst du, von Blättern bedeckt, schlichst Stunden lang durchs Dickicht, bis endlich ein Reh kam oder ein Wolf oder auch nur ein Vogel. Das Töten stellt er sich schwierig vor, geschickt musst du sein, um die richtige Stelle zu treffen und entschieden. Du musst den Leib der Beute genau kennen, musst wissen, wo sie am verletzlichsten ist. Du darfst nicht zögern. Kein Mitleid haben. Und die Hände dürfen dir nicht zittern vor Hunger. Ein Steinschlag, ein Pfeilstich, kurzer Prozess. Dann das Tier unter Schweißtropfen vor die Höhle schleppen, es mit dem selbstgeschliffenen Messer häuten, welch ein Kraftakt. Das Fleisch mühselig von den Knochen lösen, es klebt dir unter den Nägeln, die Hände sind schon blutig, es in Stücke schneiden, pökeln oder räuchern. Und heute?

Siebzehnfrankenfünfzig. Er tauscht eine halbe Arbeitsstunde, wo der Po sitzt und nur die Finger auf der Tastatur sich bewegen, gegen ein fertig gebratenes Tier direkt auf dem Teller. Was für eine Verschwendung. Er schaut seine Hände an. Schön findet er sie, nicht feingliedrig, nicht dick, sehnig. Was er wohl damit alles kann? Worauf warten sie, viele Jahre schon? Das Klicken mit dem Zeigfinger auf der Maus. Das kann doch nicht alles sein. Auch Rasenmähen hat er nie gemocht. Auf der Gitarre sind die Finger nicht flink genug. Ein paar nette Liedchen, aber für mehr reicht es nicht. Massieren kann er. Und natürlich, berühren: zart oder hart. Aber auch das wird es noch nicht gewesen sein. Er will mehr vom Leben. Mehr nacktes, pures Leben. Jetzt können sie zeigen, was sie draufhaben, seine Hände. Sich in die Erde wühlen und Äste knacken. Flüsse durchkämmen. Weiden flechten. Ein Tier erlegen. Feuer machen. Sich ein Lager bauen. Sich mit dem langen Haar einer Wilden zudecken. Von einer? Von zwei, drei, vier Wilden!

Kurz nach dem Mittag fährt er auf einen Campingplatz. Noch ist er keine 150 Kilometer weit gekommen. Doch hat er Eile? Er kann tun, was er will. Solange die nicht wissen, wo er steckt, kann er sich Zeit lassen.

Die Frau an der Rezeption weist ihm einen Platz am Waldrand zu. Toto stellt das Zelt auf, drückt die Heringe mit bloßer Schuhsohle in den aufgeweichten Boden. Die Toiletten sind ihm zu weit. Erleichtert er sich eben im Gebüsch. Dann zündet er den Campingkocher an. Bohnen! Er hat Heißhunger. Während er im Zelteingang isst, den Hintern auf der Luftmatratze, die nackten Füße auf der Wiese, hört er, wie der Wind die Blätter wendet. Ein Rascheln, er ist aufgeregt. Etwas in ihm pocht.

Es sirrt in seinen Blutbahnen, es kribbelt bis in die Zehen und kurz nach drei Uhr, noch vor den ersten Vögeln, liegt er hellwach in seinem Zelt. Der Platz ist wundervoll. In den drei Tagen hat er mehr Leute kennengelernt als in den letzten zwei Jahren. Irgendetwas scheint an ihm zu sein, dass sich ihm alle öffnen, er sitzt da, erzählt, da packen auch die anderen aus. Binnen weniger Stunden kennt er ihre Lebensgeschichten und ist den brisanten Punkten auf der Spur. Er hat keine Hinweise mehr nach Hause geschickt. Einmal eine SMS mit einem kleinen Rätsel, mehr nicht. Hier ist erst mal Pause, hier bleibt er ein Weilchen, es gefällt ihm unter den Campern. Viele leben ganzjährig hier. Das sind keine Randständigen. Du findest hier alles, was du draußen auch hast. So ein Platz spiegelt dir die Welt im Kleinformat. Und darum wird er sich heute eine Kamera kaufen.

Er wird Portraits drehen und die Reportagen verkaufen. So etwas suchen die, etwas Echtes, etwas, was die Leute wirklich berührt. Das pralle Leben. Das wird er ihnen liefern. Sie werden es ihm aus den Händen reißen.

Toto wälzt sich auf seiner Luftmatratze hin und her. Auch ein Bett will er ins Auto einbauen, einen Prototypen. Holzplatten hat er sich schon besorgt und Nägel, Schrauben, kleine und große, System hilft. Er könnte es patentieren und das Einbaubett danach in Serie herstellen lassen. Wo er auch hindenkt, sofort gehen ihm neue Ideen auf, er ist wie ein Baum, er treibt aus, treibt in tausend kleine Äste und an jedem Ast wachsen Knospen und die Blüten platzen, es regnet Einfälle. Er will sofort aufstehen und sich bewegen. Was liegt er hier herum. Die Vögel machen es ihm vor. Auf zum Wurm! Seine innere Bewegung nach außen bringen, Druck ablassen.

Er setzt sich ins Auto, die Barriere öffnet automatisch. Noch im Dunkeln fährt er in Richtung Zentrum. Auf den Straßen sind nur Lastwagen zu sehen. Wenn er die Kamera hat, wird er sie aufs Auto montieren. Dann kann er Straßenaufnahmen machen und wenn ein Unfall passiert, wird er die Bilder ans Fernsehen senden.

Die Stunden, bis die Geschäfte öffnen, kommen ihm ewig vor. Die Minuten dehnen sich. Er sitzt im Auto auf einem Parkplatz und liest in den zwei Büchern, streicht sich alles Wesentliche an, aber dann hält er es nicht mehr aus. Er will raus, er braucht Luft um sich. Er geht vor den Auslagen auf und ab. Irgendwann wird ihm auch das zu monoton, Bäume erklettern will er, Flüsse durchqueren. Die Tugenden, die er hier in der Zivilisation benötigt, hat er zur Genüge ein- und ausgeübt: Geduld, Rhythmus, Struktur. Eine gewisse Zähigkeit den Tücken des Alltags gegenüber, Durchhaltevermögen, nicht übers Ziel hinausschießen. Nicht zu hoch hinaus und nicht zu tief hinunter, nicht auspendeln, nicht ausschlagen, nicht in den Extremen leben, nicht auffallen, sondern die Kraft bündeln und sich schön gemäßigt und dafür kontinuierlich durch die Mitte schlängeln, morgens dem ersten Kunden, abends dem ersehnten Feierabendbier entgegen. Dass er das kann, wenn es sein muss, hat er lange genug unter Beweis gestellt. Jetzt hat er keine Lust mehr aufs Sich-Zügeln. Das Schaufenster mit einem Stein einwerfen oder die Fassade hochklettern, bis die Hände bluten, will er. Nicht, dass er Ärger will. Nur dieses ewige Warten macht ihn kribbelig. Jetzt, wo er bahnbrechende Ideen hat – jetzt, wo es aus ihm heraus sprudelt, mag er sich weder selbst begrenzen noch begrenzt werden.

Als der Schlüssel sich endlich im Schloss dreht und die Tür offensteht, betritt er ungeduldig und misslaunig den Laden. Er geht zügig auf die Kameraabteilung zu und schnappt sich den ersten freien Verkäufer. Kaum, dass er sich warm geredet hat, verbessert sich seine Laune. Er spürt die Wärme in seinem Körper, er fühlt, wie die Energie aufsteigt, bis in seine Fingerspitzen fließt und sein Reden beflügelt. Der Mann hat Ahnung, er mag gute Beratung. Geld spielt keine Rolle, das sagt er ihm sogleich, denn ein Arbeitsgerät darf etwas kosten. Der Verkäufer hört ihm zu. Er sieht sogar ein Aufblitzen in den Verkäuferaugen. Der ist kein Schwätzer, der bringt es auf den Punkt, welche Art von Kamera er braucht, womit ihm gedient ist, der denkt an den Kunden und nicht an seine Provision. So mag er es. Als er die Kamera aus dem Laden herausträgt, fühlt er sich wie ein Kind, das endlich seine Carrera-Bahn bekommen hat.

Er fährt an einem Viertel vorbei, das er gut kennt. Soll er hier einen Stopp einlegen? Ein bisschen Geld verprassen, noch hat er es ja, und sich endlich mal wieder bei einer Professionellen austoben? Alles, was jetzt aus ihm drängt, in Lust und Schläge umsetzen? Was hat der Vater geprahlt. Dass er einen Extra-Kalender führen muss für die Damenwelt. Drei Kalender. Einen für die Arbeit, einen fürs Schlafen und einen für die Frauen. Ha-ha. Hat weiß Gott mehr Mädchen heim- und zum Höhepunkt gebracht als sein Alter. Dabei hat die Mutter sich bei ihm beklagt über den Vater. »Sei fein zu den Frauen«, hat sie ihm früh mit auf den Weg gegeben. Flüstern, zartes Streicheln, Wangen, Hals, Arme, Beine. Küsse überall. Im Verführen ist er Meister. Schöne Musik und gehauchte Worte, innehalten, bis sie sich öffnet, loslässt – er weiß, wie er einer Frau Lust bereitet. Im Liebesspiel schlägt er den Herrn Papa.

Sei fein ... Er hat es gehört, wann immer er einen Frauenkörper berührte. Immer diese Angst, zu grob zu werden. Wie sie ihm in den Knochen steckt. Sich zügeln, es ihr schön machen. Die Professionellen, dort darf er sein, wie er will. Dort kostet er all das aus, was in ihm steckt: wild und ungebremst. Voll Begierde zuzuschlagen, hat er ausgelagert auf die Spezialistinnen. Selbst dort hat er es noch gehört, das Stimmchen der Maman: »Sei fein …« Und hat die Peitsche knallen lassen, bis sie endlich lauter war als die Mutterworte in seinem Ohr.

Oder soll er sich gleich zwei, drei Frauen mieten, so hart ist er jetzt, mitten auf der Straße, er fühlt sich, als hätte er Kraft für drei, zwei Hände auf zwei Hintern, der dritten stopft er den Mund. Aber er blinkt nicht, er drückt das Gaspedal durch. Auch das ist unterdrückte, kanalisierte Lust. Sie nur bei Professionellen ausleben dürfen, nur in diesem begrenzten Rahmen mit festgelegten Regeln. Auch diese Fesseln will er sprengen. Toto spürt die Kraft aus seinem Becken strömen. Jetzt ist es sein Lendenbereich, der den Wagen lenkt. Er will dorthin, wo er endlich alles abstreifen kann, all diese Normen, all die seit Kindheit eingetrichterten Verfremdungen und Begrenzungen. In den Wald will er, nackt und frei, und dort kann er sein, wie er ursprünglich ist, kann den Trieben folgen, Hand an sich legen ohne Zurückhaltung, unter freiem Himmel ungehemmt wie ein Tier vögeln, von der Hand in den Mund leben und immer der Nase nach. Und wer mit ihm kommt, ist eingeladen, es ihm gleich zu tun.

Abends geht er am Ufer des nahegelegenen Flusses entlang. Er riecht Feuer, und vor allem riecht er: Fleisch.

Angebratenes, herrlich saftiges Fleisch. Er nähert sich den Stimmen. Da kauern sie um das Feuer, ein Bild wie einer Versicherungswerbung entsprungen: Die Kinder tragen Käppis, die Eltern wühlen in ihren Rucksäcken. Die Bänke sind neu, das Holz noch hell, der Grillrost glänzt. Er kennt diese Art Feuerstellen. Sie sind verteilt im ganzen Land. Der Mann und die Frau grüßen höflich, als sie ihn erblicken, auch die Kinder, das jüngste ruft: »Hallo, wer bist du?« und alle lachen. Er bleibt stehen, lacht ebenfalls. »Haben Sie den Bären gesehen?« Er erzählt der Familie vom Tier, das aus Italien entwischt ist und hier durch die Wälder streunt. Die Erwachsenen nicken interessiert, was ihn dazu ermuntert, auszuholen. Er kommt in Fahrt, sie bieten ihm einen Platz an, auch Wurst sei noch übrig. Er setzt sich dankend. Beißt hungrig in die heiße Wurst. Nach wenigen Minuten weiß er, wo sie ihre Ferien verbringen und was der geheime Traum der Frau ist, eine Zukunftsvorstellung in Sachen Arbeit, die sie noch nicht umzusetzen wagt. Auch mit den Kindern versteht er sich blendend. Er schneidet eine Grimasse, er bewundert den angespitzten Stock, fragt nach ihren Lieblingstieren. Seltsam, früher lag ihm Smalltalk nicht, jedenfalls nicht jenseits der Kneipe und mit fremden Familien, aber zurzeit läuft es wie geschmiert. Er muss gar nicht überlegen, die kleinen Gesten und Sätze, mit denen man das Gegenüber zum Gespräch einlädt, flutschen nur so aus ihm heraus. Sofort ist er per Du und weiht die Familie in seine Pläne ein. Sie finden es mutig. Und der Mann hat am selben Ort wie er Dienst geleistet, sie lachen über den schönen Zufall. Er erklärt, wie er hierhergekommen ist und wie es um sein Bett steht, das er verkaufen will. Dort scheinen sie etwas nicht zu verstehen, er bemüht sich, den Sachverhalt klar zu schildern, er will ihnen nahebringen, wie die Konstruktion funktioniert: Es sei alles aus rechten Winkeln aufgebaut, sagt er, und sie nicken zügig, der Mann und die Frau, auch die Kinder hören zu, die Liegefläche bestehe aus parallelen Lamellen, für das Gestell ließen sich an jeder Seite zwei Beine an Winkeln herunterklappen, die man bei Bedarf aushängen könne. Jetzt stehen die Kinder auf und die Frau ruft ihnen etwas zu, aber er will doch erklären, der Mann kneift die Augen zusammen. Die Aushängevorrichtung sei eine winzige Metallfläche, die er auf die Holzbeine geschraubt habe und die sich mit den Winkeln verhaken, aber eben auch aushaken lasse, genial, er habe lange danach gesucht im Baumarkt. »Wenn man lauter solche Aushängeflächen hätte, könnte man sämtliche Möbel ganz leicht auseinanderbauen und transportieren, wohin man will. Zum Beispiel nach Asien oder nach Afrika oder ins nächste Dorf. Vorerst habe ich aber nur das Bett geplant.« Zwischen die Beine würden dann Längsbretter verlegt, die so passgenau seien, dass sie klemmten und deshalb nicht verschraubt werden müssten. Allerdings sei der Kofferraum nicht ganz symmetrisch, er verjünge sich nach hinten – »ich musste dort also ein Brett mit der Länge X minus N ansetzen«. Die Frau greift jetzt nach der Hand ihres Mannes, legt sie sich aufs Knie. Er holt nochmals Anlauf: Also, wenn man jetzt annehme, das vordere Brett wäre eins vierundzwanzig breit, also lang, dann wäre das hintere eins vierundzwanzig minus N, und lassen wir N nun vier Zentimeter sein, dann ... Er sieht in ihren Gesichtern, dass sie ihm nicht folgen können und bricht abrupt ab. Obwohl sie ihm noch Kuchen anbieten, schüttelt er den Kopf. Er muss weiter. Er hat noch viel vor.

II

1

Erwin erkundet die Umgebung meist mit seinem Roller. Mit den Nachbarsbuben fährt er um die Wette. Einmal verfolgen sie ein Polizeiauto und finden sich plötzlich am Stadtrand wieder. Erwin erschrickt, so weit darf er nicht von zu Hause weg. Jetzt sich bloß nicht erwischen lassen! Sie fahren mit Karacho zurück. Wie weit sie gefahren sind, erzählt er keinem. Punkt sechs Uhr muss er daheim sein, dann stehen die dampfenden Porzellanschüsseln auf dem Tisch, Claire zieht die Schürze aus und Werner dreht den Knopf des Radios. Mucksmäuschenstill sitzen sie am Küchentisch. Über ihren Köpfen hängt ein Gemälde von einem Brot und eines von Bauern auf dem Feld. Die Kinder sollen bei Essen nicht mit dem Besteck klappern, gute Manieren sind den Eltern wichtig. Kartoffelpüree mit Rindsvoressen ist sein Lieblingsessen. Seine Mutter ist eine begnadete Köchin.

Oft stromert Erwin in den Straßen herum. Er stattet dem Blumenhändler einen Besuch ab. Manchmal darf er im Lieferwagen mitfahren. Er klettert auf den Beifahrersitz und sieht von weit oben auf die Straße. Sie bringen Trauerkränze auf den Friedhof und liefern Bouquets ans Restaurant Ochsen.

In der Metzgerei auf der anderen Straßenseite zischen, rattern und dröhnen die Maschinen. Erwin könnte stundenlang zusehen. Besonders der Ladenwolf, der Fleischwürmer aus dem Sieb quetscht, hat es ihm angetan. Er kann sich kaum sattsehen an den rötlichen Würmern, die immer länger werden, sich als dicke und zähe Schlange herauswinden. Jedes Mal erzählt ihm der Metzger vom Elefanten, der in seiner Garage wohne. Der heiße Max. Erwin lacht. Natürlich glaubt er ihm nicht. Er erzählt zu Hause von Max, dem Elefanten. »Was für ein Prahlhans!«, ereifert sich sein Vater: »In der Kneipe zündet der sich seine Zigarette mit einem Zwanzigerschein an, um zu zeigen, dass er es hat!«

Erwins Vater hat es noch nicht. Jeden Rappen legt er beiseite, um für das Haus zu sparen.

Mit dem Auto, einem roten Cinquecento, verbindet Erwin lange und sinnlose Ausfahrten. Das Auto ist frisch gewaschen, jeden Samstagmorgen fährt Werner den Fiat vor die Garage und taucht den Schwamm in den Eimer. Jetzt steigt Erwin der Geruch der Politur in die Nase, wie sie an den Nachbarhäusern vorbeifahren und das Dorf hinter sich lassen. Er muss niesen, den Samstagnachmittag haben sie mit Schuheputzen verbracht. Er und seine Schwester Susanne sind sonntäglich gekleidet. Erwins Beine stecken in Hosen mit Bügelfalten, der Gürtel schnürt ihn ein. Es fällt ihm schwer, die Beine still zu halten. Manchmal zappelt er und rüttelt mit seinen Knien am Fahrersitz, ohne es zu merken. Die knarrende Vaterstimme und ein ermahnender Blick lassen ihn innehalten. Er versucht, nur die Zehen zu bewegen, was hoffentlich keiner merkt. Die behandschuhten Hände des Vaters liegen ruhig auf dem Steuer, Erwin sieht, wie Christophorus am Rückspiegel baumelt und in jeder Kurve der Serpentinenstraße ausschlägt. Der Vater hält nichts von Schutzheiligen, das weiß er, er ist reformiert, aber seine Mama geht jeden Sonntag zur Beichte. Sie hat ein schlechtes Gewissen, weil sie die Kinder nicht katholisch erzieht. Sie hat es nicht geschafft, sich gegen ihren Mann durchzusetzen. Manchmal begleitet Erwin sie zur Messe. Er mag es, eng an Claire geschmiegt in dem dunklen Kirchenbauch zu sitzen. Nur die Hostie darf er nicht einnehmen. »Das ist der Leib Christi«, flüstert seine Mama ihm ins Ohr und Erwin schaut skeptisch auf die kauenden Münder. Jetzt dreht sie sich zu Erwin um, hübsch gemacht wie immer, und blinzelt ihm zu. Erwin lächelt zurück. Er liebt es, wenn seine Mutter Schabernack mit ihnen treibt. Sogar den Vater bringt sie zum Lachen, manchmal so sehr, dass ihm Tränen in den hellblauen Augen stehen. Wenn er einmal zu hastig bremst oder seine Stimme erhebt, sagt sie: »Mon Dieu, Vernier!« und schaut ihn mit einem spitzen Mündchen an. Erwin blickt rüber zu Susanne, aber die hält den Blick starr aus dem Fenster gerichtet.

Auf der Passhöhe halten sie an, die Schwester und er staken mit vom Sitzen steifen Beinen ins ungemähte Gras. Erwin gibt ihr die Hand, wie der Vater es wünscht, ihm ist kalt, auf das Handzeichen hin lächeln die beiden in die Kamera. Unter das Foto wird Werner mit Füller notieren: Brünig, 3. März 1960, 4° Celsius.

Als das Haus endlich fertig gebaut steht, ist Erwin neun. Sie ziehen weg aus der Stadt, neben ein Gehöft, hinter dem neuen Haus liegen Felder und ein Modellflugplatz. Erwin verlässt seine Schule in dem Moment, als er sich dort endlich wohlfühlt und er gerne zu seinem neuen Klassenlehrer geht. Was er will, danach wird nicht gefragt. Das Haus ist groß und kahl, Claire pflanzt Rosen in den Garten. Auch ins Treppenhaus hängt Claire Rosen, die ihr Vater gezeichnet hat, ein Konditor. Sie beduftet das Badezimmer mit Bergamotte in winzigen Flacons.

Orange Blumen zieren die Tapete, auf die Erwin starrt, wenn er sich am Wochenende mittags zur Ruhestunde hinlegen muss. Sein Zimmer teilt er mit seiner Schwester, manchmal darf er sich für Hausaufgaben an den Schreibtisch des Vaters setzen. Dort stehen mächtige Stempel und ein Silberbecher, in den sein Name eingraviert ist: Werner Rüegg, Abteilungsleiter.

Morgens hört Erwin den Hahn krähen. Er ist der Älteste in der neu gebauten Siedlung, seine Freunde fehlen ihm. Die jüngeren Kinder der Nachbarn interessieren ihn nicht. Er vermisst die Läden und Maschinen. Sogar den Prahlhans. Da hilft der Fernseher wenig, den Werner in den Wintermonaten anmietet, damit sie die Skiolympiade verfolgen können, während es draußen eindunkelt und die Äcker einfrieren.

In den Schulferien werden Erwin und Susanne aufs Land geschickt, zu den Verwandten ins Dorf. Erwin schaut seiner Tante beim Kochen im Gasthof zu, eine stämmige Frau, die nie lächelt. Er besucht seinen Großvater, der jedes Mal zu ihm sagt: »Du kommst gerade recht.« In seiner Arbeitskleidung sitzt der Großvater auf einem Hocker und Erwin setzt sich zu ihm und sie reden über alles Mögliche, und manchmal sagen sie auch nichts und sitzen einfach nur da.

Das Meer sieht Erwin zum ersten Mal mit elf Jahren. Er rennt wild am Strand auf und ab. Kein Jahr später wird seine kleine Schwester geboren. Sie ist einfach plötzlich da, als Susanne und er von den Ferien bei den Verwandten zurückkommen. Ein kleines schrumpeliges Etwas, das sehr laut schreit.

An seinen freien Tagen schnappt sich Erwin die Kamera, die er sich von seinem Taschengeld gekauft hat, füllt die Feldflasche und klemmt den Schlafsack auf den Gepäckträger. Er trifft seine Schulkameraden am Dorfplatz, dann fahren sie, tief über den Lenker gebeugt, die Pässe hoch und wieder hinab bis ins Tessin. Dort campieren sie wild und lassen Steine über den Fluss hüpfen. Manchmal düst er allein umher, nimmt Kurs aufs Welschland, übernachtet unter freiem Himmel und fotografiert das Wasser im Gewitterlicht.

Einmal, als er nachmittags losfährt, ist er beim Abendessen noch nicht zurück. Noch immer gilt die Regel: Um sechs Uhr muss er daheim sein. Susanne und die kleine Margrit sitzen dem unangerührten Gedeck gegenüber. Claire steht auf und späht aus dem Fenster. Werner lauscht den Abendnachrichten nur flüchtig. Kaum hat er aufgegessen, setzt er sich hinters Steuer und sucht den Jungen im ganzen Kanton. Erwin hat Hunger, hat die Zeit vergessen, die Karte, den Weg, er weiß nicht, wie er plötzlich auf die Idee gekommen ist, Waldshut sei die richtige Richtung. Ein Zuckerloch, wird er später über sich sagen, wenn er die Geschichte erzählt, und grinsen dazu, jetzt aber fährt er verbissen und fragt sich, warum ihm nicht endlich eine Abzweigung bekannt vorkommt. Die Häuser gleichen sich, es dunkelt schon ein und nirgends ein Mensch, den er fragen könnte. Nur den Schildern folgt er, immer in Richtung Waldshut. Kurz vor der Grenze bemerkt er den Irrtum, macht kehrt, pedalt wie ein Wilder. Sein Vater gabelt ihn drei Dörfer von daheim entfernt auf. »Ich habe einen Abstecher gemacht«, keucht Erwin zerknirscht und blickt in ein verzerrtes Gesicht. Der Vater brüllt durchs offene Fenster: »Wenn du die Kraft hast, Umwege zu fahren, kannst du auch allein nach Hause radeln!«

Die Fahrzeuge, die er in seinem Leben besessen hat, kann Erwin im Schlaf aufzählen:

Einen Mini
Ein Motorrad, Marke Suzuki, genannt »Susi«
Den gelben Opel
Einen Mazda
Einen weißen Toyota Carina
Den blauen VW Kombi, ein Dienstwagen
Einen Toyota Brevia, kupferfarben

Sein erstes Auto war der Mini. Nicht Erwins Idee, sein Vater hat es entschieden. Es sei an der Zeit für ein eigenes Gefährt für den Sohnemann. Was für eine Marke es sein würde, stand schon lange fest. Ein Mini passe am besten zu einem jungen Mann. Der Onkel hatte mit seiner Garage die Vertretung inne.

An den Samstagen zieht sein Vater die Überhose an und holt die Schaufel aus der Garage. Da hängen säuberlich sortiert seine Werkzeuge. Er trägt schwitzend und fluchend einen Teil des Grundstücks ab, ebnet die Fläche, betoniert sie und malt ein Rechteck mit weißem breitem Pinselstrich. Der Parkplatz ist fertig, noch ehe Erwin den nötigen Betrag für seinen ersten Wagen beisammen hat. Nun muss er sich sputen.

Erwin macht die Lehre als Maschinendreher bei der großen Schweizer Firma, wo sein Vater eine Abteilung leitet. Im vierten Lehrjahr kommt er in die Großbearbeitung, die er seit langem aus Werners Erzählungen kennt. Endlich darf Erwin selbst die Maschinen einstellen, die Löcher in die Grundplatten bohren.

»Hätte ich dir doch den Parkplatz nie gebaut«, wirft ihm Werner an den Kopf, als sie sich wegen einer Lappalie streiten. Erwin schweigt. Dass er nie nach einem Parkplatz gefragt hat, dass nicht einmal das Auto sein Wunsch war, sondern die »glorreiche« Idee des Vaters, behält er für sich. Einzig seine Unterlippe schiebt er Werner entgegen. Seinen Widerstand legt er in einen Blick, von dem er hofft, dass er seinem Vater eisig erscheine.

Dass es nichts bringt, zu diskutieren, hat er früh gelernt. Wer »Aber« sagt, kassiert gleich noch eine. Blöd, wenn man auf dem Küchenstuhl sitzt und der Kopf gegen die Wand knallt. Dennoch hat das Erwin eher angestachelt, als davon abgebracht, »Aber« zu sagen. Zumindest zu denken. Schnell genug, sich wegzuducken, oder genug stark, die Hand des Vaters abzuwehren, wird er irgendwann im Laufe seiner Jugend. An seine letzte Ohrfeige erinnert er sich nicht. Die Schwester sagt, das sei gewesen, kurz bevor er ausgezogen sei, Werner sei ihm durchs ganze Haus hinterhergerannt. Aber Erwin ist sich sicher – das kann nicht stimmen. Er weiß: Er hätte zurückgeschlagen.

*

Maria strahlt, wenn sie Italienisch spricht. Sie lacht mit ihrem großen Mund noch breiter, sie nickt energisch und sie geht gerader. Sie verhandelt an der Rezeption, sie bestellt im Restaurant, sie fragt nach dem Weg. Sie spricht die Sprache fast perfekt, aber das allein erklärt nicht, dass Italien ihr gehört.

Dabei gehört Italien nicht zu den Ländern, von denen sie träumt, als sie als Kind auf der Ofenbank sitzt und in den Bildbänden blättert, die ihr Vater gegen die im Marmeladenglas gesammelten Mondo- und Silva-Punkte eingetauscht hat. Da steht sie an Wasserfällen, sieht Esel in Südamerika, wandert durch die Anden.

Eine Arbeitskollegin ist es, die ihr von einem Sprachaufenthalt in Umbrien vorschwärmt. Wieso eigentlich nicht, sagt sich Maria. Nach der Lehre zur Buchhändlerin hat sie schon zwei Jahre Berufserfahrung gesammelt. Sie kann drei Monate freinehmen, hofft auf warmes Wetter und packt nur einen dünnen Mantel in den Koffer.

In Perugia wohnt sie im Sommer 1973 bei Signora Cardarelli zusammen mit einem Japaner, einer Dänin und einem Costa-Ricaner. Jeden Morgen geht sie zur Schule bis um zwei, die Nachmittage gehören ihr. Sie hat frei. Sie hat frei! Und sie ist über 700 Kilometer von zu Hause entfernt. Die Asseln im Keller, vor denen sie sich fürchtet und ekelt, wenn sie Marmelade hochholen muss: Sie sind weg. Auf den warmen Mauern liegen nur Eidechsen, reglos, die können ihr nichts anhaben. Den engen, dunklen Räumen des Eckhauses ist sie ebenso entflohen wie den Klamotten, die Irmgard für die drei Schwestern nähte: den Schürzen, der Strumpfhose, die zwickt im Schritt. Maria schämte sich für ihre Kleider.

Auch der unerbittliche Blick von »Mutti«, wie die Stiefmutter genannt werden wollte, welcher die Minuten abzählte, die sie auf dem Nachhauseweg zu langsam geschlendert war, bleibt irgendwo hinter dem Gotthard zurück.

Jetzt wiegt sie sich in der fremden Sprachmelodie, in der stets warmen Luft, die sie leichtsinnig macht. Die bunten Häuser und die steilen Gassen geben ihr den Mut, die Fetzen noch an ihr klebender Strenge abzuschütteln und allem zu eng Gewordenen zu entschlüpfen.

Sie streift durch die Straßen, bummelt den Schaufenstern entlang, trägt zum ersten Mal hochhackige Schuhe. Der Wind streicht ihr um die Fesseln, die Absätze klackern, sie genießt es, wenn Männer durch die Zähne pfeifen und sie damit meinen.

Dass sie sich hier zum ersten Mal alle Kleider vom Leib streift, wenn ein Mann dabei zuschaut, sich ihm hingibt, obwohl sie sich vorgenommen hat, bis zur Ehe zu warten, ist vielmehr die Folge ihrer Metamorphose denn ihre Ursache: Italien macht sie zur Frau.

Die Hausmutter verströmt beißenden Schweißgeruch, wenn sie putzt, nur mangelhaft übertüncht von 4711. Ihr Herz ist so groß wie ihr Bauch. Einmal in der Woche kocht sie für ihre Schützlinge, Sugo, wie es ihn bei Maria daheim nie gab, nur nackte Teigwaren als Suppeneinlage kennt sie. Und Suppe mochte sie nie. Als die

Signora Maria mit trübem Blick in der Küche sitzen sieht, legt sie ihr die Hand auf die Schulter. Es fehlte nicht viel, und Maria hätte sich an ihrem Busen ausgeheult. Der Mann, der um sie geworben und ins Restaurant eingeladen hat, ihr Blumen gebracht, sie davon überzeugt hat, auch ohne den Bund der Ehe Liebe zu machen (Gesù è una cosa bella, ma l'amore è molto più bella – sie hört es ihn heute noch sagen, den Kerl), reagiert nicht auf ihre Anrufe. Als sie ihn bei der Arbeit aufsucht, lässt er sich von den Kollegen verleugnen. Maria ist untröstlich. Die Signora tätschelt ihre Wange.

So eine Mutter, die tröstet, die gab es in Marias Schulzeit nicht. In ihren ersten Lebensjahren wahrscheinlich, aber davon weiß sie nichts mehr. Sie kann sich an die Zuckerbrötchen auf der Treppe hinter dem Haus erinnern. Die hat ihnen Anna zubereitet. Ihre Mutter mit dem kehligen, gackernden Lachen. Wie gern ihre Mutter gelacht hat, immer eigentlich, selbst wenn es nicht viel zu lachen gab.

Aber sonst? Mutterlieder, Mutterhände, Mutterworte? Vergessen, weggeblasen. Weggesperrt, vielleicht. Möglich, dass sie sich schon damals die Fähigkeit angeeignet hat, die ihr heute noch zu überleben hilft: Alles, was zu sehr weh tut, wird in eine Schublade gesteckt, Schublade zu und der Schlüssel umgedreht. »Deine Schubladentaktik«, würde später ihr Mann sagen, wenn Maria so tat, als wäre alles in bester Ordnung. Darin ist sie Meisterin geworden: sich die eigene Welt in Ordnung zu halten.

Sie war sechs Jahre alt, eine frischgebackene Erstklässlerin. Sie hat es nicht kommen hören, hat nichts von dem gemerkt, was in der Luft lag oder anders war. Möglich, dass Anna glücklicher war in den Tagen, oder waren es Wochen, Monate, Jahre. Möglich auch, dass ihre Augen verquollen waren, oder nachts, wenn die Kinder schliefen, sich die Stimmen im Elternschlafzimmer erhoben. Auch dem Untermieter hat Maria nichts angemerkt, für sie war er Carlo, der sie auf die Arme hob und lustige Grimassen schnitt. Dass er auch die Mutter hochgehoben hat, dass er ihr den Kopf verdrehte oder sie ihm, während der Vater Tag für Tag beim Milchverband die Buchhaltung führte, davon wusste Maria nichts.

Sie weiß auch nicht mehr, wie es ihr beigebracht wurde: Dass ihre Mutter ab dem neuen Jahr nicht mehr bei ihnen wohnen würde. Ob sie geweint hat – protestiert – sie vermisst – Fragen gestellt: Sie weiß nichts mehr. Ihre Schwester sagt heute, sie habe noch die ganze Nacht Kleider für die Kinder genäht. Und morgens, als sie dann aufwachten am 1. Januar 1960, da sei die Mama weg gewesen. Sie hätten geweint. Und die Schwester habe gesagt: »Aber frühstücken müssen wir trotzdem«, und dann den Tisch gedeckt.

Nur daran, dass die Großmutter kam, erinnert sich

Maria, um auf sie und die Geschwister aufzupassen. Und dann, als noch immer Schnee lag, kam sie. Die Haushaltshilfe. Krankenpflegerin, zweiundvierzig, ledig. Die dicken Brillengläser verbargen, ob sie jemals etwas fühlte. Sie trug eine Sorgenfalte inmitten der Stirn. Und der nächste Frühling war noch nicht da, als ohne Feier und Gäste der Papa sich auf dem Standesamt mit ihr vermählte.

Irmgard wachte über alle Stoffe: über die Mädchenkleider, auf denen sie jede Spur zu wilden Verhaltens ahndete, über den Diwan, den sie mit einem Laken schützte, das nur abgezogen wurde, wenn sonntags Besuch da war.

Fand sie etwas vor, wie zum Beispiel Marias eingenässte Strumpfhose, als der Nachhauseweg zu lange gewesen war, kannte Mutti kein Pardon. Glück hatte man nur, wenn sie den Papa beauftragte, die Übeltäterin zu bestrafen. Er schlug den Teppichklopfer gegen die Wand und hieß Maria, auf Kommando aufzuschreien.

Nachts quälten Maria düstere Gedanken. Sie stellte sich vor, was Mutti geschehen könnte, damit sie nicht mehr da wäre: eine unheilbare Krankheit, ein Zusammenprall mit einem Lieferwagen, ein ungeschickter Sturz auf der Treppe.

Anna hingegen, Mama, nicht Mutti, das bedeutete für Maria: einen ersehnten Mittwochnachmittag. Alle vier

Wochen trafen sie die Mutter in der Altstadt. Dort wartete sie schon, lachte von weitem: braune kurze Locken und Perlenkette. Dann fuhren sie mit dem Bus zum Restaurant Meise. Sie aßen Nachtisch, Anna gab ihnen Münzen für den Musikautomaten und sie wünschten sich je ein Lied. Zu Weihnachten besuchten sie ihre Mutter in ihrer winzigen Wohnung in der entfernten Stadt und spielten Karten. Zu Fasching kam ein großes Paket: darin, eingewickelt in Zeitungspapier, selbstgemachte Fastnachtsküchlein. Als sie schon fast erwachsen waren, halfen sie bei der Mutter am Kiosk aus und verkauften Magazine und Zigaretten. »Mama« hieß dann: ein Stückchen Freiheit atmen und tanzen bis spät in die Nacht. Ein Vergnügen, das zu Hause undenkbar gewesen wäre.

Bis auf den Verführer ist in Perugia kein Mann zum Verlieben in Sicht. Maria lernt, genießt, sie schwatzt bis in die Nacht mit dem Japaner und der Dänin. Sie überlegt sich, wie sie leben möchte, falls sie alleine bleibt. Mi piage essere sola, sagt sie probehalber zu ihrem Spiegelbild. Studieren könnte sie, die Matura nachholen. Etruskologie wäre vielleicht etwas.

Doch vorerst bleibt sie dem Buchhandel treu. Sie kehrt mit ganz viel Amaretti im Gepäck zurück in die Deutschschweiz. Da hält sie es zwei Jahre aus. Bis die Sehnsucht zu groß wird und sie erneut in den Süden zieht.

Sie findet eine Saisonstelle im Tessin. Wo, kurz nach dem Gotthardtunnel, die Luft ganz anders riecht. Wo Palmen wachsen und Schlangen in den Felsen wohnen. Steinhäuschen wie vergessen in der Landschaft weiden. Schwarzweiß-Fotografien der Verstorbenen zum Gedenken an die Mauer geklebt werden. Das kleine Italien, nur drei Stunden von zu Hause entfernt und durch die Alpenkette getrennt.

Hanni, ihre beste Freundin, kommt einen Monat nach ihr. Nun teilen sie sich eine Wohnung mit Terrasse. Hanni arbeitet in Locarno; die Buchhandlung von Dottore Enzo Bruzzo, dem Maria bereits nach zwei Wochen verspricht, auch noch den Winter über zu bleiben, liegt in Ascona.

An diesem Abend ist Maria müde und hat Kopfschmerzen. Sie will nicht zum Fest mitgehen. Sie liebt den Tanz, fliegt über die Fläche, besonders, wenn ein Mann gut führt. Dann kann sie sich gehenlassen, zerfließt mit der Musik und ihr wird nicht schwindlig von den Drehungen. Doch der Kopf pocht vom Tag im stickigen Laden, der Ventilator hilft nur wenig bei den Außentemperaturen. Seit Anfang Juli kommen viele Touristen und alle wollen Beratung. Kriminalromane, ein Geschenk für die Nichte, Reiseführer – die Buchhandlung ist winzig, Maria macht alles, sie ist nicht einer einzelnen Abteilung zugeordnet. Meist spricht sie Italienisch, aber auch Deutschschweizer kommen jetzt, Deutsche natürlich, hin und wieder Welsche, sie wechselt die Sprache von Kunde zu Kunde. Auch morgen wird sie arbeiten müssen, ein Samstag. Es ist Hanni, die nicht locker lässt.

»Der Abend ist schön«, sagt sie, » »man muss die Feste feiern, wie sie fallen. Komm, wir schauen, was du anziehst.«

Als der Mann im gestreiften Hemd sie zum Tanz auffordert, ist Maria erstaunt. Nicht, dass er sie fragt, sondern wie. Sie ist sich sicher, dass sie diese Worte nicht vergessen wird. Aber sie erinnert sich nicht.

Hat er gesagt: »Was würden Sie sagen, wenn ich Sie zum Tanz aufforderte?«

Oder hat er gesagt: »Was würden Sie antworten, wenn ich Sie darum bitten würde, mit mir zu tanzen?«

Maria antwortet dem jungen Mann: »Ich würde sagen: gern.«

Hand in Hand suchen sie sich ein freies Plätzchen auf der Holzbühne. Seine Hand ist kühl, ihre warm. Die Band spielt schon wieder Mamma Mia, das dritte Mal an diesem Abend. Er hat die ersten paar Schritte über Mühe, den Takt zu finden. Maria tanzt weiter, als wäre nichts, er zieht sie näher an sich heran.

»Wie heißen Sie eigentlich«, fragt sie laut, um die Musik zu übertönen.

»Erwin«, sagt er, »und Sie?«

Sie lacht. »Maria.«

Maria kommt es vor, als ob der Tänzer nach Feuer rieche. Er habe zusammen mit zwei Kollegen das Zelt im Wald aufgeschlagen, sagt er, sie campierten wild, und ja, das Abendessen hätten sie über dem Feuer gekocht. Er redet die ganze Zeit, erzählt von sich, sie tanzen schon das vierte Lied. Sie seien fürs Wochenende runtergefahren, die Schicht habe um ein Uhr mittags aufgehört, die nächste beginne erst Montag um neun, das reiche, um Süden zu tanken. Er schwärmt vom Baden, besonders in den hinteren Regionen des Flusses. »Kleider sind unnötige Zwänge der Zivilisation«, grinst er. Sie schiebt ihn auf Armlänge von sich, mustert sein Gesicht. »Kleider machen Leute«, sagt sie und dass sie die Gegend gut kenne, besonders die versteckten Winkel in den Gassen, sie könne ihn herumführen, wenn er das wolle. Und er möchte ihr den Fluss zeigen, weiter oben, wo sie noch nicht war.

Am nächsten Tag steht er kurz vor zwei vor der Buchhandlung, schaut ihr dabei zu, wie sie den Postkartenständer übers Kopfsteinpflaster rollt. Als sie ihn über die Schwelle hebt, beißt sie die Lippen zusammen. Zwischen ihren Augenbrauen bildet sich eine Längsfalte.

Sie nimmt seine Hand wie selbstverständlich. Das Haar trägt sie offen, streicht es sich hinters Ohr, immer wieder, ihre gebräunten Füße in flachen Sandalen. Am Fluss treffen sie Hanni und die anderen. Maria packt Erdbeeren aus und ein Brot. Sie hat keinen Hunger. Sie sitzt da und gräbt mit den Händen in den Steinen. Sie versucht, etwas Kluges zum Gespräch beizutragen, aber ihr will nichts einfallen. Also lauscht sie den anderen und beobachtet dabei Erwins Gesicht, auf dem es wetterleuchtet. Nach einer halben Stunde blinzelt er Maria zu. Sie lächelt und steht auf. Im Badeanzug geht sie neben Erwin her, sie ist selbst barfuß größer als er. Als die Steine felsiger werden, sie zwischendurch auf allen Vieren klettern, als sie keinen Menschen mehr sehen, ziehen sie sich aus. Maria schlüpft schnell aus dem Badeanzug. Das Ausziehen ist ihr unangenehm. Als sie nackt ist, schämt sie sich nicht mehr. Sie spürt Erwins Blick auf sich und watet vor ihm in den Fluss. Das Wasser ist kalt. Maria lacht auf. Sie ist stolz auf so viel Übermut.

Er zieht sie an sich, sie legt ihm die Arme um den Nacken. Er küsst feucht, aber sehr wendig und zart.

Sie mag es, wie Erwin sie zum Lachen bringt. Er übertreibt beim Erzählen, er sagt etwas, was er so gar nicht meinen kann, sie sieht es ihm an, und dann lacht sie vorsichtig, und er prustet los. Sie stimmt ein, wird lauter, und je mehr sie lacht, desto mehr freut er sich, seine Augen verschwinden fast in den Schlitzen. Manchmal macht er Klamauk, keine große Pantomime mit viel Körpereinsatz, nein, ein Zwinkern da, ein Schnalzen hier, Mundwinkel hochziehen und Augenrollen oder die Kinnlade fallenlassen. Dazu seine Hände, mit denen er etwas andeutet, ein Clown des Alltags ist er, und seine Körpersprache versteht sie, während sie die Zoten, die er zum Besten gibt, nicht immer lustig findet. Auch später noch wird sie mit den Schultern zucken, wenn er am

Küchentisch Witze erzählt, frisch mitgebracht vom Militär, und schallend lacht. Ein Spitzbube ist er, er strahlt, wenn er glücklich ist, zwei Grübchen, die sieht sie durch den zerzausten Bart. Ohne Brille sind seine Augen größer. Bei genauem Hinsehen erkennt sie ein Graublau mit einem dunkelgrauen Rand.

Sie liebt es, mit ihm zu reden. Lange können sie gehen, ziellos durch die Gassen, und von einem Thema zum anderen wechseln, und nichts gibt es, was man nicht sagen darf. Er versteht sie und hat zu jeder ihrer Erzählungen eine eigene Geschichte, und sie, sie kann zuhören, zuhören konnte Maria schon immer. Sie ist ein Mensch, der jedem das Gefühl gibt, was er zu erzählen habe, sei wichtig. Ihr öffnen sich Menschen nach den ersten Minuten Geplänkel und Maria nickt, ermutigt mit ihren fast gesummten »Mhms« zum Weiterreden. Von Erwin weiß sie bald, wo er seine Kindheit verbracht hat, wie oft er umgezogen ist und was er am liebsten liest, für welche Autos er schwärmt und dass es am Technikum, wo er seit einigen Monaten studiert, nicht so rund läuft.

Seine Hände sind fein, keine Arbeiterhände, findet sie. Quadratisch, aber doch beweglich, die Finger schlank für einen Mann. Zärtlich sind sie, in ihrem Zimmer, im Fluss, im Wald, überall erkundet er ihren Körper ebenso hemmungslos wie gekonnt. Als wüsste er genau, wann er sie wo und wie stark berühren darf. Und sie: Sie kann sich zum ersten Mal fallen lassen. Sie denkt nicht mehr, die Stunden verschwimmen, sie krallt sich in seine Haut.

Sie wusste nicht, wie schön das sein kann und sie fühlt ihren Körper ganz anders als zuvor. Wenn sie zerzaust und mit geröteten Wangen in den Spiegel blickt, ist sie erstaunt und glücklich.

Maria kommt es vor, Erwins Kopf stecke voller Ideen. Ruhig ist er nur, wenn er sie streichelt, wenn sie beieinander liegen, nach dem Orgasmus, wenn er langgestreckt auf dem Rücken liegt, mit ausgebreiteten Armen, als würde er im Wasser treiben. Sonst fällt ihm immer etwas ein, muss er etwas tun, redet er. Er kann gar nicht aufhören zu sprudeln. Kaum unternehmen sie etwas, schon heckt er den nächsten Streich aus. Und sie: Sie macht mit, ist für alles zu haben, fürchtet sich vor nichts und wundert sich selbst, wie leicht ihr plötzlich alles fällt. Er besucht sie jedes Wochenende, Freitagnachmittag nach Schichtende fährt er los. Er schlägt vor, dass sie Motorradklamotten für Maria kaufen, damit sie zusammen durch die Gegend kurven können. Einen zweiten Helm hat er bereits. Erwin fährt sicher, er liegt in die Kurven, aber nicht zu sehr. Ihr gefällt es, sich mit den Armen um seinen Bauch festzuhalten. Sie genießt, wie sie durch die Landschaft fahren. Oft blickt sie auf die Straße an seinem Kopf vorbei. Sie vertraut ihm, aber sie gibt die Kontrolle nicht vollständig ab. Falls er etwas übersieht, will sie bereit sein.

*

Erwin hat sich nie überlegt, ob er Kinder will. Es war für ihn so klar wie er das Militär gemacht und sich niemals gefragt hat, ob er verweigern könnte. Dass er mindestens bis zum Oberleutnant würde durchhalten müssen, stand fest. Beide Cousins waren Unteroffiziere, für seinen Vater kam es nicht in Frage, dass sein Sohn etwas Geringeres würde als die Söhne des Bruders.

Maria will sogar vier. Warum nicht, er stellt es sich schön vor, mit so einer Bande im Wald zu spazieren oder Ferien am Fluss zu machen. Die Kinder in einem Zelt, Maria und er in einem eigenen. Und wie er dann jeweils heimkommen wird nach einem anstrengenden Arbeitstag und sie ihn empfangen, fröhlich, laut, und er nimmt Platz am Familientisch. Nur über den Zeitpunkt haben sie unterschiedliche Vorstellungen.

Erwin macht Maria einen Antrag. Sie lehnt ab. Sie brauche noch Zeit. Wolle erst klären, wie er sich das Leben mit ihr vorstelle. Ihn besser kennenlernen. Viele Spaziergänge der Maggia und der Verzasca entlang, ausgiebige Wortwechsel neben den Wirbeln des Wildwassers, zähe Verhandlungen auf eng beschriebenen Briefbögen.

Nach zwei Jahren sagt sie Ja. In einem Jahr wolle sie Kinder. Erwin stimmt zu. Er sehnt sich danach, endlich die lästigen Kondome nicht mehr benutzen müssen oder nicht mehr kurz vor dem Samenerguss abzuspringen. Endlich in ihr zu kommen. Sie rechnet anders: In einem Jahr sollte das Kind schon da sein. Sie setzt sich durch.

Er hätte noch gewartet, die Zeit zu zweit genossen, jetzt, wo sie endlich zusammenwohnen, sie zurück in der Deutschschweiz ist. Aber schließlich würde sie mit dem Kleinen zu Hause sein jeden Tag.

Wie er den zweiten Streifen auf dem Test sieht, wird ihm bange. Was bedeuten diese paar Millimeter für sein Leben? Ein Zeigefinger in Hellrosa. Nicht mehr nachts um zwei Spaghetti kochen, sich aufs Motorrad schwingen, in den Morgen hineinfahren. Schluss mit Spazieren Hand in Hand, so lange und wohin sie wollen. Nicht mehr nackt baden und knutschen und vielleicht doch noch studieren. Für das Kind da sein müssen, Jahr für Jahr, ihm ein Vorbild sein, Antworten haben. Ist er bereit? Wie wird er sein? Es nicht im Stich lassen, auch nicht, wenn er längst müde ist und keine Kraft mehr hat. 24 Stunden Bereitschaftsdienst. Nicht kündbar. Allein kommt er immer irgendwie durch. Zur Not mit Brot und Wasser. Aber so? Ein schreiendes Etwas. Hat Hunger, braucht Kleidung, will auf den Arm, hat gekackt. Und Zeit, all die Zeit, und später Ballettstunden und ein Rennrad und Bücher und ein Klavier. Und wenn er nicht mehr kann? Oder: nicht mehr will? Sich davonwünscht? Für das Kind und die Frau sorgen. Nicht ein Jahr. Nicht zwei. Die nächsten zwanzig Jahre. Tag für Tag für Tag.

Lukas kommt um vier Uhr nachmittags nicht blutig zur Welt. Ein wenig nass wirkt er, an den Armen noch schmierig, ansonsten aber vollkommen. Natürlich pinkelt er den Arzt an. Erwin lacht, lauter als nötig, lacht sich die Anspannung weg.

»Sie können morgen wieder kommen«, sagt die Schwester. »Die Besuchszeit ist zu Ende.«

Erwin schaut die Schwester an. Schaut Maria an. Maria schaut versunken auf Lukas, der wie ein Eskimo verpackt im Bettchen liegt. Erwin küsst Maria, wartet, fährt ihr über die Wange, wartet noch immer, sie blickt zu ihm hoch, Verzückung, die nicht ihm gilt, liegt in ihren Augen, dann geht er. Tritt in den Fahrstuhl, drückt auf »Ausgang«. Steht auf dem Parkplatz, es ist dunkel und nass. Wo soll er jetzt hin? Wo steht der Opel überhaupt? Erwin ist der Einzige auf dem Parkplatz. Ist ein Mensch auf dem Mars. Nie war einer so allein. Als er den Opel geparkt hat, ist das wirklich heute Mittag gewesen? Dass Maria neben ihm saß, sich am Griff festhielt, sich auf seine besorgten Seitenblicke hin immer wieder ein Lächeln abringend?

Der Opel steht da, als wäre nichts. Wartet hündisch. Soll er wegfahren? In die Nacht hinein, so weit er kommt? In einem Motel übernachten und dort wenigstens an der Bar einen heben und dem Barkeeper sein Geheimnis anvertrauen? Und dann laut posaunen: Ihr seid alle eingeladen? Er steigt ein, lässt den Motor anspringen. Der Opel schnurrt. Er lenkt ihn den gewohnten Weg über die Autobahn. Bei der Ausfahrt zur Kleinstadt blinkt er.

Sie sind erst vor einem Monat umgezogen, nie hat er sich träumen lassen, dass er in einer Blocksiedlung landen würde, die seinem ästhetischen Empfinden zuwiderläuft. In einem Kaff, das er nur vom Vorbeifahren her kennt. Aber die Wohnung ist günstig, die Leute vom Quartierverein nett, und sie wollen beide nicht, dass ihr Kind in der Großstadt aufwächst. Grünflächen und unbeschwert spielen können, auch allein, ohne die Eltern, das muss doch möglich sein. Die Blocksiedlung ist zwischen zwei Wälder in den Hang hinein gebaut, auf den Wiesen der u-förmig angelegten Bauten prangen Sandkästen, Schaukeln, Klettertürme.

Er parkt den Wagen in der Gemeinschaftsgarage, gewahrt wie immer den Benzingeruch, den er mag, seine Schritte hallen. Niemand kommt ihm entgegen. Er setzt seine Füße auf den nassen Beton. Es schmatzt unter seinen Sohlen. Er ist Vater, merkt das eigentlich keiner? Er will schreien, hallo, HALLO, ICH HABE EIN KIND HILFE ICH HABE EIN KIND ICH BIN VATER VATER VATER ICH BIN EIN VATER WAS FÜR EINER SCHAUT MICH AN SIEHT SO EIN VATER AUS OH GOTT BEWAHRE WAS FÜR EIN WAHNSINN HOCH SOLL ER LEBEN! Hoffentlich hat er wenigstens Bier zu Hause.

Ihr Morgenmantel liegt noch auf der Couch, Erwin hebt ihn hoch und hängt ihn an die Hakenleiste im Badezimmer. Er blickt sich um, als würde er die Wohnung besichtigen: Im einen Kinderzimmer steht das Bügelbrett, ein Wäscheständer, im anderen das Bettchen. Darüber baumeln Fische. Seit Wochen häkelt Maria Fische. Er trifft sie nur noch über die Handarbeit gebeugt an. Im Schlafzimmer sind die Bettdecken glattgestrichen wie immer. Die Kissen ausgeklopft.

Erwin zieht an der Schnur: Erst folgen die Töne rasch aufeinander, zu rasch, dann beruhigt sich die Melodie der Spieluhr. Das Baby liegt hinter den Stäben des Gitterbetts. Vor drei Tagen ist Maria endlich nach Hause gekommen mit dem Kleinen. Benommen starrt es zur Wand, die Fäustchen unter sich vergraben. Erwin streichelt den Flaum am Hinterkopf und das Grübchen im Nacken. Er lässt seine Hand auf dem Rücken liegen und spürt die Wärme des kleinen Körpers. Lukas hat etwas von einem Reptil, wenn er so reglos da liegt, seine Augen noch kieselfarben und umso weltfremder, je müder er wird. Vielleicht ist er im Übergangsstadium, überlegt Erwin. Eine Art Fisch war er im Bauch, im Wasser, jetzt krabbelt er an Land, ein Wechselwarmblüter. Und dann irgendwann steht er auf und geht davon, als Säugetier, als winziger Mensch.

Lukas zuckt zusammen. Sch sch schschsch. Er spürt Lukas' Atem unter seiner Hand und wie der kleine Körper sich hebt und senkt. Erwin zieht die Spieluhr nochmals auf. Im Innern des glockenförmigen Gehäuses bewegen sich nun die Tonzungen über die Walze.

Er stellt sie sich vor, Zylinder wie in seiner Lehrzeit. Die ersten Monate hat er in der Dreherei verbracht.

Alles, was gedreht wird, ist zylinderförmig, die Flächen glatt. Er kapierte schnell, er mochte die spanproduzierende Bearbeitung. Die vielen strichigen Narben auf den Händen hat er sich hier geholt. Nur die Zeit in der Schmiede war ihm ein Graus, für Freihand ist er nicht gemacht. Sein Vorgesetzter witzelte: ob er das mit den Füßen geformt habe.

Noch einmal zieht er an der Schnur und lauscht der Melodie. 16 Jahre alt war er damals. Und jetzt ist er schon ein Vierteljahrhundert. Er schaut auf das Kind, dessen Augen schmaler werden, die Lider klappen zu.

Die Lehrabschlussprüfung bestand er mit Bravour. Jahrgangsbester. Die Firma bezahlte ihm ein Stipendium, damit er am Technikum studieren konnte, drei Abende die Woche, während er tagsüber Dienst leistete. Da war der Vater stolz auf ihn, er konnte es fühlen an der Art, wie er mit ihm sprach. Ausgerechnet in Physik kam er nicht mit, in seinem Lieblingsfach. Nach wenigen Wochen war klar: Es würde nicht hinhauen. Verschwiegen hat er es dem Vater nicht. Er hat es ihm bloß nicht unter die Nase gerieben. Er machte das Jahr noch zu Ende. Schied mit Würde aus. Verziehen hat Werner ihm das dennoch nicht.

Flüsternd erzählt er dem Baby, wie viele Bohrerschleifgeräte und Profilscheren er heute bestellt hat. Dass er mit Italien telefoniert hat und dem Jura. Und wie er es hasst, wenn der Vorgesetzte, nicht viel älter als er, ihm die Offerte aufs Pult knallt, rot angestrichen die Flüchtigkeitsfehler. Lukas macht ein Geräusch wie ein Tier. »Das muss dich nicht kümmern«, raunt Erwin ihm zu und nimmt vorsichtig die Hand vom schlafenden Geschöpf.

*

Maria trägt dienstags nach dem Essen Rouge auf, kämmt sich das Haar, blickt in den Spiegel: »Hallo Maria, das bist also du!?«. Sie nimmt den roten Koffer mit der Querflöte, die Handtasche und küsst Erwin auf den Mund. Er trägt gerade Florence herum, die Mühe hat, aufzustoßen und jammert, sobald man sie ablegt. Maria streicht ihr über den Rücken und schnuppert zum Abschied am Flaum. Lukas wuschelt sie einmal übers Haar. Er schaut gar nicht auf, so vertieft ist er in seinen Bauernhof.

Es fühlt sich federnd an, das Haus zu verlassen zu einer Zeit, die sie sonst nur noch in den vier Räumen der Mietwohnung verbringt. Durch die vertrauten Straßen zu gehen, in ihrem Tempo, allein, mit freien Händen! Ohne den Kinderwagen vor sich und Lukas hinter sich, ohne schieben und ziehen, ohne Windeln und Wickeltasche, Zwieback, Feuchttücher und Schnuller.

Die Straße, in der der Cellist wohnt, ist nur eine Viertelstunde entfernt. Es ist Spätsommer, Maria geht mit nackten Armen, ohne zu frieren. Heute hat sie Gebäck für alle mitgebracht.

Wie sie es liebt, mit den Violinistinnen und dem Cellisten durch die Zeit zu reisen, die Augen auf den Noten oder geschlossen. Wenn sie sich plötzlich finden, nicht mehr üben, sondern wirklich spielen, die verschiedenen Stimmen miteinander zärteln, ist es, als wäre sie selbst ein Ton und flöge umher. Moderne Komponisten mag Maria nicht, nur Barockmusik, und auch da lieber die hellen als die dunklen Klänge. Händel oder Bach liebt sie, auch Vivaldi hat es ihr angetan, am meisten aber immer noch Mozart. Was für eine Leichtigkeit, was für eine Freude!

Genauso genießt sie es, nach der Probe mit den Freunden eine Flasche italienischen Rotwein zu öffnen und zu reden. Über die Musik, über Rezepte, über Bücher, die sie lesen. Und nein, bitte nicht nach den Kindern fragen. Einmal die Woche möchte sie über etwas anderes sprechen als in den Spielplatzgesprächen, die sie mit den anderen Müttern führt – welche Zwei-Wort-Sätze Lukas spricht und ob Florence schon durchschlafe.

Sie hat es sich gewünscht, sehr, das Muttersein, und sie weiß auch genau, dass sie eine andere Mutter sein will als ihre eigene und die Stiefmutter es waren. Eine verlässliche, verständnisvolle, eine, die zur Stelle ist. Eine, die bleibt. Schon als Kind nahm sie sich vor: Sollte sie je einen Mann finden, der zu ihr passt, und sollten sie Kinder haben – sie wird sich nicht von ihm trennen, niemals, sie wird bleiben, an seiner Seite, es müssen schon Häuser einstürzen, dass sie davon abweicht.

Und dennoch ist es schön, wieder einen Abend die Woche einfach nur Maria zu sein. Nicht Maria, Mama von Florence und Lukas.

Als der Zettel im Briefkasten liegt, ist Florence zweieinhalb, Lukas soeben vier geworden. Sie überfliegt den Text, legt das blaue Flugblatt beiseite. Erst ein paar Tage später, als sie nicht schlafen kann, fällt er ihr wieder ein. Sie steht auf, macht die Schreibtischlampe an und hebt ihre Lederunterlage hoch. Da ist er. Sie liest ihn Wort für Wort.

Mit Lukas hat sie eine schwierige Zeit hinter sich. Seit Monaten provoziert er sie, wo er nur kann. Maria hat immer gedacht, wer seine Kinder liebt, schafft alles. Erziehungsbücher braucht es nicht, Verständnis, Geborgenheit und Mitgefühl genügen. Niemals hätte sie gedacht, dass ein gerade mal ein Meter großes Wesen sie an einen Abgrund treiben kann, von dem sie nicht einmal wusste, dass er in ihr existiert. Lukas macht nicht nur mit Absicht genau das Gegenteil von dem, worum sie ihn bittet. Er reizt sie mit jeder Geste, er vollführt das Verbotene lustvoll und lässt sie dabei nicht aus den Augen. Wenn sie »Nein« sagt, grinst er sie an. Und wenn ihm etwas nicht gelingt, wird er zornig und wendet alle Wut gegen sie. Neulich hat er gesagt: »Mama, ich will, dass du tot bist.« Maria hat ihn angestarrt, den Kopf geschüttelt, sich abgewandt. Sie hat sich auf den Rand des Spülbeckens gestützt und lautlos geweint. Und dann, Wochen darauf, rennt sie ihm um den Küchentisch nach. Sie will, dass er die Schuhe anzieht, er will nicht, sie hetzt ihm hinterher, versucht, abzukürzen, stößt sich an der Ecke und schreit auf. Lukas ruft: »Du blöde Kuh, fang mich doch, fang mich doch, du blöde Kuh.« Sie ist kurz davor, ihn an den Haaren zu packen, sie will ihn schütteln, ihm weh tun, ihn mit den Schultern an die Wand stellen, ihn anschreien. Sie beherrscht sich und starrt ihn mit weit aufgerissenen Augen an. Alles in ihr kocht. Wie lange hält sie es noch auf? Allein das Gefühl, so nah an dieser Grenze zu stehen, macht Maria Angst. Sie hat eingesehen, dass sie allein nicht weiterkommt. Jetzt besucht sie seit zwei Wochen diesen Kurs, in dem sie lernt, das Kind zu verstehen, ihm aktiv zuzuhören, seine Gefühle ernst zu nehmen. Aber auch die eigenen. Sie hat Erwin gefragt, ob er nicht mitkommen mag. Aber er arbeitet so viel. Und dann das Engagement für den Quartierverein, die freiwillige Feuerwehr (obwohl sie sich manchmal fragt, ob da nicht das Bier danach mehr Raum einnimmt als die Übungen an sich) – noch mehr schafft er nicht, sagt er. Irgendwann muss er auch mal zu Hause herumsitzen und Zeitung lesen. Das versteht sie.

Sie liest den Zettel noch einmal. Wäre das nicht etwas für sie? Eine Arbeit, für die sie die Wohnung nicht zu verlassen braucht, zehn Stunden in der Woche. Florence und Lukas könnten in ihren Zimmern spielen. Das nötige kaufmännische Wissen hat sie, Kundenkontakt liebt sie ohnehin. Sie könnte endlich wieder ihren Kopf gebrauchen, nicht nur dazu, um beim Einkaufen zu überschlagen, wie viel die Artikel auf dem Förderband kosten. Sie spricht am nächsten Morgen beim Frühstück mit Erwin. Er ist sofort einverstanden. Wenn sie das geregelt kriegt mit den Kindern, warum nicht? Und einen Zuverdienst können sie gut gebrauchen. Maria bekommt die Zusage eine Woche später.

Sie ist zuständig für eine Sektion der Krankenkasse in der Kleinstadt, zweimal in der Woche hat sie Kassenstunde. Dann kommen die Kunden zu ihr nach Hause, um Rechnungen einzureichen und zur Beratung. Sie hat sich ein Register zugelegt und für jeden Kunden eine Karteikarte, auf der sie alle Informationen notiert. Sie liebt genaues Arbeiten und Rechnen sowieso. Auf ihrem Schreibtisch im Schlafzimmer steht eine Rechenmaschine. Sie rattert, wenn sie zusammenzählt, und wenn Maria auf »Summe« drückt, spuckt sie einen bedruckten Streifen aus. Für die wöchentliche Kassenstunde holt sie die Plastikstühle vom Balkon und stellt sie im Flur auf. Da sitzen die Kunden wie in einem Wartezimmer, manche plaudern. Es kommen viele Einwanderer, einige reden nur gebrochen oder gar kein Deutsch, Maria gefällt es, ihr Italienisch wieder häufiger anwenden zu können. Wenn die Kunden sie auf der Straße sehen, begrüßen sie sie mit »Buongiorno Signora!«.

Die Kinder gewöhnen sich an die Zeiten, wenn Maria am Schreibtisch sitzt. Sie bauen dann Hütten im Wohnzimmer mit Tüchern und Wäscheklammern oder sie verkleiden sich in Lukas' Zimmer. Stundenlang können sie zusammen spielen. Sie hören Kassetten, die Märchen von Trudi Gerster und Kasperle.

Mittags, wenn Lukas vom Kindergarten heimkommt, essen sie zu dritt. Es fühlt sich leichter an mit den Kindern, wenn Erwin nicht da ist, beweglicher, sie sind ein eingespieltes Team. An seltenen Wintertagen lässt Maria die Rollläden herunter, ausnahmsweise essen sie Milchreis auf dem Sofa und gucken dazu ein Skirennen im Fernseher. An den Nachmittagen bastelt Maria oft mit ihnen, zeichnet, liest vor, sie spielen wieder und wieder das Bärenspiel und das Feuerwehrspiel, sie gehen in den Herbstwald, sammeln Blätter, sie gibt ihnen alte Unterhemden und lässt sie mit Fingerfarbe die Fliesen im Badezimmer bemalen, bis sie schwarz sind im Gesicht. Abends jedoch ist sie froh, wenn sie die Tür ins Schloss fallen hört und Erwin sein »Hallo!« in die Wohnung ruft. Sie kann an seiner Stimme erkennen, wie es ihm geht, ob es ein guter Tag war oder ob er Sorgen hat. Sie freut sich auf seine Augen, wie er sie liebevoll anschaut, anlächelt, ihren Kosenamen sagt und sie auf den Mund küsst, darauf, seinen Körper noch im Hemd an sich zu drücken, bevor er es auszieht, die ganze Geschäftsmontur, um sich im Unterhemd an den gedeckten Tisch zu setzen.

2

Florence sieht Erwins Haarbüschel über der Kopfstütze. Ab und zu sieht sie seine Hand den Schalthebel umfassen, das Radio lauter drehen, sich auf Marias Knie legen. Ihr Vater fährt ruhig und sicher.

Der Rückspiegel rahmt Erwins Stirn. Florence weiß, wie es sich anfühlt, sich an ihr festzuhalten, wenn sie auf seinen Schultern reitet. Breit ist sie und griffig. Die Haut warm. Und von da oben sieht sie die ganze Welt. Aber jetzt ist sie schon zu groß dafür. Nur manchmal, wenn er abends nach Hause kommt, darf sie seine Beine hochklettern. Und im Meer von seinen Schultern ins Wasser springen.

Oft schaut Florence auf das kleine Zeichen in weißer Schrift links unten im Fenster. Es ist genau auf ihrer Augenhöhe. Florence kann die Buchstaben erkennen, kann sie lesen, doch sie weiß nicht, was es bedeutet.

Eine ihrer frühesten Erinnerungen: wie sie hier im Auto auf ihre Beine schaute. Meine Beine sind jetzt schon so lang, dachte sie. Sie steckten in blauen Manchesterhosen und die Füße reichten bereits bis über die Kante des Sitzpolsters.

Auf dem Rücksitz denkt Florence über die großen Fragen nach. Wo endet das Universum? Erwin erklärt, das Universum sei eine große Blase und unendlich. Eine solche Blase, wie Lukas und Florence sie mit den Bazooka-Kaugummis zu pusten versuchen, wenn sie ans Meer fahren. Doch die Packung reicht nie aus, um zu Kaugummiblasenprofis zu werden. Lukas schafft eine kleine. Bei Florence spritzt nur Spucke aus dem Mund und Lukas lacht über sie. Noch vor Rom ist die Packung leer. Und Florence kann sich trotzdem nicht vorstellen, was das bedeutet, »unendlich«. Sie sieht das Ende des Universums vor sich: mitten in der Dunkelheit, in der Abertausende Sterne als helle Punkte leuchten, eine Bretterwand. Die Bretter schief und unterschiedlich im Farbton, Reste von Plakaten und Spuren von Klebeband. Doch was, fragt sie sich, was liegt hinter der Wand?

Sie liebt es, Regentropfen auf der Scheibe zu verfolgen. Wie die kleinen Buckel rhythmisch zueinander wandern, Millimeter für Millimeter, sich dann plötzlich berühren und sofort verbinden. Wie der neue Hupf zittert, zweimal, dreimal, bis er einen Tropfen entlässt, der hinabschnellt und eine Wasserspur hinter sich herzieht. Und dann in der Fensterkante verschwindet.

Die Kassetten, die sie im Auto wieder und wieder hören: die Oberkrainer, Rote Rosen soll es regnen, denn Rote Rosen bringen Segen, und Andy Dimes. Sie können alle Melodien auswendig und hören am Ende eines Stücks schon den Anfang des nächsten voraus. Es ist Erwins Musik. Marias Musik beschallt das Wohnzimmer im vierten Stock des Wohnblocks, wenn sie das Bücherregal abstaubt und den Glastisch putzt. Bei der Zauberflöte trällert sie den Vogelsänger mit. Die Schallplatten, die Florences Eltern gekauft haben, als sie noch kinderlos waren, die Miniplatten mit Schlagern von Bernd Clüver und Christian Anders und die Langspielplatten von The Moody Blues und Simon & Garfunkel liegen ganz unten in der Kommode. Florence wird sie aus der Versenkung holen, als Lukas schon ausgezogen ist, und sich in Sound of Silence hüllen. Hello darkness my old friend. Davon ahnt sie jetzt noch nichts.

Sie fahren oft in die Nacht hinein. Florence liebt es, wenn die Sterne am Himmel blitzen. Dann wird sie ganz aufgeregt und voller Erwartung, ohne zu wissen, worauf sie sich eigentlich freut.

*

Lukas möchte am liebsten sofort ins Meer rennen. Er kann es kaum erwarten, das salzige Wasser zu riechen und seine Hände im Sand zu vergraben.

Aber erst müssen sie das Zelt aufbauen. Sein Vater ächzt, wie er die Zeltsäcke aus dem Kofferraum hievt. Wie eine riesige Blut- und Leberwurst sehen die Stoffwülste aus, in einem Sack sind die Stangen, im andern die Zelte.

Das Gestänge hat sein Vater mit farbigem Klebeband gekennzeichnet. Wie Mikadostäbe. Es soll ihnen helfen, die Orientierung zu finden im Stangengewühl. Doch jedes Jahr aufs Neue findet sich das richtige Ende nicht. Erwin flucht. Lukas schnappt sich die Zeltschnüre und entwirrt sie. Florence übt in den Pinien, eine Nadel nur mit den Zehen aufzuheben. »Was machst du da, Fräulein? Hilf auch mit, komm«, knurrt der Vater sie an. Jeder hält jetzt eine Stange. Als sie das Außenzelt über das Gerüst hieven, wird es unerträglich heiß da drin.

Lukas schläft in Zelten, solange er sich zurückerinnert. Er legt sein Kissen auf die Luftmatratze. Ein abgewetzter Wal, das eine Stoffauge hängt nur noch an zwei Fäden. Letztes Jahr haben sie ihn in einer Autobahnraststätte vergessen. Sie haben es erst in Marseille gemerkt. Erwin ist am nächsten Morgen die hundertzwanzig Kilometer zurückgebraust und war noch vor dem Mittagessen mit dem Wal im Schlepptau wieder da.

Die ersten Ferientage erkundet Lukas das Gelände. Eines Morgens sieht er diese wunderschöne Fläche. Unbetreten liegt sie vor ihm. Er blickt sich um. Alles still. Neugierig betritt er das Feld. Und sinkt ein. Er zieht den rechten Fuß mit Mühe heraus, macht einen weiteren Schritt, zerrt mit aller Kraft am linken Fuß, der Schuh bleibt stecken. Im Strumpf setzt er den Fuß auf, jetzt versinkt er noch tiefer. Er will zurück. Er kann nicht. Wie eingemauert steht er da. Soll er mit der Hand aufsetzen? Lukas schaut an sich runter, die Schienbeine rutschen Zentimeter für Zentimeter in die zäh-feuchte Erde. Er fängt an zu rufen. »Hilfe!« und nochmals lauter: »Hilfeee!!« Nichts bewegt sich in den umliegenden Zelten.

»Lukas!« Erwins Stimme. »Papa! Hier bin ich!« Er versucht, die Tränen herunterzuschlucken, aber zu spät. Erwin streckt ihm die Hand entgegen, doch Lukas erreicht sie nicht. »Warte, ich bin sofort bei dir.« Lukas beißt sich auf die Lippen. Er hört ein Plumpsen. Erwin legt sich auf ein Brett. Lukas fühlt, wie er unter den Schultern gepackt und mit einem großen Ruck herausgezogen wird. »Mein Schuh«, murmelt Lukas. Der Vater drückt ihn fest an sich.

Auf dem Markt zeigt er Maria die Plastiksoldaten, die er so sehr haben möchte. Es sind fingergroße Figuren, manche liegen mit dem Gewehr im Anschlag da, andere stehen im Ausfallschritt. Eine ganze Armee in Plastik eingeschweißt bekommt er. Lukas widmet sich seiner neuen Errungenschaft in stummer Hingabe. In Symmetrien bewegen sich die Heere aufeinander zu. Ihre Stellungskriege tragen sie in immer neuen Formationen aus.

Mit Erwin kämpft Lukas nicht mehr. Der Papa hatte ihn einmal dazu aufgefordert. Lukas gefiel es, seinem Vater so zu begegnen. Ein erwachsener Mann hält was aus, dachte er. Er schlug zu. Erwin jaulte auf. »Lukas, wir spielen nur«, mahnte er ihn. »Du musst antäuschen, abbremsen!« Lukas schlug noch einmal zu und nochmals, er kam in Fahrt, er hämmerte, kickte, als gehe es um alles. Bis Erwin ihn festhielt, ihm die Arme auf den Rücken drückte. »Beruhige dich. Es ist vorbei, Lukas. Wir lassen das bleiben, ein für alle Mal, so hat es keinen Sinn.«

Wann hat es angefangen? Da ist plötzlich dieses Gefühl. Es fängt zu kribbeln an, als würde sein Körper heiß, er brennt, und alles, was er in sich bersten fühlt, muss raus. Er ist ein Feuerball, er fliegt durch die Luft, keiner kann ihn aufhalten. Auch wenn Florence nicht aufhört, zu stupsen, zu provozieren. Wenn Lukas merkt, dass es kommt, das Feuer, muss er sagen: »Ich sehe rot«. Florence darf dann nicht weitermachen mit ihrem Sticheln. Sie muss aufhören, sofort.

Der Nachbarsjunge hat das nicht gewusst. Reto hat fies gelacht, Lukas hat seinen Kiefer angespannt, seine Augen haben sich geweitet. Er stößt ihn, Reto verliert das Gleichgewicht, fällt. Prallt mit dem Hinterkopf auf die Mauer. Reto muss im Dunkeln liegen die ganze Nacht, die Mutter muss ihn alle zwei Stunden wecken. Lukas ist schuld. Er weiß nicht, wie er ihm begegnen soll, wie ihm in die Augen schauen, wenn er ihn nach den Ferien wiedersieht.

*

Florence schafft schon eine ganze Länge, Maria lässt sie im tiefen Becken allein schwimmen und sie kann auch den Köpfer. Sie kann nicht nur schwimmen, sie übt auch Schlittschuh- und Rollschuhlaufen. Und sie liebt Hunde.

Sie wünscht sich sehnlichst einen Hund, aber das geht nicht, das steht so in der Hausordnung, sagt Papa. Außerdem dürfen sie keinen Hund haben und auch sonst kein Tier mit Haaren wegen Lukas. Erwin hat gehört, dass aus seinem Mund so ein Pfeifen kam. Er hat sich hingekniet und an seinem Rücken gelauscht. »Wahrscheinlich Asthma«, sagte er und sie gingen sofort zum Arzt. Und wirklich, Lukas war allergisch auf Tierhaare. Deswegen trug er eine Sauerstoffmaske, als sie zum Zirkus Knie fuhren. Dennoch bekam er dort einen Anfall und musste raus, aufs Gras, bis er sich beruhigt hatte.

Einmal hatte auch Florence Atemnot mitten in der Nacht. Maria setzte sich mit ihr auf den Balkon, gab ihr Vanilleeis und sprach beruhigend auf sie ein. Sie streichelte ihr über den Rücken und murmelte immer wieder: »Ganz ruhig, es ist alles gut.«. Florence schaute den Mond an und versuchte, die Nachtluft einzuatmen. Dennoch wurde es nicht besser. Da fuhr der Vater sie zum Notarzt. Mitten in der Nacht. Der Arzt hieß »Doktor Morgen«, das fand Florence sehr passend und lustig, denn es war ja wirklich früher Morgen, nachts um drei. Er sagte ihr, dass sie keine Angst haben solle und er ihr jetzt eine Spritze gebe. Ihr Papa streckte ihr die Hand hin und sagte: »Du kannst mich kneifen, so fest, wie es dir wehtut«. »Wirklich?«, fragte Florence. Er nickte. Die Spritze kam und Florence kniff mit aller Kraft in die Vaterhand. Sie war warm und der Vater wich nicht zurück.

Mit Lukas spielt sie Zirkus. Sie üben den ganzen Nachmittag, Jenny, ihre Nachbarin und beste Freundin und deren Bruder machen auch mit. Sie turnen auf dem Netz des Klettergerüstes herum, sie versuchen, ein Rad zu schlagen im Sandkasten, sie holen einen Reifen und lassen den Löwen durchspringen und Lukas führt einen Trick aus dem Zauberkasten vor.

Abends ist es dann so weit. Sie tragen die Plastikstühle, die immer auf dem Balkon stehen, vom vierten Stock herunter zum Spielplatz. Florence zieht ihr weißes Badekleid mit den roten Punkten an. Lukas verkleidet sich als Zauberer und trägt einen Zylinder. Sie sind aufgeregt. Sie klingeln bei den Nachbarn, warten, bis alle da sind und auch Erwin von der Arbeit nach Hause gekehrt ist. Die Vorstellung kostet fünfzig Rappen, sie gehen gleich zu Beginn mit dem Hut rum. Dann geht der Vorhang auf. Florences Bein zittert ein wenig, als sie auf dem Seilnetz auf nur einem Bein steht. Der Löwe brüllt, wie er durch den Reifen springt. Und Lukas bringt die Zuschauer zum Staunen. Zum Schluss bauen sie eine Menschenpyramide: Als Jenny fast oben ist, verliert sie plötzlich das Gleichgewicht und die Kinder fallen übereinander. Sie lachen sich krumm, dann verneigen sie sich. Das Publikum klatscht.

Übermütig trägt Florence einen der Plastikstühle hoch und sprudelt über vor Aufregung über das, was gerade passiert ist. In der Wohnung angekommen, bemerkt sie

Erwins ernstes Gesicht. Er ist verstummt. »Kommt einmal mit«, sagt er und winkt sie ins Schlafzimmer. Da sitzen sie auf zwei Stühlen, der Vater ihnen gegenüber. Er lehnt sich vor, hebt die Augenbrauen und lugt über die Brille. Florence wirft Lukas einen verstohlenen Blick zu. Der deutet ein Schulterzucken an und zieht den Kopf ein. Dann platzt es aus Erwin heraus. »Macht mir so etwas nie wieder! Es geht nicht, dass man Geld verlangt für etwas, was nur halbpatzig geprobt ist. Ich schäme mich«, sagt der Papa, »wenn meine Kinder mich vor der versammelten Nachbarschaft zum Affen machen.«

Florence kämpft gegen die Welle an, die in ihr aufsteigt: Sie versucht zu widersprechen, sie hätten doch geprobt, den ganzen Nachmittag. Da kann ihr Vater nicht an sich halten: Dröhnend fährt die Stimme auf Lukas und Florence nieder, seine Augen zürnen über den Brillenrand. Ein Gottesurteil. Der Zauberer und die Seiltänzerin sacken auf ihren Stühlen zu Häufchen zusammen. Florence kann nicht mehr sprechen, der Kloß in ihrem Hals ist zu groß. Die Tränen rinnen ihr lautlos übers Gesicht. Würde sie ansetzen, zu sprechen anfangen, würde sie sofort losheulen. Diese Blöße will sie sich nicht geben. Sie schluckt, es schmerzt schon im Hals, und geht stumm in ihr Zimmer. Dort, hinter verschlossener Tür, wirft sie sich aufs Bett und weint ins Kissen. Sie weint und wartet, bis jemand kommt und sie erlöst. Es fühlt sich an wie Stunden, bis es klopft. Florence weiß, wer das ist: Maria. Sie spürt, wie die warme Hand über ihren Rücken streichelt, wieder und wieder. Als Florence sich langsam aufrichtet, aus der Erstarrung heraustritt, nimmt ihre Mutter sie in die Arme und wiegt sie tröstend hin und her.

*

Erwin fährt die Buckelpisten mit kurzen, harten Schwüngen. Er fährt oft allein. Maria kurvt auf der blauen Piste oder sie trinkt eine heiße Schokolade im Restaurant der Mittelstation. Er hat ihr Skifahren beigebracht, damals im Tessin, vor zehn Jahren. Sie hält sich gut, aber auf die schwierigen Pisten folgt sie ihm nicht. Die Kinder fahren in Gruppen, die Pfarrersfrau erteilt Unterricht.

Schwarze Pisten fordern Erwin heraus. Er hält die Skier parallel, setzt den Stock weit vor sich auf und hopp, verlagert den Schwerpunkt. Er sieht den Pfarrer und seinen Kollegen von weitem. Zwei Männchen am seitlichen Hang. Das Rot der Mütze sticht heraus. Sie fahren besser als er. Der Pfarrer mit seiner Halbglatze und dem Vollbart, seinem ewig gütigen Lächeln. Wie eine Figur aus Marias Weihnachtskrippe sieht er aus, ein Mann, wie Marias Vater es ist: geschnitzt aus gutmütigem Holz, einer, der Tränen vergießt bei den Adventsgeschichten. Der Pfarrer ist groß, athletisch, bestimmt fährt er auch Rad, womöglich besitzt er nicht einmal ein Auto, kann sein, dass der bei den Grünen ist.

Der andere ist ein Freund des Pfarrers: Immer trägt er den Wollpullover zum Skifahren und montiert sich Felle, um einen unberührten Hang hochzutippeln. Dann gleitet er durch den Tiefschnee, es sieht aus wie Fliegen, zieht perfekte Sinuskurven hinter sich her. Unten angekommen, klaubt er einen Apfel aus seinem Rucksack und beißt rein, so dass der Saft spritzt. Im Militär ist er Soldat geblieben. Wieso? Hat er keine Ambitionen? Und so einer macht ihm was vor? Bei den gemeinsamen Abendessen versucht er ihn zu belehren. Spricht über Gewaltlosigkeit, gibt zu, für eine Schweiz ohne Armee zu sein. Erwin argumentiert für seine Haltung, der andere schaut ihn fürsorglich an und streicht sich dabei über seinen grauen Bart. Diese lieben Menschen hier. Erwin fühlt sich unwohl, irgendwas stimmt da nicht. Wenn alle sich so einig sind, wird er nervös. Es juckt ihn unter der Zunge. Auch er ist Christ. Dazu muss er nicht in die Kirche gehen. Er hat sein eigenes Verhältnis zu Gott, beten kann er auch daheim. Natürlich sind ihm die christlichen Werte wichtig. Rücksicht ist eines seiner Grundprinzipien, und die Liebe zum Nächsten versucht er aktiv zu leben. »Herr, gib mir die Kraft, zu ändern, was ich ändern kann, die Gelassenheit, zu akzeptieren, was ich nicht ändern kann, und die Weisheit, zu unterscheiden.« Einer seiner liebsten Sprüche. Aber auch: »Herr, schenk mir Geduld – aber bitte ein bisschen plötzlich!« Dieses stete Lächeln, dieses so ausgestellt Nette, Erwin fühlt sich geradezu angestachelt, zu provozieren.

Anders zu sein als dieser Einheitsbrei. Hier und dort eine zynische Bemerkung fallenlassen, einen politisch nicht ganz korrekten Witz. Wie früher, im Turnverein, nachdem das Gitarrenspielen nicht hingehauen hatte, um die Mädchen zu bezirzen. Sein Mundwerk, sein kostbarster Besitz. Einmal hat einer ihn vor allen anderen heruntergeputzt. Erwin konnte nicht mitlachen. Hat der zu ihm gesagt: »Ja, Rüegg, so einer bist du: Immer austeilen, aber dann selber nichts einstecken können.«

Und dann dieser Versicherungskaufmann am Kopf des langen Tisches, der sich über Florence und Lukas beschwert. Eine Frechheit sei es, dass sie ihre Taschencomputer an den Tisch mitnehmen und spielen dürften, bis die Suppe komme. Und dass sie schlecht erzogen seien, nie würden sie ihm von sich aus die Butter weiterreichen. Maria nimmt sie in Schutz. Wie immer, eine Löwenmutter ist Maria, die ihre Kinder verteidigt. Ein kantiges Lächeln hat der Versicherungskaufmann, mit seinem Kinn könnte er in einem Film mitspielen. Dort wäre er der Gewinnervater, einer, der mit dem Sohn zum Fußballtraining geht und ihn anfeuert, und wenn der Sohn etwas nicht kann, zeigt er ihm, wie es geht. Sonntags gehen sie zusammen joggen und bei einer Reckstange macht er dem Sohn vierzig Klimmzüge vor. Dann lacht er über sich: »Früher war ich besser.« Ein amerikanischer Film wäre es, der Vater wüsste, was gut ist und was schlecht, und samstags würde er sein Auto putzen, vor seinem Vorstadthäuschen mit gemähtem Rasen. Erwin kann solche Gewinnertypen nicht ausstehen.

Nach dem Essen spielen sie Monopoly oder Kuhhandel. Kuhhandel gefällt Erwin besser, er lacht sich ins Fäustchen, wenn er blufft und die Viecher für viel Geld loswird. Heute zieht er den Versicherungskaufmann über den Tisch. Der ärgert sich schwarz, Erwin sieht es seinen Lippen an. Nach dem Spiel bringen die Kinder Buntstifte, er zeichnet ihnen eine Pistenwalze, die grinst. Viele kleine Füße hat sie und im Mund steckt eine violette Pfeife. Sie werden die Zeichnung zu Hause aufhängen und jahrelang, bis zum Auszug, wird sie am Schrank im Flur prangen.

Eigentlich ist Erwin gern in Gesellschaft. Das war das Schöne am Quartierverein und an der freiwilligen Feuerwehr: dass man zusammensitzen konnte, plaudern, ein Bierchen trinken. Aber diese endlosen Sitzungen. Erwin hat sie nicht ausgehalten. Tagsüber Sitzungen reicht, in der Freizeit muss er das nicht auch noch haben. Und bei der Feuerwehr hätte er niemals Korporal werden sollen. Eine Leiter zu befehlen, lag ihm nicht, er war zu wenig genau, steckte jedes Mal Rügen ein.

Seit Erwin in Zürich arbeitet, isst er jeden Mittag in der gleichen Kneipe. Er duzt den Wirt, seit dem zweiten Tag sitzt er zusammen mit Mona, Fritz und Köbi am selben Tisch. Er weiß, was sie beruflich machen, aber sie reden kaum über die Arbeit. Er genießt es: Diese

Menschen, mit denen er plaudern kann und die ihn einfach so nehmen, wie er ist.

Am nächsten Tag auf dem Skilift spürt er es nicht kommen, er merkt die kleine Bewegung nicht. Nur, dass Maria ganz stumm geworden ist. Sie hat immer Angst im Steilhang. Wahrscheinlich hat sich ihr Ski verkantet. Sie klammert sich an ihn, schreit auf. Er erwischt sie nur an der Jacke, sie fällt, sie schlittert, rutscht, sie knallt in die zwei Skifahrer hinter ihr, reißt auch die aus dem Lift, poltert den Hang hinab, bleibt liegen. Erwin fährt sofort zu ihr. Maria. »MARIA!« Sie schaut ihn benommen an. An ihrer Lippe klebt Schnee.

Der Schlitten kommt schnell. Schon nach gefühlten drei Minuten ist er bei ihnen. Die Sanitäter legen sie auf die Bahre, wickeln eine Wolldecke um sie, fahren zur Mittelstation. Erwin im Kurzschwung hinterher. Maria klagt über Kopfschmerzen. Ansonsten tue ihr nichts weh. Zur Sicherheit will man sie ins Krankenhaus bringen, auf innere Verletzungen überprüfen. Der Helikopter landet, wirbelt Schnee auf. Erwin drückt Marias Hand. »Hab keine Angst.« Er fährt zum Haus, packt ihr eine Tasche mit dem Nötigsten, nimmt die Gondel und lässt sich von einem Taxi ins Krankenhaus bringen. Lange sitzt er im Warteraum, auf die Zeitschrift, in der er blättert, um seine Finger zu beschäftigen, kann er sich nicht konzentrieren. Endlich ruft ihn der Arzt auf. Eine Hirnerschütterung, Prellungen am ganzen Körper, sie braucht eine Woche Ruhe. Erwin schließt die Augen, atmet auf.

»Was machst du für Sachen?« Er schaut Maria an und schüttelt den Kopf. »Wie fühlst du dich?«

Maria versucht zu lächeln. Sie greift nach seiner Hand und murmelt: »Ich hasse den Steilhang, hab ich dir doch gesagt.«

Sie will wissen, wie es passiert ist. Erwin erzählt, an was er sich erinnert. Dann schweigt Maria, beim Sprechen spürt sie das Klopfen im Kopf noch mehr. Erwin fährt ihr über die Wange, schaut sie lange einfach nur an.

Er fährt zurück zum Lagerhaus, müde. Lukas und Florence stürmen auf ihn zu.

»Erzähl, was ist los, wie geht's Mama?«

»Sie hat eine Hirnerschütterung«, sagt er, »aber es geht ihr den Umständen entsprechend gut.«

Er umarmt beide Kinder fest, das hat er lange nicht mehr gemacht.

»Setzt euch, ich erzähl euch alles der Reihe nach.«

Lukas und Florence hören ihm mit weit aufgerissenen Augen zu. Lukas hat ihm einen Teller Suppe und drei Stück Brot aufgehoben. Erwin schlürft die kalt gewordene Suppe auf dem Kajütenbett. Er baumelt mit den Beinen.

*

Maria trennt die Eier. Eine Prise Salz ins Eiweiß, dann schlägt sie es steif. Es gefällt ihr, wie die Flüssigkeit allmählich zu glasigem Schaum wird und sich genau so verhält, wie sie es erwartet. Sie dreht den Krug einmal um: hält. Die Eigelbe mischt sie mit Zucker und Butter, man muss die Masse so lange schlagen, bis sie hellgelb ist. Es ist ein Rezept ihrer Mutter, von Hand notiert. Anna ist vor einem Jahr in dieselbe Kleinstadt gezogen, sie hat eine eigene Einzimmerwohnung, aber fast wöchentlich fühlt sie sich schlecht: Schwindel, Herzrasen, und Maria muss sofort vorbeischauen oder einen Arzt kommen lassen. Sie wird der Mutter ans Herz legen, ins Altenheim zu ziehen, direkt gegenüber. Es ist nicht so, dass Maria sich nicht kümmern will. Nur: Die Ärzte finden nichts. Es ist psychisch, sagen sie. Und Maria glaubt, dass Anna einfach Menschen fehlen, dass sie sich nach Aufmerksamkeit sehnt und vielleicht beruhigt es ihre Angstzustände, wenn sie jederzeit die Klingel drücken könnte und jemand käme.

Bei Mutti war das anders. Sie klagte nie und brauchte niemanden. Und dann wurde sie eines Tages auf der Treppe gefunden. Tot. Maria wollte gerade zum Strand, als man sie auf dem Campingplatz ans Telefon holte. Die Nachricht traf sie aus dem Nichts. Sie wurde von einem Weinkrampf geschüttelt, der sich anfühlte, als würde er nie mehr aufhören. Sie verstand nicht, woher das kam. Zwar hatten sie sich als Erwachsene etwas angenähert, sie fuhr manchmal mit den Kindern zu ihrem

Vater und Irmgard und die las den Kleinen Büchlein vor oder puzzelte mit ihnen. Und doch war da nie Körperlichkeit, nie eine warme, tiefe Liebe zwischen ihnen. Sie war ihr dankbar für alles, was sie für die Kinder, die ja nicht ihre waren, getan hatte, das ja. Jetzt, wo sie selbst Kinder hatte, konnte sie das noch viel mehr sehen und schätzen. Auch ihre Strenge verstand sie besser und wie sie mit dem wenigen Geld hatte haushalten müssen. Und doch wich die Härte, die Mutti sie hatte spüren lassen und die in ihr drin widerhallte, nie ganz aus Marias Herz. Warum in aller Welt musste sie nun so sehr weinen?

Als nächstes muss sie die Schokolade reiben, sie füllt die Stücke in die Maschine und drückt den Stößel langsam nach unten. Winzige Flöckchen, fast Würmchen, krümmen sich unten aus der Öffnung heraus.

Als sie zum ersten Mal bei Erwins Eltern eingeladen war, wollte sie so eine Torte mitbringen. Erwin erblasste.

»Nein, mach das lieber nicht, meine Mutter kümmert sich um den Nachtisch.«

»Warum das denn?«

Er druckste herum. Sie fand heraus, dass er Angst hatte, sie würde sich blamieren. Die Mutter, eine Konditorentochter, hatte hohe Ansprüche an Kuchen. Aber Maria beharrte darauf, ihre Torte mitzubringen. Noch nie hatte jemand die nicht gemocht. Und siehe da: Claire und Werner lächelten und lobten das Naschwerk.

In letzter Zeit fährt Erwin wieder schneller aus seiner Haut. Wahrscheinlich liegt es daran, dass es bei der Arbeit nicht so läuft, wie er sich das wünscht. Und dass die ihm ganz schön Druck machen. Aber im Grunde ist es schon so, seit die Kinder da sind. Ihr gegenüber erhebt er nie die Stimme, höchstens rollt er mal die Augen. Die Kinder hingegen können ihn derart auf die Palme bringen, dass er die Fassung verliert. Sie sieht es ihm an, wie er sich an Messer und Gabel festhält, vor sich hinstarrt, ehe er mit flacher Hand auf den Tisch schlägt und die Kinder anschreit. Er schaut sie drohend an und sie, sie sieht, wie die Kinder zusammenzucken, wie sie verstummen, wie sie gegen das Weinen ankämpfen. Sie hat ihn zu einem Erziehungskurs mitgeschleppt. Sie hat versucht, Familienkonferenzen einzuführen, wie es die Methode beschreibt. Vergeblich. Die Konferenzen endeten im Desaster, die Wut lag noch Tage später in der Luft. Sie hat dann auf Spaziergängen mit Erwin geredet: wie weh es ihr tue, wenn er die Kinder so anbrüllt. Wenn sie die Angst in ihren Gesichtern sieht. Wenn sie das Weinen herunterschlucken, sich in ihre Zimmer verkrümeln und da ins Kissen schluchzen. Dass sie nicht will, dass die Kinder in Angst aufwachsen. Sie hatte gehofft, dass Erwin das verstände und mit sich reden ließe. Fehlanzeige. Alles, was geschah: Erwin wurde unglaublich sauer. Er schüttelte ihre Hand ab, er schrie zum ersten Mal sie an, er stapfte davon. Da verstand Maria: Es hatte keinen Zweck. Sie konnte ihn nicht ändern. Und lieber, als dass sie sich auch noch verkrachten, nahm sie eben seine Aussetzer den Kindern gegenüber hin. Mischte sie sich ein, verstand er es sofort als gegen sich gerichtet. Dass sie sich verbündete mit den Kindern. Sie stand den beiden sowieso näher, das war ein offenes Geheimnis, sie hatte den besseren Draht zu ihnen, sie verbrachte mehr Zeit daheim. Sie wollte ihrem Mann nicht das Gefühl geben, dass sie eine Front bildete mit den Kindern. Sie wollte ihm zeigen, dass sie an seiner Seite war. Also wurden ihre Vermittlungsversuche weniger, nur etwas abmildernde Worte, ein Blick, ein Handzeichen – oder aber sie ging aus dem Raum und verließ das Schlachtfeld. Tür zu, aus den Augen, aus dem Sinn. Das Zusehen brachte sie in die Bredouille. Sollten die das allein ausmachen, sie wollte nicht zwischen den Fronten stehen, wollte nicht zwischen Mann und Kindern entscheiden müssen. Und sie wollte nicht, dass ein Ehekrach daraus entstand, nur, weil Erwin manchmal ungeduldig war oder unzufrieden mit den Kindern. Und oft hatte er ja auch recht: Manchmal waren sie frech oder faul oder laut und halfen nicht viel mit. Nur die Art, wie er es ausdrückte, ging ihr gegen den Strich. Machte all ihre Bemühungen, eine gute Mutter zu sein und ein gefühlvolles, friedliches Umfeld zu schaffen, zunichte. Aber du kannst die Menschen nicht ändern. Das ist der Mann, den sie geheiratet hat. Mit all seinen wunderbaren Seiten. Und eben auch mit diesen Schwächen.

Sie versucht, die Kinder zu unterstützen, wo sie kann. Sie hört ihnen zu, hilft bei den Hausaufgaben, wenn es nötig ist, sie herzt sie oft und gibt ihnen viele Freiräume. Und sie versucht, wenn es mal wieder einen Ausbruch gegeben hat, im Nachhinein die Wunden zu heilen und die Wogen zu glätten. Und natürlich gibt sie sich Mühe, dass Erwin nicht noch zusätzlich belastet wird. Sie macht fast alles im Haushalt, es gibt Essen, wenn er nach Hause kommt, sie hört ihm zu, hört die Sorgen im Geschäft ab, muntert ihn auf. Mehr kann sie nicht tun. Jedenfalls nicht, ohne den Frieden zwischen ihnen zu riskieren. Und wem hälfe das etwas?

Sie leckt die Reste der noch warmen Glasur aus dem Topf. Dann dekoriert sie die Torte mit rosa Zuckerblüten. Morgen wird sie 37. Jetzt ist alles bereit.

3

Erwin schiebt eine Kassette ins Gerät, klopft mit dem Finger den Takt, »seid ihr angeschnallt?«, fährt los. Zu fahren, die Straße vor sich mit den immer gleich getakteten Streifen, die Masten der Hochspannungsleitungen, die links und rechts vorbeiziehen: Das genügt ihm, um eine Art Glück zu empfinden. Vielleicht könnte man es am ehesten als Sprudeln beschreiben, als etwas, das in ihm ins Fließen gerät, was sonst oft stockt, verklumpt, und sich durchs Fahren auflöst. Er würde es gern Unabhängigkeit nennen, dabei ist die Möglichkeit, jederzeit zu wenden und irgendwo anders hinzufahren, nicht das Zentrale. Erwin liebt das Fahren auch dann, wenn er einen Kunden besucht und an einen Termin gebunden ist. Dass die Außenwelt an ihm vorbeizieht, unaufhörlich, dass alles in Bewegung ist, verschafft ihm eine Ruhe, die ihm das Stillsitzen leicht macht.

Er mag leise Motoren, fein reagieren sollen sie, und wenn im Kofferraum genug Platz ist für so viel, dass er eine Woche davon leben kann, dann braucht er nicht mehr. Den Sitz herunterlassen und die Augen zu – sein Auto ist ihm Gefährt und Höhle in einem.

Er achtet darauf, nicht zu nah an die Mauer zu fahren, damit Lukas und Maria genug Platz zum Aussteigen haben. Der Nelkenweg ist ruhig, eine Sackgasse.

Erwin geht als Erster die Treppen hoch. Er weiß, dass

Werner schon hinter der Tür bereitsteht. Gewiss hat er das Auto gehört. Jetzt schlüpft er ins Jackett und streicht sich die wenigen Strähnen zurecht, die seine Glatze garnieren. Erwin drückt die Schultern durch und klingelt. Die Tür geht auf, doch da steht Claire und streckt die Arme aus. »Hallo Maman!« Er gibt ihr einen Kuss auf die Wange. Sie riecht nach Bergamotte. Als er sich bückt, um aus den Schuhen zu schlüpfen, knattert über ihm die Vaterstimme: »Grüß dich, Erwin.« Erwin richtet sich auf. Er ist kleiner als der Vater. In Socken steht er dem alten Mann gegenüber und drückt fest die hingestreckte Hand.

»Hallo Papa.«

»Großvater!« Florence fällt ihm um den Hals. Lukas und Werner begrüßen sich mit Handschlag. Werner fragt sogleich nach der Schule. Die Kinder haben ihre Zeugnisse dabei, sie wissen, dass es für jede gute Note Bargeld gibt.

»Man muss nicht der Beste sein, auch nicht Zweitbester. Irgendwo im vorderen Mittelfeld genügt,« hört Erwin den Vater sagen. Er ist milder geworden, denkt er sich. Zu mir hat er das nie gesagt.

Claire trägt die Saucière herein. Erwin hat Hunger. Er setzt sich ans Fenster, mit Blick auf die Felder und den Modellflugplatz. Die Sträucher im Garten blühen. Werners Ausführungen zur Wichtigkeit der Schweizer Armee hört er nur beiläufig zu. Da er dessen Meinung längst kennt, kann er in den kurzen Redepausen nicken und seinen Gedanken nachhängen. Ein Vorgehen, das er von Kindsbeinen an trainiert hat.

Die Rekrutenschule hat er Ende des vierten Lehrjahrs besucht. Er war in einem kleinen Dorf in der Nähe des Neuenburger Sees stationiert. Den Eltern hat er einmal pro Woche einen kurzen Brief geschrieben. Claire sandte ihm ein Paket mit seiner Lieblingsschokolade, Frigor, und Wollsocken für die Nacht. Dabei schläft Erwin am liebsten nackt. Claire hielt ihn schon immer für empfindlich: »Der Bub ist ein Zarter«, sagte sie. Sie erzählt heute noch, wie er im Kindergarten einmal verprügelt wurde und wie Werner ihn hieß, sich zu wehren. Zurückschlagen sollte er.

»Das werde ich nicht machen, Maman«, flüstere Erwin.

»Aber warum denn nicht?«

»Das tut den andern weh.«

Wenn Claire wüsste. Sie würde beten für ihn, augenblicklich.

»Schmeckt vorzüglich!« Erwin deutet eine Verbeugung an und lächelt seiner Mutter zu. Ihr Rindsvoressen schmeckt noch genau wie früher. Maria pflichtet ihm bei, will wissen, ob sie der Soße Weißwein beigemischt habe. Ist Maria dabei, muss er sich nicht so anstrengen. Sie hält das Soziale am Laufen, er kann sich in seine Gedanken verkriechen.

Die längsten Briefe aus der Rekrutenschule und den nachfolgenden Schulungen, fast zwei Jahre am Stück war er im Militär, schrieb er an seine Geliebte. Sie war schon dreißig und die einzige Frau, die mehr redete als er. Sie war nicht so zart und unerfahren wie die Mädchen in seinem Alter, sie war nicht üppig und verdorben wie die Frauen aus den Magazinen. Überhaupt entsprach sie im Grunde nicht seinem Schönheitsideal. Iris war groß, hager und kurzhaarig. Ihre Wangenknochen stachen hervor, wenn sie lachte, bebte ihr ganzer Körper. Sie rauchte wie ein Schlot. Sie liebte das Theater und schleppte Erwin jede Woche in eine Vorstellung. An der frischen Luft waren sie selten. Iris konnte mit der Natur nichts anfangen, Sport jeglicher Form verabscheute sie. Wenn sie nicht im Theater waren, traf Erwin sie in ihrer Mansarde. Ganze Wochenenden verbrachten sie auf ihrem Bett, nicht nur sich in allen möglichen und unmöglichen Stellungen liebend, wie biegsam Iris war und hungrig, nein, sie aßen im Bett, schmusten, kitzelten sich aus, hörten Iris' Platten rauf und runter und sie las ihm Brecht vor und Ionesco, letzteren auf Französisch. Erwin konnte sich gar nicht auf das Stück konzentrieren, weil ihm so gefiel, wie sie französisch sprach. Sie hatte einen starken Akzent. Sie rauchte dazu ihre Mary Long, aschte in einen Tonaschenbecher, den ihr Exfreund für sie getöpfert hatte. Erwin brachte sie nie mit nach Hause. Er wusste, dass sie Werners Kriterien für »eine gute Partie« nicht erfüllte. Dass er einmal von ihr erzählt hatte und die Kommentare, die er daraufhin geerntet hatte, reichten ihm. Als er seinen Anzug für den Offiziersball in die Chemische Reinigung bringen wollte, hielt Werner ihn am Ärmel fest.

»Hast du eigentlich schon eine geeignete Begleitung?«

»Ja.«

Werner schaute ihm lange in die Augen. »Du kannst nicht mit dieser Alten dahingehen. Ich will nicht, dass mein Sohn sich blamiert.«

Erwin hatte selbst insgeheim Zweifel. Iris wollte keine Familie. Zudem wäre sie niemals Motorrad mit ihm gefahren, von Zelten ganz zu schweigen. Ihre Beziehung war auf die fünfundzwanzig Quadratmeter ihrer Wohnung beschränkt, da gehörte sie hin, da glühte sie. Außerhalb der vier Wände war ihre Überlebenschance gleich Null. Das redete Erwin sich wieder und wieder ein, als er zum Hörer griff und eine andere fragte, als er seine Papiermarke in der Chemisch-Reinigung abgab und seinen Anzug in Knitterfolie entgegennahm, als er die Schuhe schnürte und sich rasierte, als er Tage nach dem Ball bei Iris klopfte und ihr mit hängendem Kopf gestand: Es ist vorbei. Sie schrieb ihm Neujahrskarten, Jahr für Jahr, stets mit einem Scherenschnittbild, das sie selbst anfertigte. Bis vor drei Jahren keine Neujahrskarte mehr ankam, sondern ein schwarzgeränderter Umschlag. Dass sie ein Herzleiden gehabt hatte, hatte sie ihm gesagt, aber Erwin hatte es vergessen, an den Rand seines Gedächtnisses gedrängt, erst als er die Karte las, fiel es ihm wieder ein.

Erwin ist als Erster fertig. Er schlingt Essen herunter, das gewöhnte er sich damals an, als er Schicht arbeitete und sie nur zehn Minuten Pause hatten. Werner isst stumm, den Zipfel der Stoffserviette in den Hemdkragen gesteckt.

Dann räumt Claire den Tisch ab, Werner öffnet den Schrank und holt den Teppich und das Lederetui hervor. Mit dem Teppich hat Maria sich vor vielen Jahren ins Herz der Schwiegereltern geknüpft. Auf dem breiten Rand sind die vier Farben abgebildet: Ecke, Herz, Schaufel und Kreuz. Werner öffnet den Reißverschluss des Lederetuis und zieht die gespitzten Griffel und die Granittafel heraus. Dann löst er die Plastikfolie von zwei Kartensets, mischt sie und breitet sie mit einem geübten Wisch auf dem Teppich aus. Sie ziehen. Sie schiebern zu sechst, mit zwei Kartendecks. Lukas, Claire und er sind in einem Team.

Maria spielt das Herzass aus. Erwin betrachtet seine Karten. Nur ein König, sonst Bube oder tiefer. Er sortiert die drei Achten hintereinander, um sie nicht unbedacht auf den Teppich zu werfen. Im Grunde jasst er nicht gern.

»Fünfzig.« Claire verzieht keine Miene. Beim Jassen ist sie Zigeunerin. Sie betet sogar für gute Karten. »Von was?« will Werner mit knorriger Stimme wissen.

»Kreuz ist Trumpf«, sagt Werner in der nächsten Runde. Er spielt den Bauern aus und schnurrt: »Hundert. Trumpfkönig, mit Stock.« Erwin lächelt fein. Er legt

Daumen und Zeigefinger an die Karte und wirft sie aus dem Handgelenk auf den Teppich. Er sticht mit dem zweiten Bauern und sagt wie nebenbei: »Zweihundert. Vier Buben.«

*

Lukas' erster Held war Erwin. Er war es, der sich mit ihm an die Orgel setzte und ihm zeigte, wie er ihr Töne entlockt. Er hat ihn auf seine Arme gerettet, als er kopfüber in die Brennnesseln fiel. Er erklärte ihm und Florence auf langen Autofahrten die Welt: Was ist Schwerkraft? Wieso fließt das Wasser nicht aus dem Eimer, wenn man ihn schwingt? Weshalb gibt es Stau auf der Straße, wo die Straßen doch endlos sind? Wie kann es sein, dass die Erde rund ist und es doch Berge gibt?

An diese Antwort erinnert sich Lukas noch heute: »Stell dir einen verschrumpelten Apfel vor«, sagte Erwin.

Aber Lukas konnte sich keinen solchen Apfel vorstellen.

»Dann nimm das Gesicht eines sehr alten Menschen. Überall sind Falten. Diese Falten, wenn du sie dir riesig vorstellst und dich winzig klein, das sind die Berge. Trotzdem ist das Gesicht des Menschen rund.«

Der Vater liebte Fragen, gerne Fragen technischer Art oder zum Leben überhaupt, je schwieriger, desto besser.

Es regte seine Gedanken an, es erlaubte ihm, vermeintlich Sicheres in Frage zu stellen. Und Lukas sicherte es seine Aufmerksamkeit.

Sein Vater antwortete mit einem verblüfften Schnauben: »Das ist eine gute Frage.«

Lukas' liebstes Kompliment. Ehrlich interessiert schaute er ihn an.

Und ein Erfinder des Alltags ist sein Vater! Ein Fan von praktischen Helferchen. Fliegt Lukas eine Fruchtfliege ins Auge, führt Erwin ihn ins Badezimmer und reicht ihm die Spülflasche. Sie ist weich, hat einen Schlauch und einen gelben Gummiaufsatz, der sich passgenau ums Auge schließt. Für lange Autofahrten hat er zusammenfaltbare Nackenkissen und Rollos, damit die Sonne die Kinder nicht blendet. Hat Lukas eine Zecke, ist es Erwin, der sie rauszieht, sein Mikroskop holt und untersucht, ob keines der acht Beine fehlt. Und um ihm das Radfahren beizubringen, legte er Betonklötze aus, an denen Lukas sich abstoßen konnte, so lange, bis es ihm gelang, alleine das Gleichgewicht zu halten.

Und das Jassen hat Erwin ihn und Florence gelehrt, noch ehe sie lesen konnten. Familientradition. Ihre Hände waren zu klein, um die Karten zu fassen, also hat er flugs zwei Schuhbürsten als Halter vor sie hingestellt.

Wenn Erwin gut gelaunt ist, hört Lukas ihn pfeifen. Er hört ihn bereits, wie er die Treppen zum Hauseingang hochgeht. In letzter Zeit ist er oft gut gelaunt.

Heute müssen Lukas und Florence sich zurechtmachen. Maria duftet nach dem italienischen Parfüm, das sie nur zu besonderen Anlässen aufträgt. Auch Lukas' Großeltern werden kommen. Erwin lädt alle ein. Sie feiern die Prokura. Das ist eine Sache, die bedeutet, dass Erwin nun geschäftliche Papiere unterschreiben darf. Jedenfalls ist er in Hochstimmung.

Die erste Firma, an die Lukas sich erinnert, hieß Fust. Der Name ging in den Familienwortschatz ein wie ein lieber Verwandter. Da war Erwin die längste Zeit bisher, gewiss vier oder fünf Jahre.

Die Firmen davor kennt Lukas nur aus Erzählungen. Mal machte Erwin zu viele Tippfehler, mal langweilte er sich und wollte lieber zurück in den Maschinenbereich, mal verstand er sich mit dem Chef nicht. Ein, zwei Jahre, dann wechselte er. Und bildete sich weiter – an Montagabenden drückte er nochmals die Schulbank. Mit jeder neuen Stelle müssen Florence und Lukas einen neuen Text auswendig lernen. »Was macht euer Vater?« Technischer Verkäufer. Feinoptik. Hydraulische Drehmomentschrauber. Linearmotoren.

Seit er bei der neuen Firma ist, fährt er einen Dienstwagen. Er wollte in den Außendienst, wollte reisen. Und das tut er nun. Mit seinem blauen Volkswagen Kombi.

Lukas gefiel der weiße Toyota davor besser, der hatte schönere Kurven.

Im Restaurant schlägt Lukas' Großvater die Gabel an sein Weinglas. Er steht auf und hält mit tiefer Stimme eine Rede. Dann hebt er das Glas und klopft Erwin auf die Schulter. Lukas und Florence stoßen mit Traubensaft an. Erwin strahlt. Der Großvater sieht mächtig stolz aus.

Zum Nachtisch wird ein silberner Wagen herangerollt. Darauf stehen zwei verschiedene Sorten Schokoladenmousse, weißes und schwarzes. Florence und er schöpfen sich von jeder Sorte drei Mal nach. Lukas sieht, wie der Großvater seinem Vater etwas zuflüstert. Werner nickt energisch an Erwins Ohr. Erwin hält still. Seine Schultern zucken kurz hoch, er senkt den Blick. Das Strahlen ist von seinem Gesicht gewichen.

Lukas denkt: Ab jetzt geht es aufwärts. Keine Diskussionen mehr über Geld. Nie mehr die Buchhaltung, die Erwin offenlegt und Lukas und Florence mit an den Küchentisch bittet, die Kinder je ein eigener Budgetposten, ausgedruckt in Zeilen und Ziffern, damit sie sehen, was sie ihn monatlich kosten. Manchmal ist das ein Argument, weswegen er ihre Mithilfe im Haushalt erwartet, schließlich, sagt er, könnte er ja auch das ganze Geld für sich verwenden und sich ein teures Hobby zulegen, oft aber rechtfertigt er mit der Präsentation, dass

Skiferien dieses Jahr leider nicht drin liegen. Sie können ins Skilager, das ja, aber die ganze Familie kann nicht im Winter auch noch verreisen. Und er will ehrlich sein, nicht so wie Werner, der noch nicht mal vor Erwins Hochzeit den Mund aufgemacht hat. Die Hochzeit solle nicht im März stattfinden, sagte Werner immer wieder, da sei es doch viel zu kalt und Maria müsse einen Pelz über dem Kleid tragen. Statt dass er mit der Wahrheit herausgerückt wäre: dass er ihnen Geld schenken will, auf das er aber selbst noch wartete. Lukas kennt die Geschichte in- und auswendig.

Eine ähnliche Familiengeschichte wie die vom toten Onkel. Der Bruder des Großvaters hätte sich so sehr einen Traktor gewünscht, erzählte Erwin manchmal. Aber den habe er nicht bekommen, nur ein Pferd. Deshalb habe er sich das Leben genommen. Merkwürdig, findet Lukas, wegen eines Traktors. Ihm käme es nie in den Sinn, sich das Leben zu nehmen. Und erst recht nicht wegen eines Traktors. Nur Claire hatte Werner damals die ganze Wahrheit erzählt: Sie sollte eingeweiht sein in den Abgrund seiner Familie, bevor sie entscheiden würde, ihn zu heiraten.

Die wahre Geschichte erfährt Lukas erst Jahre später, da ist er selbst schon erwachsen und Vater. Es ist Zufall, dass Lukas das Geheimnis erfährt. Er fährt durch das Dorf, in dem Werner aufgewachsen ist, und macht bei einem Verwandten Halt. Beim Cousin des Vaters, der noch im Dorf lebt und da einen Hof betreibt. Dieser erzählt ihm bei Kaffee und Waffeln:

»Ich war selbst noch ein halbes Kind, damals. Ich wurde in den Dorfladen geschickt, um Milch und Käse zu kaufen. Ich hörte, wie zwei Männer zueinander sagten: ‹Jetzt wird der oben am Waldrand aufgeladen›.«

»Der«, das war Kaspar, der ältere Bruder von Lukas' Großvater. Man munkelte im Dorf, dass Kaspar Frau und Kind mit der Axt erschlagen hätte, ehe er sich im Wald selbst richtete. Man sagte hinter hervorgehaltener Hand, dass er nicht mehr ein noch aus wusste und mit keinem über seine Gedanken, die immer enger wurden, habe sprechen können. Eine Erklärung lautete: Er hatte eine Affäre mit der Kellnerin. Eine andere Version besagte: In der Kneipe verriet ihm ein Kumpel, dass Barblina nicht sein Kind sei, sondern seins. Und dass er immer noch mit ihr ...: »Jaja, Kaspar, so ist das: Ich mache ihr das Kind, und du darfst sie dann heiraten.«

Kein Wort sagte der Großvater jemals dazu, nicht zu ihm, Lukas, nicht zu seinem Vater.

Ja, vielleicht kann Lukas froh sein, dass sein Vater so offen mit ihnen ist und nichts verheimlicht. Jetzt jedenfalls, da Erwin einen Dienstwagen hat und diese Prokura und sie Schokoladenmousse von einem silbernen Wagen essen, jetzt wird Lukas sicher bald seine E-Gitarre kaufen können und alles wird gut.

*

Florence hört in diesem Sommer auf zu spielen.

Sie liest alle Romane von Federica de Cesco und denkt nach. Es scheint weit weg, dass sie mit Jenny einmal Blumen gepflückt und Sträußchen gebunden hat, die sie oben am Waldrand an Spaziergänger verkauften.

Jennifer schwärmt noch immer für Tom Cruise und setzt sich ein Basecap mit der Aufschrift Top Gun auf … Florence versucht gar nicht mehr, über das zu reden, was sie traurig macht. Denn Jennifer versteht sie nicht. Nur, wenn Jenny ihren Kaugummi auf die Straße wirft, protestiert sie. Sie hasst Umweltverschmutzung. Sie mag auch nicht, dass die Menschen Tiere essen. Und wie kann sie ins Kino gehen mit ihrem Taschengeld, wenn anderswo Kinder verhungern?

Im Schwimmbad geht sie nur noch mit verschränkten Armen über den Rasen. Maria fragt, ob ihr kalt sei. Florence schüttelt den Kopf. Sie hat gar nicht gemerkt, dass sie diese Haltung einnimmt und die Frage ist ihr unangenehm. Die Brustwarzen sind weich und groß geworden, sie tun ihr ständig weh. Nach dem Schwimmen ziehen sie sich zusammen, dann stechen sie noch mehr. Sie legen sich in unzählige Falten, Florence hat ihnen beim Schrumpfen zugesehen. Am Ende sehen sie aus wie ein Luftballon, der wochenlang im Regen lag, geschrumpft zu einem knittrigen Etwas.

Als Florence hört, dass die Schwester von Lukas' bestem Freund mit in den Urlaub fährt, ist sie begeistert. Annika ist fünfzehn. Florence wird in den Ferien zehn. Sie liebt ältere Mädchen, seit sie mit acht zum ersten Mal im Sommerlager der Jungschar war, und die jungen Frauen lieben sie. Ihnen kann sie die Fragen stellen, die sie so umtreiben, jedenfalls zum Teil.

Annika trägt eine Kette mit einem halben Herz um den Hals, ihre Fingernägel feilt sie zu weißen Sichelmonden. Die andere Herzhälfte ist bei ihrem Freund. Florence fragt ihr schon auf der Hinfahrt Löcher in den Bauch und Annika bekommt einen verträumten Blick und füttert ihre Neugierde mit kleinen Häppchen.

Stundenlang kann Annika bewegungslos am Strand liegen und Musik hören. Manchmal hält sie Florence einen Stöpsel ihren Walkmans hin und gemeinsam lauschen sie dem Hit des Sommers: C'mon on join the Joyride. Florence versteht kein Englisch, aber das Lied verspricht ihr etwas. Es ist, als flüstere es zu ihr: Mach dich bereit. Bald fängt etwas an. Freu dich darauf. Eine Wärme breitet sich in ihrem Unterbauch aus, ein Kribbeln, wie beim Achterbahnfahren.

Die Jungs sitzen daneben und spielen Quartettkarten. Sie vergleichen die Leistungen von Flugzeugträgern. Einmal buddeln sie Florence im Sand ein und bauen einen Hügel auf ihren Rücken. Sie ist ein Drache, nur ihr Kopf guckt vorne raus. Der Sand ist schwer und warm, sie lacht in die Kamera und Annikas Vater drückt ab. Einmal entdecken sie eine tote Qualle. Sie fassen ihr an die glibberigen Tentakel und sogar die Jungs kreischen dabei.

Von diesem Urlaub gibt es viele Fotos. Annikas Vater mag Familienfotos. Wieder und wieder ruft er zu Formationen auf, stellt euch hin, hier auf dieser alten Brücke, Erwin murrt. Er mag es nicht, zu posieren. Später sieht Florence ein Portrait: sie in Nahaufnahme, die Brauen zusammengezogen, wie sie ins Weite schaut, ernst. Solche Fotos hat noch keiner von ihr gemacht.

Immer im Urlaub wird der Vater übermütig. Mitten in der Fußgängerzone, wo sie sich jeden Tag ein Eis holen mit vier Kugeln und farbigen Streuseln, setzt er sich auf den Gehsteig und legt seinen Sonnenhut vor sich hin. Er verschränkt die Beine und spielt den Bettler. Florence kichert. Im Fischrestaurant kläfft der Hund vom Nebentisch ihn an. Der Papa zieht ein riesiges Stofftaschentuch aus seiner Hose und hält es dem Hündchen vor den Kopf. Der Hund kläfft schneller. Erwin zieht es zur Seite, spielt Stierkampf mit dem dünnen Hund, der wie ein nacktes Rehkitz aussieht. Florence und Lukas fallen beinahe unter den Tisch vor Lachen. Maria beißt sich auf die Lippen, dann bricht auch sie in Gelächter aus.

Zum ersten Mal in ihrem Leben isst Florence Artischocke. Annikas Mutter hat sie zubereitet, sie haben alle zu sich die Ferienwohnung eingeladen. Mit ihrer Familie schläft Florence in einem Pinienwald im gemieteten Wohnmobil.

Es gibt eine Verabredung, die der Papa gleich am ersten Tag bekanntgegeben hat: Wenn ein Küchentuch in der Wohnmobiltür hängt, dürfen die Kinder nicht eintreten. Es bedeutet, dass die Eltern allein sein möchten. Erwin benutzt den Begriff »Schäferstündchen«. Er ist Florence sehr peinlich. Wie wenn der Vater über Annika redet: Sie habe schöne Glocken, sagt er zu Maria, gut geformt und weit entwickelt für ihr Alter. Er sagt es nicht anzüglich, er sagt es fachmännisch. Dennoch wäre es Florence lieber, sie müsste das nicht mit anhören. Sie weiß, dass ihr Vater es mit den Brüsten hat. Er könne nicht anders, behauptet er, sein Blick werde magisch angezogen. Wenn sie abends auf einer Bank sitzen und eine Frau mit tiefem Ausschnitt oder knappem Lederrock vorbeistolziert, verrenkt sich Erwin den Hals und pfeift durch die Zähne. Maria schnalzt oder pufft ihn in die Seite. Florence blickt schnell weg und beobachtet etwas anderes: eine junge Frau, wie eine Ballerina sieht sie aus, die mit einer rosafarbenen Blüte im Haar den Weg hinabspaziert. Hinter ihr ein Mann im blauen Anzug, Florence glaubt, dass es ihr Vater ist. Zusammen gehen sie zur Tanzfläche, wo der Vater ihr den Arm anbietet, sie in die Mitte geleitet und dann mit der Tochter über das Parkett segelt.

Auch an ihrer Brust bleibt Erwins Blick hängen, so sehr sie auch die Schultern nach vorne zieht. Florence merkt es und fixiert ihn mit den Augen, bis er zu ihr hochblickt. Er entschuldigt sich, erklärt, das passiere einfach so, er mache das nicht extra. Einmal, als sie im Pinienwald Federball spielt mit Lukas, die zwei Franzosen mit den Motorrädern gucken zu, ruft Maria sie zu sich: Das T-Shirt habe zu weite Armlöcher, es sei dem Papa aufgefallen. Sie soll sich da bitte was drunterziehen. Florence reagiert bockig. Der soll da nicht hingucken. »Es ist doch nur zu deinem Schutz«, sagt Maria. Florence fühlt sich plötzlich zentnerschwer. Vollgesogen wie ein Schwamm. In ihr staut sich eine Mischung aus Trotz, Peinlichkeit und Trauer. Das Shirt ist weiß mit einem goldenen Anker auf der Brust, ärmellos und mit einer Kapuze. Der Schatz dieses Sommers. Sie trägt es zusammen mit der Matrosenmütze über ihrem Pagenschnitt. Jetzt ist es besudelt. Eine Scham nistet sich tief in ihren Körper ein.

Sie sehnt sich nach den Tagen, als sie noch mit Maria im Wasser schwamm. Maria sie auf ihrer Hüfte durchs Meer trug. Schwerelos. Die Mama ganz nah und warm. Ihre Arme um die Mutterschultern geschlungen, wie sie auf und ab hüpften und sie ihre Haut roch, die nach Sonnencreme duftete. Und wie sie spielte zwischen ihren Füßen, stundenlang. Florence erinnert sich an den großen braungebrannten Mutterfuß, die lackierten Zehennägel, den Ballen, weiß und rau. Wie Florence ihre Leuchtponys drapierte im Sand. Wie sie mit nacktem Oberkörper am Campingtisch saß und malte, das Haar vom Wind verweht. Flach war die Brust da noch und nicht sichtbar.

Tagsüber gehen sie alle zusammen zum Strand. Sie packen eine Kühlbox, schleppen einen Sonnenschirm und marschieren hintereinander über die Dünen. Nah am Meer bauen sie ein Lager auf, und wenn Florence aus dem Wasser kommt, gibt es Salat und danach Kokosmakronen, von denen die Finger ganz klebrig werden. Im Meer aber begleitet Annikas Vater sie bis zu der Sandbank und alle zusammen springen über die hohen Wellen. Wenn eine besonders hoch ist, hebt er sie, die Kleinste von allen, an der Hüfte hoch und sie fliegt.

Zurück auf dem Campingplatz duscht Florence ausgiebig. Sie mag die Kabinen, deren Tür man abschließen kann, und sie liebt das heiße Wasser. Den Geruch des feuchten Bodens und die roten Backsteinfliesen. Unter der Dusche hat sie Gedanken, wie sie es nennt. Sie streift sich die Träger des Badekleids langsam über die Schultern und stellt sich vor, viele Leute sähen ihr dabei zu. Sie spaziert in der Duschkabine auf und ab, rollt den nassen Stoff langsam vom Körper, bis sie ganz nackt ist und alle applaudieren. Dann wäscht sie den Sand aus dem Bündel in ihren Händen.

Danach mustert sie ihr Gesicht im Spiegel. Sieht man ihr etwas an? Die Wangen sind gerötet, das Gesicht makellos. Sie bürstet das nasse Haar aus der Stirn. So könnte sie in jedem Heimatfilm mitspielen.

Ohne die Freunde fahren sie weiter nach Paris. Sie stellen das gemietete Wohnmobil auf einem Campingplatz am Stadtrand ab. Dann gehen sie auf Streifzüge. Die Großstadt ängstigt Florence. Sie ist laut und schmutzig. In den U-Bahn-Stationen hocken Alkoholiker, die glasig ins Neonlicht starren. Sie trägt den Stein, den sie am Strand gefunden hat, durch die Gänge und klammert ihre Hand um ihn. Ihr Talisman, er soll sie beschützen.

Am zweitletzten Abend bleibt sie mit Maria und Lukas allein zurück. Erwin ist ausgegangen. Sie kennt den Begriff schon von zu Hause, aber hier ist es etwas anderes. Jetzt ist der Vater weg und etwas liegt in der Luft, das sie haltlos macht. Sie sieht den Kies und fühlt sich wieder so leer. Traurig, ohne dass sie hätte benennen können, weshalb. Als gäbe es nichts mehr auf der Welt als diese grauen Kieselsteine. Sie wünscht ihn her, den Papa. Dass er sie beschützt vor der Großstadt. Vor den Blicken. Sie wünscht sich: einen Vater mit Bart. Der immer gütig schaut. Um den man sich keine Sorgen machen muss. Der mit ihr tanzt. Der sie »Prinzessin« nennt. Der sie tröstet, in die Arme nimmt. Denn Erwin berührt sie seit einer geraumen Weile nicht mehr. Vorbei die Zeit, als sie noch auf seinem Schoß sitzen durfte oder an seinen Beinen hochklettern. Jetzt gibt er ihr nur manchmal einen Gute-Nacht-Kuss mit gespitzten Lippen flüchtig auf die Wange.

*

Maria zählt die Längen. Sie taucht nicht, sie wendet bei den Sprungböcken. Den Kopf hält sie aufrecht, nur im Nacken wird ihr Haar nass. Nach vierzig Minuten ist sie fertig. Wenn sie aus dem Wasser steigt, fühlt sich ihre Haut an, als wäre sie straffer geworden, als würde sie sich enger um sie legen. Die Muskeln sind gebündelt, der Körper herrlich leicht.

Ganze Nachmittage hat sie in den ersten Jahren hier verbracht. In den Kleinkinderjahren. Zusammen mit Agnes, ihrer Nachbarin, oder Marlies vom Kinderturnen, saß sie am Rand des Planschbeckens, und sie füllten Eimer und Mühlräder im seichten Wasser, verarzteten Bienenstiche, bliesen Schwimmflügel auf, cremten die Kinder ein, legten sie im Schatten schlafen. Manchmal zog ein Gewitter auf. Sie rannten, noch ehe der Regen einsetzte, unter das Vordach der Umkleide. Dort, im Schutz der roten Backsteine, standen sie eng an die andern Zuflucht Suchenden gedrängt und schauten zu, wie Blitze den dunklen Himmel zerrissen. Wenn es dann wieder aufklarte, die Luft taufrisch roch, gab man die Pläne auf, nach Hause zu gehen. Maria rief von der Telefonkabine aus Erwin an und bestellte ihn direkt ins Schwimmbad. Sobald er da war, holten sie Pommes Frites, saßen in den Plastikstühlen und die Kinder leckten sich das Salz von den aufgerauten Lippen.

Maria nimmt die Hose vom Bügel im Spind und knöpft

die Seidenbluse zu. Barfuß schlüpft sie in die Sandalen. Sie stellt sich vor den Spiegel und kämmt sich. Dann klippt sie die Ohrringe an. Seit letztem Herbst leitet sie die neu eröffnete Geschäftsstelle der Krankenkasse im Zentrum der Kleinstadt. Sie und ihre drei Kolleginnen haben die Teppiche ausgesucht, die Aktenschränke und einen Beratungstresen in Fuchsia- und Bordeauxtönen bestellt, bei den Schreibtischen haben sie sich für ein dunkles Grau entschieden. Auch einen Kopierer haben sie sich angeschafft. In der kleinen Küche steht eine Mikrowelle, zudem je vier Teller und Tassen, schwarz mit weißen Punkten. Vorbei die Zeiten, als sie ihre Kassenstunde zu Hause abhielt und die Kunden auf Klappstühlen aus Plastik im Flur warteten. Der neue Tresen macht was her und Maria ist es wichtig, gut gekleidet und frisiert zur Arbeit zu erscheinen. Seit ihrer Diät passt sie wieder in Größe 40, Tendenz allerdings bereits wieder steigend.

Vom Schwimmbad ins Zentrum braucht sie zwölf Minuten mit dem Rad. Sie rast nicht gern. Erwin hat ihr einen Schutz aus Plexiglas über die Speichen montiert, damit sie auch mit langen Röcken fahren kann. Sie hat ihr Pensum auf sechzig Prozent erhöht. Über Mittag radelt sie meist nach Hause, nur manchmal stellt sie Lukas und Florence etwas Gekochtes in den Kühlschrank. Sie haben sich eine Mikrowelle geleistet. Und eine Putzfrau kommt einmal die Woche. Freitags bringt Maria Wähe vom Bäcker mit nach Hause. Salzige Spinatwähe und zum Nachtisch Apfel mit Streusel.

Maria schließt die Tür im dritten Stock auf. Sie zieht die Rollläden hoch, dann setzt sie sich auf den Drehstuhl. Neben die Schreibmaschine hat sie sich ein Foto vom Piz Palü gestellt. Verschneit leuchtet ihr seine Spitze jeden Morgen entgegen. Es gab eine Zeit, da wollte sie ihn unbedingt besteigen, aber jetzt ist das unwichtig geworden. In den Bergsteiglagern in ihrer Jugend war sie auf anderen Gipfeln und er gehört auch nicht zu den Bergen, die sie mit ihrem Vater, Mutti und den Geschwistern bezwungen hat. Jedes Jahr zu Silvester gab ihr Vater feierlich bekannt, wo sie in diesem Jahr die Ferien verbringen würden. Sie freute sich sehr über die frohe Aussicht.

Mit ihren Kindern haben Erwin und sie eine eigene Wandertaktik entwickelt: jede Stunde eine Viertelstunde Pause. Sie singen, während sie über die Hochebene gehen: Lustig ist das Zigeunerleben, brauchen dem Kaiser kein Geld zu geben, Hans Spielmann stimme deine Fiedel, es geht auf Schritt und Tritt. Wenn wir erklimmen schwindelnde Höhen. Und wenn sie nicht singen, pfeift Erwin, und Maria nimmt seine Hand. Da oben in den Bergen gibt es keine Differenzen. Nicht so wie am Strand, wo es Erwin zu heiß ist, während Maria das Schwimmen liebt. In den Bergen ist alles einfach. Sie singen. Sie gehen. Sie haben sich. Außer wenn Maria und manchmal auch Florence einen Migräneanfall bekommen. Dann ist es Erwin, der sich hinter sie setzt und ihnen mit sanftem Druck die Schläfen und die Stirn massiert.

In letzter Zeit gehen sie selten wandern. Maria vermisst die Berge. Letzten Sommer waren sie nur einmal und nur mit einem Kind. Florence ist mit einem seltsamen Hut, den sie sich von Lukas ausgeliehen hatte, vor ihnen hergerannt, zehn oder zwanzig Meter Abstand. Lukas hatte keine Lust. Lieber bleibt er in seinem Zimmer und hört Musik oder sortiert seine Sammlung mit Edelsteinen. Den ersten Stein hat er sich vor Jahren in einem kleinen Geschäft in den Bergen gekauft. Seither interessiert er sich für ihre Kräfte, er hat sich vom Taschengeld ein Abonnement zugelegt, und jeden Monat wird ihm ein kleiner Stein und die zugehörige Lexikonkarte zugesandt. He-Man und die Plastiksoldaten hat er im Frühling am Kinder-Flohmarkt verkauft, er spart auf seine elektrische Gitarre. Nur das Wal-Kissen liegt noch immer auf Lukas' Bett. Darüber hängt ein Plakat: der Umriss eines Paares, das sich im Sonnenuntergang küsst.

4

Lukas hat sie in Paris gesehen. Sie stand zwischen einer roten und einer aus purem, geschliffenem Holz. Sie war schwarz, wie er sie sich erträumt hatte, wunderschön geschwungen, der Hals lang und der Kopf abgeschrägt. Lukas streckte die Hand aus und strich über ihren Körper. Er erhaschte einen Blick auf das Preisschild, und überschlug im Kopf, wie viele Franken das wären. Dann verließ er schnell den Laden.

Seit zwei Jahren nimmt er nun Unterricht. Auf der akustischen Gitarre. Das sei Voraussetzung, hat man ihm gesagt. Die Lehrerin heißt Frau Gerber, sie hat das Gesicht einer Eule und trägt ausschließlich Rollkragenpullover. Lukas kommt sie vor wie ein geschlechts- und altersloses Wesen. Nichts an ihr sieht nach Musik aus. Sie könnte Hauswirtschaftslehrerin sein oder eine Kompanie kommandieren. Sie gäbe auch eine gute Beamtin ab, so pedantisch, wie sie die Stücke spielt. Frau Gerber setzt sich hin, der Rücken steif, stellt das Bein auf den Tritt und legt sich die Gitarre auf den Oberschenkel. Sie schaut auf die Noten, dann klopft sie mit dem Fuß den Takt und zupft das Lied punktgenau vor. Manchmal, wenn sie einen Lauf nicht sofort findet, singt sie: Taa-ta-ta-taa-pam. Lukas hat keinen Ehrgeiz, die Stücke auf ihre Weise zu interpretieren. Er will sie zum Klingen bringen. Oft schüttelt Frau Gerber den

Kopf. Ganz selten gelingt es Lukas dennoch, sie zu begeistern.

Sie entblößt eine Reihe kleiner Zähne und ihre Augen erinnern an einen Schneefuchs: »Das fetzt«, sagt sie.

Als Lukas am Schülerkonzert auftritt, umarmt Maria ihn und Erwin zeigt seine Grübchen.

»Lukas, du hast nicht fehlerfrei gespielt. Aber wie du diesen Rhythmus rübergebracht hast, das hat mich mitgezogen.«

So etwas hat der Vater zuvor noch nie zu ihm gesagt.

Das Modell, das der Pariserin am nächsten kommt, findet er in einem großen Musikhaus in Zürich, kurz vor Ostern. Auch sie ist tiefschwarz, das ist Bedingung. Er zieht die Scheine aus dem Umschlag und zählt den Betrag ab. Die Verkäuferin reicht ihm die Kartonschachtel. Lukas umfasst sie mit beiden Armen.

Diese Ostern wird Lukas daheim bleiben. Er kennt seine Eltern, er weiß, wie Erwin Maria oder Maria Erwin anschaut, wenn es auf den Karfreitag zugeht. Sie lächeln sich verschwörerisch zu, »lass uns wegfahren, ich verspüre so ein Reißen«, schon packen sie das Auto, stecken eine Karte ein und Florence und er finden sich auf der Rückbank wieder. Sie lassen die verregnete Siedlung hinter sich und fahren dem Elsass oder dem Tessin entgegen.

Er wird sich vom Karfreitagmorgen bis zum Ostermontagabend allein auf eine Reise begeben. Zimmertür zu, werden er und die schwarze Gitarre ausloten, wie weit sie miteinander gehen können. Er wird ihre Stimme in allen Tonlagen und Facetten aus ihr locken, sie kitzeln, zupfen, schrummen, dunkel, rau, krächzend, säuselnd, rein und glockig wird sie antworten, er wird sie schnurren lassen, aufjaulen und miauen, rattern, dröhnen, röcheln, wispern und mit voller Wucht sich brechend wie die Sturmwelle am Fels. Er sehnt das erwartungsfrohe Rauschen herbei und das jungfräuliche Kreischen des Feedbacks. Wie sie ihren ersten Akkord über den Teppich schmettert, wie ihr metallischer Hall vom Kleiderschrank zurückgeworfen wird und jede Faser der vierzehn Quadratmeter seines Zimmers erfüllt, wie ihr Heulen aus dem vierten Stock ins Freie dringt, wie er Ton für Ton abhebt und über die Tannenwipfel fliegt, über den Spielplatz, den Wald, den Friedhof und das Schulhaus und die Kunsteisbahn, er und seine Black Lady, sie spielen sich hinauf zu den Sternen, wo der Rauch der Nebelmaschine die Masse einhüllt, wo Arme sich in die Luft erheben, wenn er in die Knie geht um sich zu vereinen mit ihr und ihrem Schrei.

*

Erwin gönnt sich eine Nassrasur nur in den Ferien. Er mag das Kreisen seiner Fingerkuppen und wie der

Schaum flutscht. Das Geräusch der schabenden Klinge hat etwas Befriedigendes. Wie er Ordnung hinterlässt in seinem Gesicht, wie eine Pistenwalze früh am Morgen. Er setzt am linken Wangenknochen an und arbeitet sich Bahn für Bahn zum Mundwinkel vor. Dann wechselt er die Seite.

Erwin betrachtet seine Augen. Kann es sein, dass sie tiefer liegen als früher? Die Schlupflider hat er von seinem Vater geerbt. Der hat sie von seiner Mutter. Helle Augen mit einem Glanz, den man gemeinhin als Leuchten bezeichnet. Wobei Erwin sich die Augen der Großmutter als klar, aber doch zugleich starr ausmalt. Müde wirkt sie auf dem Foto im Flur des Elternhauses, hart auch oder eher: verhärtet. Er hat kaum eine Erinnerung an sie. Irgendwann saß er als Zwerg in ihrer Küche, er meint, sich an einen Geruch zu erinnern, etwas Warmes, Zwiebliges. Sicher erinnert er sich an das Huhn, das sie gerupft hat, und wie es gellend aufschrie, als sie dem Tier den Hals umdrehte. Kurz darauf starb sie, und Erwin war viel zu klein, um festzustellen, ob sein Vater um sie weinte und wie.

Florence hat auch diese Augen. Fast die gleiche Farbe wie Erwin und Lidfalten, die nach unten zeigen. Als er sie das allererste Mal erblickte, erschrak er. Sie war unförmig, riesig für ein Baby und blau im Gesicht. Zerquetscht der Schädel, Stirn und Wangen wulstig verschoben. Der Arzt hängte sie sofort an den Sauerstoffbeutel.

Das zweite Kind findet Erwin nicht so spannend wie das erste. Man weiß ja, was kommt. Maria widerspricht ihm. Sie beharrt darauf, dass jedes Mal einzigartig sei und sie bei beiden Kindern mitgefiebert habe. Das erste Lächeln. Das erste Sabbern. Wie es greift. Und jetzt sitzt es schon. Erwin glaubt ihr nur halbwegs. Möglich, dass es ihr wirklich gelingt, alles noch einmal neu zu erleben. Aber vielleicht ist es auch ihr Hang dazu, alles gerecht machen zu wollen, so gerecht, wie es gar nie möglich ist. Ihre Tendenz, sich die Welt schön zu reden. Im Grunde beneidet Erwin sie um diese Fähigkeit.

Er trägt Aftershave auf, es prickelt auf der Haut, zufrieden fährt er sich über die Wange.

Es ist viertel nach neun und Lukas' Zimmertür noch immer zu. Um halb zehn müssen sie los. Am liebsten würde er rütteln an der Tür.

Dafür ist Florence wieder seit halb sieben wach. Sie hat für alle Frühstück gemacht, selbst hat sie nichts gegessen. Erwin glaubt, dass es in den Sommerferien angefangen hat, vor ihrem Übertritt ans Gymnasium. Nicht nur, dass sie das Gemüse abwägt, bevor sie es isst. Plötzlich ist ihr Zimmer blitzblank aufgeräumt. Ihr Zimmer, wegen dem sie sich schon so oft in den Haaren lagen, immer schmiss Florence ihre Kleider auf den Boden, alles ließ sie liegen, in der ganzen Wohnung fand man ihre Spuren. Und jetzt: spitzt sie die Bleistifte und legt sich die Klamotten für den nächsten Morgen bereit.

Es war Maria, die sie bat, das T-Shirt hochzuheben, als sie zum Gute-Nacht-Sagen ins Wohnzimmer trat. Florence machte es anstandslos, ja stolz, schien ihm. Die Hüftknochen stachen hervor. Und tags darauf roch Erwin den säuerlichen Geruch im Klo. Florence schrieb ein Gedicht und gab es ihnen zum Lesen. Es war ein Sonntagmorgen, zu dritt setzten sie sich an den Tisch. Erwin sagte, dass es für ihn vier Punkte gäbe. Er holte einen Zettel und notierte:

- Die Ernährungswissenschaft
- Die Sucht
- Das »Warum«
- Das weitere Vorgehen

Er schlug ihr vor, sich einen Essensplan zurechtzulegen. Sie solle aufschreiben, was sie esse, und dazu ihr Gewicht protokollieren. Sinke es weiter, müsse sie den Plan ändern, die Kalorienzufuhr erhöhen. Florence wirkte erleichtert, sie nickte eifrig und gab sich wie immer vernünftig. Das war noch vor Weihnachten – jetzt ist Januar und nichts hat sich geändert.

Es ist halb zehn, Lukas ist nicht bereit. Erwin klopft heftig an die Badezimmertür. »Ich komme mit dem Rad nach«, nuschelt Lukas mit Zahnpasta im Mund. Erwin spürt eine Berührung am Arm. Er schüttelt seine Frau ab: »Der kann doch mit uns fahren, wieso muss er immer eine Extrawurst haben?« Er fühlt, wie er glüht. Maria schnaubt. »Ich dachte, wir gehen zu Fuß, da spielt es doch keine Rolle, wenn er mit dem Rad fährt? Könnte man sich in diesem Haus vielleicht etwas verständlicher ausdrücken?« Sie zieht die Wohnungstür hinter sich zu. Erwin schaut ihr kopfschüttelnd nach. »Es regnet in Strömen, das ist doch kein Wetter, zu Fuß zu gehen!« Sein Blick trifft auf Florence, doch sie gewährt ihm die Komplizenschaft nicht. Sie hebt die Augenbrauen zu einem stummen Vorwurf und eilt Maria hinterher. Erwin hört, wie Lukas den Mund spült. Gurgelt, ausspuckt. Gurgelt, ausspuckt. »Wir sind unten!« brüllt er gegen die Tür.

Während der Fahrt reden sie kein Wort. Erwin klammert sich ans Steuer. Seit Lukas von der Sekundarschule ans Gymnasium übergetreten ist, ist er noch träger als zuvor. Maria muss ihn jeden Morgen wecken. Einen fünfzehnjährigen Jungen! Er lebt in seinem Zimmer, etwas anderes gibt es für ihn nicht. Von Mithilfe keine Spur. Dabei weiß er genau, wie wichtig das Erwin ist. Von klein auf hat er die Kinder dazu erzogen. Von klein auf haben sie immer wieder dieselben Kämpfe. Kinder, die es nicht einmal schaffen, ihre Fahrräder selbst in den Keller zu tragen. Fahrräder, die ihn einen Viertel des Monatslohns gekostet haben. Fahrräder, die rostig werden, wenn sie im Regen stehen. Weshalb? Die Räder seien schwer, die Treppe mühsam. Sie ketten sie an den Holzzaun vor dem Wohnblock. Erwin spürt, dass ihre Faulheit nicht alles ist. Sie machen es, um ihm zu zeigen, dass er es nicht wert ist. Dass er einer ist, der nichts zu sagen hat. Sie lassen die Räder draußen, um ihn zu provozieren, jeden Morgen aufs Neue. Ihm zu beweisen, dass er ein Versager ist. Noch nicht mal die eigenen Kinder respektieren ihn.

Und dass sie Maria unterstützen sollen, die neben der Arbeit auch noch den Haushalt schmeißt, das wissen sie. Wie oft ist er in die Luft gegangen, wie oft danach das eisige Schweigen den ganzen Abend lang und auch noch am Tag darauf, und Maria, Lukas und Florence, die sich heimlich Blicke zuwerfen, von denen sie glauben, er sähe sie nicht. Und wie Maria die Kinder in Schutz nimmt. Dabei will er ihr nur helfen! Tags darauf zitiert er die Kinder an den Küchentisch oder ins Wohnzimmer zur Verhandlung. Er hat sich Gedanken gemacht, sitzt da mit Stift und Papier. Erst einmal wartet er. Sollen die Jungen sagen, was sie sich überlegt haben. Sind ja keine kleinen Kinder mehr, sind ja vernunftbegabte Wesen! Und er behandelt sie nicht wie Kleinkinder, er gewährt ihnen Freiheiten, lässt sie mitentscheiden. Was haben sie für einen Vorschlag, wie wollen sie das Zusammenleben verbessern? Lukas und Florence kauen auf ihren Lippen herum. Schauen ihn stumm an. Den Kopf geneigt, wie Lämmer auf der Schlachtbank. So sehen Geschäftspartner nicht aus. Proaktiv kann er ihr Auftreten nicht nennen. Also redet er. Sagt ihnen, wie sein Vorschlag aussieht. Wie sie sich verbessern können, wie sie ihre ernsthaften Absichten unter Beweis stellen sollen. Er verlangt, dass sie es dokumentieren. Ein Arbeitsprotokoll sollen sie führen, jeden Tag notieren, was sie im Haushalt geholfen haben. Eine Stunde pro Tag, das ist doch nicht zu viel verlangt? Er arbeitet schließlich acht Stunden am Tag. Fünfmal die Woche. Er steht auf, wäscht sich, rasiert sich, zieht sich an, verdrückt schnell ein Brot zum Kaffee, schon fährt er los. All das, um Ende des Monats eine schwarze Zahl auf seinem Konto zu haben. Um seiner Familie nicht nur die Wohnung zu bezahlen, die Heizung, die sauberen Kleider, das Essen, nein, auch, um mit ihr auch Ausflüge zu machen, bei denen alle auf ihre Kosten kommen, um ihnen Skateboards zu kaufen, ein Abonnement fürs Schwimmbad, die Noten für die Gitarre. Und ja, die elektrische Gitarre, Stunden hat er investiert, um mit Lukas eine passende auszusuchen! Und wenn sein Sohn nicht bereit ist, sich auch nur ein klitzekleines Bisschen einzusetzen, endlich für die Schule zu lernen, von sich aus den Staubsauger zur Hand zu nehmen, wenn er nicht aufhört mit dieser Haltung, die er wie ein Schild vor sich her trägt: »Zuerst mein Vergnügen, dann, erst dann, wenn es wirklich sein muss, ein bisschen Arbeit«, dann sieht Erwin nicht ein, wieso er sein Geld auf die Seite legen soll, um Lukas neue Skischuhe zu kaufen, warum er das ganze Verdiente nicht einfach zu seinem persönlichen Vergnügen verprasst.

Sie betreten die Praxis noch immer stumm. Erwin geht voran. Die Therapeuten reichen ihm die Hand. Ein Mann und eine Frau, er kennt sie schon, es ist das zweite Mal heute. Sie reden über Florences Wechsel von der sechsten Klasse ans Gymnasium in der Großstadt, über Marias Verhältnis zu ihrem Körper und ihre Diät vor ein paar Jahren. Dann kommen sie auf den Streit zu sprechen. Irgendwann beginnt Maria zu weinen und läuft aus dem Zimmer. In der Pause will Erwin Lukas erklären, was ihn so sauer macht. Lukas sitzt da, als würde ein Fremder mit ihm reden. Er schaut ihn an mit diesen Augen, Marias Augen, bernsteinfarben, und er guckt, als wüsste er längst, was Erwin sagen will. Er verzieht keine Miene. Erwin hält das nicht aus. Wie der ihn zappeln lässt. Er sagt ihm in aller Deutlichkeit, was er von ihm denkt. Als die Therapeuten zurück ins Sprechzimmer kommen, wedelt die Frau mit der Hand und sagt: »Hier dampft es ja.«

Sie wollen, dass jeder beschreibt, was er sich wünscht. Florence wünscht sich, wieder ein Kind zu sein. Der Therapeut fragt:

»Was bedeutet das für dich?«

»Ich sehe ein Mädchen, das im Sonnenschein spaziert, es trägt ein gelbes Kleid, es ist allein, aber nicht einsam«, sagt Florence.

Maria will, dass sie die Situation in Ordnung bringen. Dass es Florence wieder besser geht. Lukas möchte, dass das Kotzen aufhört. Er findet es unerträglich. Erwin möchte, dass die Therapeuten Coaches sind, Schiedsrichter im Konflikt zwischen Lukas und ihm.

Danach hat er Hunger. Sie gehen ins Migros-Restaurant. Lukas schlurft hinterher. Erwin dreht sich um.

»Wenn ich dich richtig verstanden habe, bist du dir darüber im Klaren, dass du nicht so viel tust, wie du könntest.«

»Ja.«

»Und trotzdem bist du nicht bereit, mehr zu tun.«

»Korrekt.«

»Dann bin ich auch nicht mehr bereit, Extras zu finanzieren oder mir mehr Zeit für meinen Sohn zu nehmen, als was zum Mindesten der Vaterpflichten gehört.«

Lukas ruft, dass es ihm reicht. Er läuft davon. Erwin, Maria und Florence gehen zum Buffet, holen sich Salat. Sie essen schweigend.

Im Auto bezichtigt Maria Erwin, zu hart zu sein. Er greife auf autoritäre Erziehungsmethoden zurück, wirft sie ihm an den Kopf, mache Lukas klein, er torpediere all das, was sie über die Jahre an Vertrauen mit ihren Kindern aufgebaut habe. Man müsse Lukas einfach machen lassen. Natürlich, er helfe zu wenig, und ja, er sei träge im Moment, ein Siebenschläfer. Das werde er aber schon selbst herausfinden.

Maria mit ihrem blinden Vertrauen in die Kinder. Maria, die in ihrer Affenliebe zur Brut hält. Und wer hält zu ihm? Erwin brüllt sie an. Maria weint. Florence verkrümelt sich auf der Rückbank. Als Erwin ihr einen Blick durch den Rückspiegel zuwirft, erwidert sie ihn mit aufgerissenen Augen. Maria sagt, sie wolle ein wenig spazieren gehen, alleine. Mit dieser tränenerstickten Stimme, die Erwin stets ein schlechtes Gewissen macht. Er ist der Böse. So viel steht in diesem Spiel fest. Florence erklärt, sie gehe jetzt in den Stall zu ihrem Pflegepferd.

Erwin öffnet den Briefkasten mit einem Ruck, heute haben sie noch nicht einmal die Zeitung geholt. Der Lift fährt ihn in den vierten Stock. Er dreht den Schlüssel. Leer und stumpf empfängt ihn der aufgeräumte Flur. Aus Gewohnheit streift Erwin die Schuhe ab, schlüpft in die Pantoffeln und setzt sich mit der Zeitung an den Küchentisch. Die Erleichterung, für einen Moment allein zu sein, will sich nicht einstellen.

*

Maria zieht die Augenbrauen über der Nasenwurzel zusammen. Sie rechnet. Sie rechnet gern. Vor allem mag sie, wenn es aufgeht. Es geht nicht auf.

Sie hat alle Buchungen ins Excelfile eingetragen. Jetzt prüft sie nochmals. Zeile um Zeile. Die Zahlen stimmen. Nirgendwo eine Ziffer verrutscht. Sie geht jeden Budgetposten einzeln durch. Urlaub: überzogen. Sonderausgaben: zu hoch. Steuern: Eine große Nachzahlung flatterte ins Haus. Dann ihre privaten Posten: Taschengeld für Maria und für Erwin. Damit kann jeder machen, was er will. Maria sieht die Bewegungen im Kontoauszug. Wie Erwin die letzten Monate über zu viel abgehoben hat. Sie weiß, was das bedeutet. Sie weiß es und steckt es weg, dahin, wo sie alles hinsteckt, wovon sie nicht mehr als nötig wissen will. Schublade zu. Schlüssel umgedreht. Es ist in Ordnung. Sie haben eine Vereinbarung. Dennoch: Es geht nicht auf.

Erwin hat ihr nie etwas vorgemacht. Bei ihrem dritten Treffen damals hatte sie weißes Kalb gekocht. Das Fleisch hatte sie morgens am Markt besorgt. Um sieben wollte er da sein. Als er kam, war das Fleisch verkocht. Dass er noch eine andere Frau kennengelernt habe, sagte er ihr, eine Künstlerin. Er komme direkt von ihr. Müsse herausfinden, welche die Richtige sei. Sie schluckte und fühlte, wie der Kloß im Hals zu schmerzen anfing. Richtig heulte sie erst, als er gegangen war.

Wie konnte er nur? Was bildete der sich ein? Will ein bisschen naschen von allem und dann auswählen? War sie immer noch: die mit der Schürze? Die Brave, die Langweilige? Die andere, eine Künstlerin. Oho. Hatte einen Freund und beide so unkonventionell. War ihr egal, was die sind. Es ging doch um sie. Sie und ihn. Dieses Mal endlich war sie gemeint. Dachte sie. Fehlanzeige. Dummchen, du. Jetzt war sie wieder die, von der man nicht merkte, dass sie fehlte. Die den Purzelbaum nie schlagen konnte. Und diese Stunden am Fluss? Wie sie sich liebten im Wasser. Wie oft er lachte. Und sie war mutig, hat nicht bloß mitgemacht, hat sich selbst kaum wiedererkannt. Sein langer Brief gleich in der ersten Woche. Ist er ein Schmetterling? Und sie eine zufällige

Blüte? »Sei wie das Veilchen am Wegrand, sittsam, bescheiden und rein, nicht wie die stolze Rose, die immer bewundert will sein.« Das hatten ihr gleich zwei Schulkameradinnen in ihr in Leder gebundenes Poesiealbum geschrieben. Sie wollte jetzt aber die Rose sein.

Als die Tränen versiegt waren, mahnte sie sich, abzuwarten. Manchmal half Geduld. Würde sie eben weiter den Kontakt pflegen. Sich aufdrängen, nein, aber da sein, bereit. Zurück konnte sie ohnehin nicht: Sie wollte ihn.

Einige Wochen später war die andere Frau vom Tisch. Sie hatten sich sogar zu viert getroffen. Hatten auf den Steinen gepicknickt, Wein getrunken, und Maria hatte sich bemüht, die andere als Mensch zu sehen, nicht als Konkurrentin. Sie hatten den Wein dennoch schneller als nötig hinuntergestürzt.

Und dann, gar nicht viel später, fing er auf den Steinen am Fluss mit diesem Thema an. Dass er ehrlich mit ihr sein wolle. Dass er anders ticke als andere Männer oder vielleicht genau gleich, nur extremer, oder dass er schlicht und einfach offener darüber rede. Jedenfalls: Er könne nicht treu sein. Es reiche, an einem Plakat mit einer attraktiven Frau vorbeizugehen, schon sei er in Erregung. Vielleicht sei das eine Sucht, das möge sein, vielleicht ein Hunger, vielleicht auch nur: er. Etwas, was zu ihm gehöre. Andere fahren Motorrad, schnell und gefährlich, rennen Marathon, bis sie beinahe tot umfallen. Oder verzocken ihr Geld im Casino. Und er, er spürt sich, wenn er einen anderen Körper spürt. Dass er auch Dinge mag, die sie ihm nicht geben kann. Oder doch? Maria schüttelt den Kopf. Das will sie nicht. Schläge kommen nicht in Frage. Nicht einmal versuchsweise. Da steht sie nicht drauf. Er braucht es, sagt er, er kann es nicht abstellen. Ohne fühlt er sich nicht komplett. Fühlt sich leer, durchsichtig. Als stünde er neben sich, schaute bloß zu, statt selbst zu handeln. Wenn er hingegen dort ist, wo er das bekommt, was er sucht, ist er hochkonzentriert, weiß er, dass es ihn wirklich gibt. Nicht nur als Figur auf irgendeinem Schachbrett. Als kompletter Mensch, der fühlt. Es hat nichts mit Liebe zu tun. Er liebt keine von denen. Es ist sein Sport, sein Vergnügen. Seine klassische Musik, wenn man so will. Seine Arie, wenn er die Lederriemen schwingt, sie millimetergenau platziert, innehält, die Unterworfene beobachtet, ihren Leib liest und ihr und sich gibt, wonach sie sich verzehren. Es ist ein Tanz, bei dem er die Fäden in der Hand hat, so lange, bis … – Maria unterbricht ihn. So genau will sie es nicht wissen. Sie will es eigentlich gar nicht wissen. Und doch: Er muss ihr schon sehr vertrauen, wenn er sich so preisgibt. Er muss sie wollen, wozu sonst würde er das riskieren. Sie wird darüber nachdenken.

Er gefällt ihr. Sie fühlt sich wohl mit ihm. Er ist zärtlich, sehr sogar. Sie will ihn. Und wie sie ihn will. Und wenn sie ihn will. Wenn sie ihn doch will. Es gibt ihn nicht ohne. Er hat seine Bedingungen klar geäußert. Kann sie ihn ändern? Kaum. Im Grunde kommt es ihr nicht ungelegen – auch sie will ihre Freiheiten. Auf keinen Fall kontrolliert werden. Nie mehr so eng im Zaum gehalten werden wie daheim. Und wie kann er ihr verbieten, was sie ihm erlaubt? Sonst müsste sie auf ihn verzichten. Ganz oder gar nicht. Gar nicht ist ihr zu wenig. Viel zu wenig. Also nimmt sie ihn mit allem. Versuche nie, einen Menschen zu ändern. Es geht schief. Vielleicht wächst es sich aus? Ist es nur seine jugendliche Wildheit?

Sie geht auf den Handel ein. Sie hat einen freien Abend. Sie hat ihre Musik. Sie wird Wochenenden weggehen, später ganze Wochen allein verreisen. Er hat Orte, von denen sie nichts weiß. Und ihre Bedingung: Er soll sie damit verschonen. Und: Es ist nur der Körper. Sollten Gefühle im Spiel scin, ist es für sie vorbei. Sie will den Menschen nicht teilen, will seine Liebe exklusiv. In seinem Herzen: sie. Hofft sie. Wünscht sie. Spürt sie. Und sie gibt ihm ihres. Wenn sie es hergibt, will sie es nicht zurück. Seit sie auf der Welt ist, war sie nie etwas anderes: treu, zugewandt, und für die, die zu ihr halten, immer zur Stelle.

Manchmal ist Maria stolz: dass sie ihm diese Freiheit erlaubt. Kostet das nicht Überwindung? Muss sie nicht über ihren Schatten springen? Sie ist großzügig. Sie ist selbstbewusst. Sie weiß: Sie vertraut ihm und er, er lebt von diesem Vertrauen. Sie glaubt an ihn. Und er braucht sie. Er liebt sie. Das zeigt er ihr auf alle Arten, die ihm möglich sind.

Sie denkt nicht daran, wo er steckt, wenn er nicht da ist. Er ist dann: weg. Sie verbietet sich, auch nur eine Sekunde damit zu hadern. Sticht etwas in ihr, heißt sie den Schmerz zu schweigen. Es gibt nichts, was wehtun muss. Ihre Abmachung ist klar. Sie hat ja gesagt. Ja, aber, hat sie gesagt, und lange, sehr lange mit ihm verhandelt, was ihre Bedingungen an eine gemeinsame Zukunft sind. Niemals wollte sie leichtfertig ja sagen. Wenn sie ja sagt, meint sie es. Ihr ist es ernst mit »bis dass der Tod euch scheidet«. Sie will keinem Kind zumuten, dass plötzlich ein Elternteil weg ist – ihre eigene Geschichte soll sich nicht wiederholen. Es kann doch nicht so schwer sein: zueinanderhalten! Sich zusammenraufen, immer wieder. Auch mal die Zähne zusammenbeißen, den Mund halten. Die Ehe ist kein Süßigkeitenladen. Der andere ist nicht dazu da, sie glücklich zu machen. Glücklich ist sie, wenn sie Mozart hört. Und wenn Erwin ihr einen Scherenschnitt bastelt und damit ihre Geburtstagstorte verziert, auch dann. Wenn sie neben ihm aufwacht und sich an ihn schmiegt. Wenn er schweigt beim Frühstück, weil er genau weiß, dass sie es hasst, die erste Stunde nach dem Aufwachen angesprochen zu werden. Wenn er sie zärtlich küsst. Wenn sie die ersten Osterglocken sieht. Wenn der Zopf am Sonntagmorgen im Ofen duftet. Wenn Erwin ihr einen Brief schreibt und aufzählt, wieso er sie liebt.

Einmal hat sie sich verliebt. Im siebten Ehejahr, natürlich. Sie hat für ein Konzert geprobt. Und da war dieser Dirigent, hochgewachsen, eine sanfte, raue Stimme, eine Stimme, die sie so schön und zärtlich fand wie den Klang eines Cellos. Sie hatte Herzflattern, wenn sie ihn sah. Und spürte eine Wärme im Bauch, die bis in den Schoß hinab sickerte.

Auch Erwin war seltsam. Erzählte von einer, die er finanziell unterstützen wolle. Es gehe ihr nicht gut, sie brauche Medikamente und habe drei Kinder, die sie alleine aufziehe. Und reden könne er mit der unheimlich gut. Das tat weh. Maria will nicht, dass er mit einer gut reden kann. Das Reden gehört ihnen.

Sie beschlossen, öfter zusammen auszugehen. Als sie den ersten Babysitter eingestellt hatten. Anfangs fühlten sie sich hölzern, zu zweit in den Restaurants, sie waren es nicht mehr gewohnt, miteinander auswärts zu essen. Sie bestellten Gerichte, die sie nur dem Namen nach kannten, um vor sich selbst mutig zu erscheinen; verwegen und bereit, wieder aufs Ganze zu gehen. Nach und nach wurden sie geschmeidiger. Tanzten miteinander wie früher. Küssten sich im Auto und noch im Treppenhaus. Gingen Hand in Hand die Treppe hoch anstatt mit dem Lift wie sonst. Wie Schatten an den Wohnungstüren vorbei, hinter denen nur der Fernseher zu hören war. Und der Dirigent und die andere mit den Kindern: sind allmählich verblasst, haben sich ausgewaschen. Ein paar Monate war er noch in ihrem Herzen aktiv, dann verschwand er immer mehr. Und Erwin erwähnte die Frau auch nicht mehr.

Erwin ist ihr Geliebter, natürlich. Aber er ist auch: so was wie ihr allerbester Freund, ihr Genosse, mit dem sie in einem Boot sitzt. Sie sind schon weit auf den See hinausgerudert. Wenn einer sich zu weit hinauslehnt, kippt das Boot. Maria weiß, dass sie im gleichen Takt rudern, sie kann sich auf ihn verlassen. Und er sich auf sie. Keiner weiß so viel über sie wie er. Nicht einmal Uschi, ihre jüngste Schwester und engste Freundin.

Als sie sich kennenlernten damals, dachten sie viel über Möglichkeiten nach. Sogar nach Algerien haben sie sich geträumt, als sie eine Stelle in der Zeitung ausgeschrieben sahen.

Jetzt sind sie in der Bachtelstraße vierundzwanzig im vierten Stock in einer Stadt mit zwölftausend Einwohnern. Der höchste Punkt: 694 Meter über Meer. Sie besitzen ein Auto, das bald abbezahlt ist und mieten einen Garagenplatz. Sie leihen Bücher in der Bibliothek. Maria lässt ihr Haar monatlich schneiden und legt es in Dauerwellen. Sie mag es, wenn Erwin frisch rasiert ist und nach Aftershave duftet. Sie haben zwei Kinder, fünfzehn und siebzehn. Sie wünscht sich zu Weihnachten: auf keinen Fall ein Haushaltsgerät. Erwin bekommt wie immer den neusten Thriller von Simmel. Lukas und Florence wünschen sich: nichts. Dabei weiß Maria, dass Lukas von einem neuen Effektgerät träumt. Und

Florence sich über Ölkreiden und ein Blankonotizbuch freut.

Vor zwei Jahren, als sie mit Florence in Therapie waren, hat der Therapeut sie zu zweit hinbestellt. Stellte ihnen Fragen, die schürften an etwas. An etwas, woran Maria nicht kratzen will. Da ist Schorf. Da ist dicke Haut. Da muss keiner mit der Nadel rumfummeln und Blasen aufstechen und Eiter freisetzen. Sie gingen raus aus dieser Sitzung und Maria heulte. Sie sahen sich an und fragten sich: Was soll das? Warum versucht da einer, sie gegeneinander aufzubringen? Warum zerrt der Dinge hervor, die doch längst vorbei sind? Warum bohrt der, bis Maria weint? Wo sie es doch gut haben miteinander, wo sie sich doch lieben und wunderbar klarkommen im Rahmen ihrer Verabredung? Das brauchen sie nicht. Und noch Geld bezahlen dafür: dass einer ihnen reinredet und für schlechte Stimmung sorgt. Dass er an wunden Punkten herumdrückt, die man lieber in Ruhe lässt. Eine Beziehung führen, das heißt immer, Kompromisse eingehen. Keiner ist perfekt. Keiner erfüllt alle Wünsche. Und Maria hat doch ihren Frieden längst gefunden. Solange keiner an ihr rüttelt. Also gingen sie nicht mehr hin. Immerhin war ja Florence diejenige, die nicht aß. Nicht sie, nicht Erwin. Und vielleicht war Maria ein schlechtes Vorbild gewesen – vielleicht hätte sie diese Diät nicht machen dürfen damals, als Florence erst gerade eingeschult wurde. Das wirft sie sich bis heute vor.

Sie wird das Konto mit den Reserven ausgleichen. Dennoch muss sie mit Erwin reden. Die Kurztrips, die sie sich letztes Jahr gegönnt haben, mal eben mit dem Nachtzug nach Salzburg oder an den Weihnachtsmarkt nach Ulm, liegen nicht mehr drin. Im schlimmsten Fall muss Erwin mittags ein belegtes Brot mitnehmen wie sie, anstatt auswärts zu essen. Vielleicht muss sie tatsächlich auch das Opernabo streichen. Und die Blusen eine Saison länger tragen.

Sie klappt den Ordner zu, da fällt die Tür ins Schloss. So früh schon? Sie tritt in den Flur, sieht Erwin mit hängenden Schultern neben der Garderobe stehen.

»Was ist los?«, begrüßt sie ihn. Er lässt ihre Umarmung geschehen, sie fühlt, dass er zittert. Weint er? Nein, er lacht, noch immer hängen die Arme herunter und schlenkern dabei.

»Komm«, sagt Maria und führt ihn ins Wohnzimmer. Sie sieht den Staub auf seinem Hemd. Er war bei Werner, um ihm zu helfen, Regale für den Keller zusammenzuschrauben.

»Hat er was gesagt?« versucht sie es abermals.

»Etwas gesagt?« Erwins Blick wird wild und er bleibt abrupt stehen.

»Gebrüllt hat er. Mich zusammengeschissen aus Leibeskräften. Ohne Vorwarnung brach es aus ihm heraus. Wir saßen beim Kaffee, er bot mir Williams an. Ich lehnte ab. Da fragte er nach dem Geschäft. Es geht, sagte ich, es braucht Zeit, es kommt schon. Dass ich mein Vorerbe verprasse, schrie er. Fünfundzwanzigtausend in den Sand gesetzt und die Pensionskasse dazu. Ich sei zu nichts nutze. Das sage er doch schon immer. Wäre ich doch nur auf dem Technikum geblieben, ich hätte ihn hintergangen, nie mehr werde er mir vertrauen.«

Maria schaut ihn betroffen an.

»Was hast du erwidert?«

Erwin schleudert ruckartig seine Handflächen in die Luft und starrt sie ungläubig an, der Mund voller Abscheu verzogen.

»Nichts. Das ist ja das Schlimme. Ich stehe da, die Hände in den Hosentaschen, und der alte Mann bäumt sich auf zu einem Riesen. 43 Jahre bin ich alt und stehe vor ihm wie ein Schuljunge.«

Soll sie ihn in die Arme nehmen, seinen Kopf mit beiden Händen fassen, lässt er zu, dass sie ihn tröstet? Sie ist sich unsicher. Er sitzt jetzt da, versunken in seine Handinnenflächen. Dann blickt er hoch, schaut sie an – suchend, scheint ihr. Sie weiß keine Antwort. Nichts Tröstliches fällt ihr ein. Sie fährt ihrem Mann über die Wange. Schaut ihn liebevoll an. Er lächelt, es gerät ihm etwas schief.

In ihr reift ein Entschluss: Sie wird dem Schwiegervater einen Brief schreiben und ihm ihre Meinung sagen. Mag sein, dass er blind ist für den, der ihr gegenübersitzt. Ein wunderbarer Mann, ein ideenreicher, lustiger, fleißiger Mensch, ein liebender Familienvater, ein sich stets weiterbildender, nie aufgebender Geschäftsmann, alles in allem ein feiner Kerl mit dem Herzen am rechten Fleck. Sie wird seinem Vater die trüben Augen putzen müssen. Vielleicht kann er ihn dann endlich sehen.

III

Er hat schlecht geschlafen. Der Nacken tut ihm weh. Im Zelt war die Luft zu trocken, er konnte kaum atmen, also döste er im Auto, im Sitzen. Seit Tagen dieses Gefühl im Hals: als hätte er Beton gefressen. Egal, wieviel er trinkt, es geht einfach nicht weg. Wenn er liegt, wird es noch schlimmer. Er befühlt immer wieder seinen Hals. Von außen kann er nichts ertasten. Doch er ahnt, wie es in ihm wuchert. Es ist eine Geschwulst, eine trockene, klumpige Geschwulst, und sie wird mit jedem Tag größer, der Durchgang enger. Er hört es pfeifen, wenn er versucht, Luft durchzupressen durch diesen Betonrachen. Am liebsten würde er sich in den Mund fassen und rausreißen, was zu viel ist, all das, was ihm in der Kehle hockt. Und mit der Enge steigt nicht Angst, nein, Wut steigt in ihm auf, die Muskeln erhitzen sich, spannen schon an, alles staut, seine Haut wird ihm zu eng, gleich platzt er!

Er muss weiter. Heute spürt er es ganz deutlich, hier kann er nicht bleiben. Er muss in die Berge, wo die Luft frisch ist, er muss in den Wald, muss Kräuter sammeln. Die Natur hat vorgesorgt, bestimmt wächst da etwas, was ihm hilft. Außerdem ist es Zeit, seine Spur verwischen. Er hat auf dem Campingplatz bar bezahlt, nicht mit Karte, aber wenn sie schlau genug sind, finden sie dennoch Hinweise, die sie bis hierher lotsen.

Er packt alles ein, es dauert, bis das Zelt abgebrochen ist, und im Kofferraum herrscht Unordnung. Das Bett ist noch nicht ganz fertig gebaut, Büchsen und Werkzeug kullern durcheinander. Das macht ihn unruhig, aber die Geduld, jetzt säuberlich aufzuräumen, hat er nicht. Außerdem bringt das Aufräumen ihn an Grenzen, immer schon: Er mag System. Und beim Aufräumen ist es so, dass nach einer gewissen Zeit die Kategorien nicht mehr ausreichen. Immer gibt es Gegenstände, die sich nirgendwo zuordnen lassen. Es sei denn, du machst 100 Kleinstkategorien auf, ein Setzkasten mit winzigen Schächtelchen, pedantisch beschriftet. Aber selbst dann gibt es Restposten, die aus der Reihe tanzen.

Er verabschiedet sich mit Handschlag, da und dort eine Umarmung, man wünscht ihm Glück. Dort, wo sein Zelt stand, ist das Gras niedergedrückt und gelblich am Rand, er entsorgt seinen Müllbeutel in der Tonne, mehr bleibt nicht von ihm zurück.

Die Sonne drückt, im Auto sind es bestimmt dreißig Grad. Er fährt im Unterhemd, das Steuerrad glüht. Schweiß läuft in seinen Nacken. Die Straßen sind voll. Welcher Tag ist heute? Er weiß es nicht. In seinem Leben haben die Wochentage die Bedeutung verloren. Selbst Tag und Nacht verwischen.

Er fährt linke Spur, das macht er selten, aber heute will er vorwärtskommen. Raus aus diesem Gedränge, weg von den verstopften Autobahngängen, diesen Kanälen, die wie Adern das Land durchziehen und immer wieder verklumpen. Er kurbelt die Scheiben runter, es ist laut, das muss sein. Er reißt den Mund auf und erhascht die in ihn strömende Luft. Sogleich wird ihm etwas wohler, die Lungen werden weiter. Tief atmet er ein und aus, dann lässt er seine Stimme im Kehlkopf vibrieren, er formt keine Laute, nur diese Mischung aus Knurren und Gurgeln, und dazu bewegt er den Mund, so dass die Töne mal heller, mal dunkler werden. Er drückt das Gaspedal durch, überholt mit Genugtuung. Und während er mit kindlicher Freude seiner Stimme lauscht, die einfach nur klingt, denkt er wieder die Gedanken, die ihn seit Langem begleiten: Was für eine außerordentliche Schöpfung die menschliche Sprache ist. Wie er mit seiner Stimme Laute formen kann, die von anderen als Zeichen für etwas verstanden werden. Und wie er sich mittels dieser Laute nicht nur über Dinge, die er unmittelbar sieht, unterhalten kann, sondern wie durch dieses einzigartige Zeichensystem auch Wesen und Gegenstände benannt werden können, die einmal da waren und es nicht mehr sind. Oder die auf einem anderen Kontinent liegen und die er noch nie sah, oder die gar nicht greifbar sind, sondern abstrakt, Gedanken über die Gedanken, Gedanken über die Wörter, Gedanken über Systeme und Gefühle. Und all das mittels dieser einzelnen, zu sinnstiftenden Einheiten verknüpften Laute. Und davon gibt es nicht etwa nur eines, nein, es gibt tausende dieser Zeichensysteme auf der ganzen Welt, die sich alle ähneln, aber niemals gleich sind. Es ist ein Wunder, ein großes Wunder, an dem er Anteil hat, ein großer Schatz. Nein, er möchte nicht tauschen mit den Tieren, die ihre Stimmen nur zur Verteidigung oder zum Balzen, um sich zu versammeln oder um Hilfe zu rufen benutzen, vermutlich aber nicht, um sich über die Techniken des Nestbaus in der grauen Vorzeit zu unterhalten.

Als er die Autobahn verlassen will, er ist spät losgekommen vom Campingplatz und es ist längst Abend, sieht er eine Frau an der Ausfahrt stehen. »Chur« steht auf der Pappe, die sie vor sich hinhält, und das ist auch seine Richtung. Er zögert nicht, fährt auf den Pannenstreifen, bremst, spricht aus dem offenen Fenster:

»In die Berge soll's gehen?«

Die Tramperin nickt, ihr Haar leuchtet feuerrot. Sie hat einen Rucksack dabei, mehr nicht, sie muss in seinem Alter sein, vielleicht etwas älter. Er steigt aus, sie mustert ihn von Kopf bis Fuß. Komischerweise ist ihm das nicht unangenehm. Vielleicht wirkt sein Bart bedrohlich, überlegt er, er hat lange nicht mehr in den Spiegel geschaut. Als er ihr die Hand entgegenstreckt und breit lächelt, erwidert sie den Händedruck. Anscheinend hat er den Test bestanden. Er öffnet die hintere Tür, sie verstaut den Rucksack auf der Rückbank, dann hält er ihr die Beifahrertür auf, setzt sich ans Steuer und sie brausen los.

Andrea heißt sie, und im Grunde reicht ihm das an Information. Er denkt an die Wildnis, daran, wie es wäre, mit seinem Gefolge durch die Wälder zu ziehen und sich nachts nackt aneinander zu schmiegen. Doch seine Mitfahrerin redet ohne Punkt und Komma. Ohne, dass er sie fragt. Wieder eine, die ihm sofort ihre ganze

Lebensgeschichte offenbart. Er erfährt, was sie zuletzt gearbeitet hat, dass ihr Sohn den Kontakt zu ihr abgebrochen hat, ja, selbst, was in der Schule ihr Lieblingsfach war. Er nickt hin und wieder, räuspert sich, ansonsten stellt er den Blick auf die Straße scharf. Und mustert sie im Augenwinkel. Er setzt am Hals an, scannt ihren Körper. Schultern, Brüste, Arme. Bauch, Schenkel, Geschlecht. Knie, Waden, Knöchel. Das macht er immer, wenn ihm eine Frau begegnet. Nicht bewusst, es passiert ihm vielmehr. Er hat einen siebten Sinn dafür entwickelt. Die Brustform einer Frau und ob sie einen BH trägt oder nicht, erkennt er selbst durch eine Daunenjacke hindurch. Und das Kopfhaar, die Augenbrauen lassen Rückschlüsse über die Intimbehaarung zu. Nicht einmal diese Mutmaßungen steuert er. Es ist so, dass sie ihn denken. Dass sie Besitz von ihm ergreifen, sobald ein weibliches Wesen sein Blickfeld kreuzt. Er ist ihnen ausgeliefert.

Sie fahren über Land. Die Landschaft wird allmählich hügeliger, in der Ferne zeichnen sich schroff die Kanten der Alpen ab. Als sie ihn fragt, wohin er unterwegs sei, antwortet er:

»Weg. Ich breche auf, ich habe alles vor mir. Keiner weiß, wo ich bin.«

»Das trifft sich gut« sagt sie, »ich will nämlich auch weg«, und er tut ihr nicht den Gefallen, nachzufragen. Er fährt und pfeift.

In der nächsten Ortschaft hält er vor einer Telefonkabine an.

»Entschuldige mich kurz«, sagt er zu Andrea und steigt aus, ohne ihre Reaktion abzuwarten. Er öffnet die Glastür, hebt den Hörer ab und wählt.

»Ich bin unterwegs in Richtung Berge«, sagt er, dann legt er auf. Das muss als nächster Hinweis genügen. Mehr kommt später, sobald er sich irgendwo eingenistet hat und gut versteckt ist. Sobald er bereit ist, aufzubrechen und wirklich abzutauchen. Noch will er sich treiben lassen. Noch braucht er sein Auto, über das er leicht zu orten ist, und ein paar Gewissheiten.

Er steigt in den Wagen und macht das Radio an. Auf geht's, Brauner. Ab in die Prärie.

Sie hat aufgehört zu reden, sie lehnt den Kopf an die Scheibe und döst oder stellt sich schlafend. Ihr Körper wird schwer im Sitz, er sieht im Augenwinkel, wie ihre Arme schlaff im Schoß liegen, sie scheint keine Angst vor ihm zu haben. Es ist schön, in die anbrechende Nacht hineinzufahren. Und dass jemand mit ihm fährt, dass er nicht alleine ist, gefällt ihm. Eigentlich mag er dieses schweigende Beisammensein.

Ein Falke kreist im Abendrot. Du hast es gut, denkt er, siehst die Welt von oben und kommst nur auf den Boden, um dir zu holen, was du brauchst. Der Rest ist Schweben, Gleiten, Getragen werden von der Luft.

»Was ist dein Lieblingstier?« fragt Andrea, die anscheinend die Augen geöffnet und den Falken auch gesehen hat, träge in die Stille hinein.

»Hm«, macht Erwin. »Keine Ahnung!«

Er mag Tiere, er schaut ihnen gerne zu, aber zu keinem fühlt er sich besonders hingezogen. Er hat auch keine Lieblingsfarbe, nicht einmal ein Lieblingsessen. Das meiste schmeckt ihm, und nach dem Essen ist er satt. Hunde mag er ganz gern, aber nur, wenn sie größer als Katzen sind. Der Wolf vielleicht? Der streunt auch mal allein durch die Wälder und mal in Rudeln. Ganz so, wie es ihm vorschwebt. Wenn er denn Menschen findet, die mit ihm ziehen, denen seine Idee gefällt. Denen er gefällt, das wäre das Beste. Nicht nur ein Gleichgesinnter, sondern sogar ihr Anführer oder eine Art Guru zu sein, Massen an Menschen, die ihn verehren, bewundern, berühren, die ihm lauschen und seine Ideen streuen. Einen Orden würden sie gründen und ihm nachfolgen. Sie zögen gemeinsam durch die Wälder und ernährten sich von Beeren und in den Städten von dem, was die Restaurants wegwerfen. Und wenn es Winter wäre und kalt, schmiegten sie sich aneinander, ganz nah. Babys sollen so oft wie möglich nackt auf ihren Müttern liegen, das fördert das Vertrauen, frühe Bindung, aber was machen die Erwachsenen? Legen ihre Haut in Ketten, schirmen sich ab vor Kontakten, bis jeder in seinem Vorgarten und an seinem Familientisch vereinsamt, langsam, schleichend, ohne es zu merken. Das gäbe es nicht in seinem Orden. Sie würden nackt tanzen in Kreisen, sich an den Händen halten, sich umarmen und in wilden Haufen sich verknoten.

Als es dunkel ist, fährt er auf einen Stellplatz. Er berührt die Mitfahrende am Knie. Sie schreckt hoch.

»Sind wir schon da?«

Er schüttelt den Kopf. »Morgen fahre ich weiter. Es ist nicht mehr weit bis Chur. Aber für heute reicht es mir. Ich will schlafen.«

Er deutet mit dem Kinn auf den Fonds des Wagens.

»Ich baue gleich mein Bett zusammen. Das werde ich später verkaufen. Noch ist es nicht perfekt, aber wenn ich erst den Prototypen habe, wird die Nachfrage groß sein. Ein Doppelbett, es ist groß genug für zwei. Oder du bleibst vorne und schläfst im Sitzen, wie du willst.«

Sie schaut ihn an, als würde sie versuchen herauszufinden, was er vorhat. Er wird unruhig und spürt ein Zucken in seinen Lenden.

»Überleg es dir«, sagt er und verschwindet in Richtung Klo. Als er zurückkommt, ist sie weg, aber ihr Rucksack steht noch auf der Rückbank. Er zieht seine Stirnlampe an. Die Beleuchtung ist perfekt, sein Plan geht auf. Konzentriert baut er die Einzelteile zusammen. Seine Hände gehorchen ihm, sind ganz eins mit seinem Geist. Nur die leeren Dosen muss er noch wegräumen. Er trägt sie zum Müll. Eine Ratte huscht davon. Im Auto nimmt er einen Schatten wahr, Andrea liegt bewegungslos im Bett.

»Buh!«, macht er, und sie gibt ein schnaubendes Geräusch von sich, er weiß nicht, ist es ein Lachen oder nasenrümpfend gemeint. Aber was kümmert es ihn. Die kann froh sein, dass er sie mitgenommen hat. Er zieht sich bis auf die Unterhose aus und schlüpft in seinen Schlafsack. Den Kofferraum lässt er offen, damit die Nachtluft hereinströmen kann. Sie bringt keine Kühlung, aber wenigstens ist ein Windhauch da. Er räuspert sich, fühlt schon wieder seinen Klumpen im Hals. Jetzt würde er ihr gerne erzählen, von seinem Bett, von seiner Idee mit den Reportagen, von seiner Mission, unterzutauchen und ohne Papiere und Geld zu leben von dem, was der Wald hergibt. Doch als er ansetzen will, hört er, wie ihr Atem bereits tiefer wird und nach wenigen Augenblicken gleiten ihre Atemzüge am Ende jedes Bogens in ein Röcheln über, ein, zwei, drei Mal, ehe sie sich abdreht und so still wird, dass er nichts weiter als den dunklen Umriss ihres Kopfes wahrnimmt. Er rollt einen Pullover zusammen und legt ihn sich unter den Nacken. So kann er besser atmen. Dann schließt er die Augen, aber es dauert lange, sehr lange, bis der Schlaf auch ihn wegträgt.

Am nächsten Vormittag kommen sie nach nur einer halben Stunde Fahrt in Chur an. Er stellt das Auto auf die freie Parzelle, die ihm zugewiesen wurde, dann macht er sich auf zu einem ersten Rundgang. Er liebt das Neuankommen. Wenn du alles zum ersten Mal siehst: So unverstellt ist dein Blick danach nie mehr. Selbst wenn sich die Wahrnehmung verändert und sich ein Gefühl später als falsch erweist oder um 180 Grad dreht.

Er will jetzt sich ein Bild davon machen, wo er gelandet ist. Was ist das für ein Campingplatz? Wonach riecht er? Wie verlaufen die Wege zu den Toiletten und den Abwaschbecken? Wer sitzt vor den Wohnwagen, was verrät die Einrichtung über die Bewohner? Sind es Dauermieter mit Gartenzwerg, Spitzenvorhang und Fernseher oder Vagabunden wie er? Vielleicht wird er, sobald er das Vertrauen der Gäste gewonnen hat, ein paar Interviews machen, sie aufzeichnen mit dem Diktiergerät oder direkt vor laufender Kamera Fragen stellen. Mal sehen, was der Platz hergibt für das Material, das er sucht.

Doch bevor er mit jemandem das Gespräch beginnt, lässt er alles still und heimlich auf sich wirken. Wie ein Kind streunt er über den Platz, ohne Absicht, ohne Ziel.

Dann entdeckt er das Häuschen. »Zu verkaufen«, steht mit grünem Edding auf ein Stück Pappe geschrieben. Jemand hat es mit Malerkrepp krumm an die Tür geheftet. Er starrt auf das Schild. Ein Häuschen! Ein kleines Grundstück auf dem Campingplatz. Eigene vier Wände mitten in der Freiheit. Es schaut ihn an mit großen dunklen Fensterluken, es zwinkert ihm lockend zu. Sofort zückt er sein Handy und wählt die Nummer, die in kindlich unförmigen Zahlen unter »Zu verkaufen« gekritzelt ist.

Der Mann hat eine kehlige Stimme und einen Akzent, er erklärt sich bereit, sofort zu kommen. In fünf Minuten sei er da. Die fünf Minuten ziehen sich hin für den, der wartet. Er wippt mit dem Fuß und klopft das Warten auf den Boden, er beugt sich vor und versucht, durch die staubigen Fenster etwas vom Inneren zu erkennen. Dann sieht er einen dünnen, großen Mann auf sich zukommen. Die schwarzen Locken fallen ihm in die Stirn, ein rotes Unterhemd bedeckt die stark behaarte Brust nur spärlich, die Füße stecken in Crocs.

»Es gibt viele Portugiesen hier oben«, erzählt der Besitzer ihm, nachdem sie sich begrüßt haben, »die sind damals mit der großen Gastarbeiterwelle gekommen und geblieben.«

Weshalb genau in die Berge, das kann er ihm nicht erklären. Sie duzen sich und José schließt das Häuschen auf. Der Portugiese lässt ihm den Vortritt. Schnell geht er über die Schwelle und schaut sich um. Erwin ist Feuer und Flamme. Laut spricht er vor sich hin: »Alles auf einer Ebene. Alles, was du brauchst. Küche und ein schöner Wohnraum, ein kleiner Garten, eine abgetrennte Ecke, die sich als Schlafnische oder Werkstatt eignen würde. Ein Traum von einem Haus.«

Er fährt mit den Fingern über die Wände, die Küche, die Einbauschränke, das Material scheint ihm gut, eine solide Substanz. Möbel muss man sich wegdenken, obwohl, auch die könne er übernehmen, erklärt der Portugiese. »Könntest du mich für einen Moment alleine lassen?« fragt er den Besitzer. »Kein Problem.« José zieht die Tür hinter sich zu.

Nun steht er allein mitten im Raum. Entschlossen geht

er auf das Sofa zu und lässt sich ins Polster fallen. Er breitet die Arme über die Lehne aus und blickt in seinen Garten. Links könnte er einen Teich anlegen. Und rechts einen großen Tisch aufstellen für gesellige Abende. Am Rand einen Kräutergarten und ein Beet für Salat. Wer will, darf ihn besuchen, es ist alles rollstuhlgängig, irgendwann wird er alt sein. Und am großen Tisch kann er auch seine Reportagen schneiden.

Er geht zum Regal, nimmt die Flasche Whiskey, findet ein Glas, schenkt sich ein, tritt ans Fenster und prostet der Welt zu. Auf ihn! Hier wird sein Platz sein. Hier wird er es schön haben. Und alle, die mit ihm zu tun haben wollen, alle, die ihn so nehmen können, wie er ist, wie er wirklich im Kern seines Wesens ist, sind herzlich willkommen.

José will 35'000 Franken für das Häuschen mit dem gesamten Innenausbau und allen Möbeln. Das Land ist mit dabei, fehlt nur noch ein Anteilsschein der Genossenschaft des Campingplatzes. Was allein dieses Fleckchen Erde wert ist: Wäre das öffentliches Bauland, würde man ein Vermögen dafür hinblättern! Zögern ist nicht mehr seins: Er reicht José seine Hand darauf, dass er den Bungalow übernimmt. Bis Ende der Woche will er eine Anzahlung leisten.

Abends feiern sie ein Fest. Sie sitzen an den Bierbänken vor der Kneipe, es ist schwül, keinen kennt er länger als ein paar Stunden. Außer Andrea, die kennt er seit gestern. Und ihm ist so wohl in dieser Runde, als wären sie alte Freunde. Keiner fragt, was er arbeitet, was er vorhat, woher er kommt, wer er ist. Nur, wie er heißt. Und ob er auch noch ein Bier will. Natürlich will er. Sie heben die Gläser, prosten sich zu, er erzählt einen Witz, und alle lachen, laut und schallend. Dann sagt er, er sei ein Spinner. Ein Spinner, und die Familie wolle ihn einsperren, weil er nicht mehr ganz dicht im Kopf sei, der Arzt habe ihm Tabletten verschrieben, aber die nehme er nicht, die machten ihn ganz komisch, so taub und außerdem könne er nachts nicht atmen, er wolle lieber Natur, Wurzeln und Kräuter, das helfe. Taub sein sei nichts für ihn. Er will sich spüren mit jeder Faser seines Körpers. Eine Frau macht einen anzüglichen Spruch und boxt ihm in die Seite. Da klettert er auf die Bank und schwingt seine Hüften, aber ja, mit jeder Faser meines Körpers, er fasst sich an die Jeans, wollt ihr mich sehen, wollt ihr mich ganz sehen? Die Runde grölt, er kriecht über den Tisch wie eine Katze, miaut, wackelt mit dem Hintern, einer gibt ihm einen Klaps, dann springt er auf den Boden und sucht sich einen neuen Platz zwischen den Kameraden. Sie tätscheln seine Schultern, einer klatscht mit ihm ab, die nächste Runde, sagt er, geht auf mich.

Wenn die andern erzählen, lacht auch er laut auf, er haut auf den Tisch und lacht Tränen, und als später einer etwas Trauriges erzählt, heult er und schnieft richtig, weil es ihn so trifft. Dann macht der Wirt dicht und die Gruppe zieht weiter, sie entfachen ein Feuer, er lehnt sich zurück in einen Schoß, der warm ist und geborgen, und Hände massieren seine Füße und er ist sich gar nicht sicher, ob er noch wach ist oder schon träumt. Er nippt an einer Flasche, warm und süß und ein wenig scharf rinnt die Flüssigkeit seine Kehle hinab, er reicht sie weiter. Dann stimmt er ein Lied an, ein Lumpenlied, die andern singen mit. Noch eins fällt ihm ein und noch eins. Ewig könnte er hier singen. Wie das Feuer Funken speit, wie der Wind sie hoch hinauf in die Nacht bläst, er schaut ihnen zu und ihm ist, als wisse er genau, wie es sich anfühlt, als Funke in die Nacht hinauf zu stieben, ein Funke in einem Schwarm von Funken, auszuschwärmen, leuchtend in der Dunkelheit und glühend heiß.

Er gehört zu den letzten, die Sonne geht schon wieder auf, sie pinkeln zu dritt auf die Glut. Es zischt in der Asche. Dann kriecht er in den Kofferraum auf sein Bett, Andrea liegt quer und schnarcht, er schiebt sie zur Seite, rollt sich ein und presst seinen Rücken gegen ihren schlafwarmen Körper.

Er will zeitig los. Die Kamera hat er auf dem Dach montiert, den ganzen Abend lang geschraubt und gesägt und geklebt, nun möchte er Probeaufnahmen machen. Das Licht ist grell, schon morgens um acht, er kneift die Augen zusammen. Was blendet dieser Himmel! Aber gut für die Bilder. Stechend scharf das Licht. Er setzt sich ans Steuer, dreht den Schlüssel. Nichts, nur ein leises Klicken. Er versucht es nochmals. Das Auto macht keinen Wank. Was zum Teufel! Benzin ist genug da, er hat gestern getankt. Unruhe steigt in ihm auf. Sprich doch mit mir, was fehlt dir denn? Er will aufspringen, aber das bringt auch nichts, er sitzt da, mit mühsam zurückgehaltenem Ärger. Da sieht er den Lichtschalter. On. Der war die ganze Nacht eingeschaltet. Mist! Was für ein …! Er hämmert mit den Händen aufs Steuer, trommelt immer schneller. Er könnte mit einer Hand die Scheibe einschlagen, so wütend ist er, es juckt schon in seinen Muskeln. Wie er es hasst, wegen Kleinigkeiten aufgehalten zu werden! Die halbe Lebenszeit hat er vergeudet, um sich um kaputte Dinge zu kümmern oder Verschwundenes zu suchen. Ist das Auto jetzt auch noch gegen ihn? Es zwickt in seinem Bauch, in der Brust, in den Armen, er atmet flach, er spannt die Muskeln an. Er reckt seinen Kiefer, holt Luft, dann brüllt er, brüllt aus Leibeskräften und das Brüllen schwillt an zu einem gellenden Schrei.

»Was ist los?«

Sein Blick trifft im Rückspiegel auf Andrea, die den Schlafsack an sich presst und ihn erschrocken anstarrt. Andrea! Er hat vergessen, dass die da noch liegt, noch schlief, als er kurz pinkeln musste und dann sofort losfahren wollte.

»Der Wagen«, stammelt er, »geht nicht, ist kaputt, ist scheiße ist das, eine Riesenverdammtekacke!!« Wieder entgleitet ihm die Stimme, er brüllt die Windschutzscheibe an. Dann reißt er die Tür auf, faucht, öffnet fluchend die Motorhaube.

»Bin gleich zurück«, ruft er Andrea zu, die ihn immer noch verdattert anglotzt, und stapft in Richtung Ausgang. Er geht davon, lässt den Campingplatz hinter sich, hält auf die Innenstadt zu. Schnell findet er einen Geldautomaten. Er gibt die Karte ein und wartet. Dann wird er stutzig: Der Kasten will nichts ausspucken. Er versucht es nochmals. Wieder nichts. Dabei ist er sich sicher, dass das sein Code ist. Geburtsjahr der Kinder und sein eigenes. So war das schon immer. Wieso gibt der Automat nichts her? Will ihm nichts auszahlen von seinem eigenen Konto?

Dann eben anders. So schnell lässt er sich nicht ins Bockshorn jagen.

Er muss nicht lange nach der nächsten Werkstatt suchen. Ein Herr in seinem Alter kniet vor einem Auto und begrüßt ihn freundlich, als er den klimatisierten Raum betritt. Bietet ihm seine Hilfe an, aber er kommt zurecht, er weiß, was er braucht. Er sucht die Regale ab, schnell wird er fündig. Jetzt nur noch zurück zum Auto, dann kann der Tag richtig losgehen.

Als er mit seiner EC-Karte bezahlen will, bockt das Gerät. Der Garagist zuckt bedauernd die Schultern.

»Vorgang nicht möglich«, sagt er, »haben Sie's vielleicht in bar?«

Er schüttelt den Kopf.

»Nein. Ich habe kein Bargeld bei mir. Ich bin auf einer

Reise, ich mache ein Experiment, wie weit kommt einer ohne Geld. Doch ich brauche die Batterie, sofort. Es ist wichtig. Hören Sie, ich lasse Ihnen meinen Personalausweis hier, schreiben Sie eine Rechnung, meine Frau wird vorbeikommen und sie begleichen, in Ordnung?«

Der Mann im blauen Kittel betrachtet den Ausweis, dann nickt er gemächlich.

»Ausnahmsweise«, sagt er und zwinkert ihm zu.

»Mein Onkel hatte auch eine Autogarage«, sagt er zum Autohändler, die Batterie in den Händen, »für Fiat und Mini. Immer rochen seine Hände nach Motorenöl, und obwohl er sie schrubbte, wurde er die Schwärze in den Rillen der Haut nie ganz los. Wir liebten es als Kinder, auf den Sitzen der ausrangierten Autos herumzuklettern. Wir setzten uns hinters Steuer und spielten Geschäftsreise oder Urlaub. Wir klopften die Kippen durch die heruntergekurbelte Scheibe ab und taten, als würden wir rauchen.«

Der Garagist nickt freundlich und stützt sich mit den Armen auf dem Tresen ab.

»Ja, das Geschäft damals war ein anderes als heute«, setzt er an. »Ich habe die Werkstatt von meinem Vater übernommen und half ihm auch schon als Bub. Damals hatte noch nicht jeder ein Auto. Wir hatten ein riesiges Ersatzteillager, selbst für Autos der ersten Stunde.«

Sie plaudern noch eine Weile, dann verabschieden sie sich mit Handschlag. Gemächlichen Schrittes geht er die Straße hinab.

Jetzt, wo er wieder fahren könnte, wird er ruhiger. Die Möglichkeit, jederzeit einzusteigen und davonzubrausen besteht. Doch was braucht er ein Gefährt? Da ist er zwar schneller, hat ein Bett, aber geht es nicht auch ohne? Wie weit kommt einer aus eigener Kraft. Nur mit zwei Füßen, ohne Geld und all den Ballast.

Morgen früh will er los. Endlich. Er mag es, morgens aufzubrechen. Mit frischer Kraft, nicht mitten an einem ausgeleierten Tag. Er öffnet die Motorhaube, wechselt die Batterie. Setzt sich ans Steuer. Dreht den Schlüssel. Das Auto schnurrt. So mag er es. Vielleicht macht er gleich noch die Probeaufnahmen. Oder er montiert die Kamera wieder ab, das hat Zeit, die Reportagen laufen nicht davon. Wichtiger ist es, sich endlich freizumachen. Endlich alles zurückzulassen und herauszufinden, wer er eigentlich ist. Oder sein will. Wohin es ihn verschlägt, ganz ohne Namen, ohne Plan, ohne Müssen.

Er findet Andrea mit einem Plastikbecher Kaffee beim Nachbarn. Er sagt ihr, dass er morgen weiterzieht. Sie steht sofort auf.

»Ich fahr doch erst morgen«, beruhigt er sie, als sie nebeneinander zum Wagen schlendern.

»Ich wollte mich in Ruhe von dir verabschieden.«

»Aber heute Nacht bin ich ja noch hier.«

»Ja, aber ich nicht. Ich habe keine Lust, noch einmal im Auto zu schlafen. Ich gehe ins Hotel. Und du bist herzlich eingeladen, als Dank für deine Hilfe.«

Er lacht sie an. Die Idee gefällt ihm. Die letzte Nacht

vor der Freiheit in einem Hotel verbringen. Nobel soll die Welt zugrunde gehen, geht es ihm durch den Kopf.

Um sieben trifft er Andrea im Hotel. Den Wagen hat er am Bahnhof zurückgelassen, am Schatten unter einer Eiche. Dort hat er drei Unterhosen übereinander angezogen, so hat er Wechselwäsche. Die Jacke und ein Hemd. Handy rechts im Hosensack und Brieftasche hinten am Po. Das war's. Er hat den Kofferraum zugeknallt, das Auto abgeschlossen und ihm den Rücken zugedreht. Mach's gut, Brauner. Erwin ist verschwitzt, die Jacke klebt an seinem Körper, noch abends sind es sicherlich 25 Grad, er fühlt sich unruhig. Seine Gedanken kreisen bereits um den nächsten Morgen, um seinen Aufbruch und was er als nächstes Zeichen nach Hause schicken könnte. Er malt sich die erste Verkleidung aus, falls er denn eine braucht, und wie er seine jetzigen Klamotten gegen sie eintauscht.

Andrea sitzt im Ledersessel der Lobby, er erspäht sie sofort. Sie passt nicht in diese pastellfarbene Umgebung mit ihrem feuerroten Haar und der bunten Pluderhose. Aber sie sitzt da, als hätte sie ihr ganzes Leben in Hotels verbracht und auf jemanden gewartet. Obgleich sie schon ein paar Nächte im gleichen Bett geschlafen haben, ist er jetzt nervös. Als sie ihn sieht, winkt sie ihm zu. Er lächelt, nimmt sie bei der Hand und führt sie ins Restaurant. Sie sitzen sich gegenüber an einem weiß eingedeckten Tisch, und auf einmal ist die Stille zwischen ihnen seltsam. Dieses Sich-Gegenübersitzen macht sie steif und verlegen. Er rückt das Besteck zurecht, aber es will ihm keine Frage einfallen. Also nimmt er die Menükarte und überlegt, was ihm als letzte Mahlzeit vor der Wildnis schmecken würde. Noch einmal etwas nicht selbst Erlegtes oder Gepflücktes. Er fragt Andrea, was sie trinken will. »Weißwein«, sagt sie sofort. Sie hat Lippenstift aufgetragen, wozu eigentlich, denkt er, und ein Amulett baumelt in ihrem Ausschnitt. Die Brüste sind etwas größer als seine Hände fassen können, er registriert es mit wohliger Vorfreude.

Innert fünf Minuten hat er alles heruntergeschlungen, nur noch die Reste der Zitronenspalte zeugen vom Wiener Schnitzel und den Kroketten. Sein Magen ist voll und schwer, er ist es nicht mehr gewohnt, so viel aufs Mal zu essen. Die letzten Tage hat er von Bohnen und Rosinen gelebt. Er schaut zu, wie sie den Fisch entgrätet. Ihre Hände sind gelenkig, die Finger lang, am Mittelfinger funkelt ein winziger Diamant. Das Tier auf dem Teller starrt ihn unverwandt an. Der Mund steht offen, als schnappe es nach Luft. Oder nach ihm. Er klopft mit dem Fuß auf den Boden in schnellen, zitternden Bewegungen, das ganze Bein ruckelt. Ob er sich eine Angel basteln kann? Schnur und Haken, aber wo findet sich so etwas in der Natur? Fürs Erste wird er sich Haferflocken besorgen. Kleine Wegzehrung, er muss ja nicht gleich mit der Jagd anfangen. Erstmal raus aus der Stadt und den Wald spüren. Er räuspert sich mehrmals, ohne etwas zu sagen. Er kann es kaum erwarten, loszulaufen, vielleicht war es ein Fehler, herzukommen, vielleicht hätte er sofort aufbrechen sollen.

»Willst du Nachtisch?« fragt sie und er verneint sofort.

»Lass uns nach oben gehen. Ich will morgen früh aufbrechen. Vielleicht noch, bevor die Sonne aufgeht.«

Sie verlangt die Rechnung, bezahlt, dann geht sie mit dem Schlüssel voran. Das Zimmer ist klein und unspektakulär. Ein Bild hängt über dem Bett, eine Wiese mit Mohnblumen. In der Ecke ein Fernseher, Stuhl und Tisch. Sie zieht die Vorhänge zu. Dann bückt sie sich, wühlt in ihrem Rucksack. Er tritt ganz nah an sie heran, umfasst ihr Becken mit beiden Händen. Sie lässt es zu, reckt ihm den Hintern entgegen, seufzt. Dann rollt sie sich auf, lehnt an ihn, dreht sich zu ihm um. Er fährt ihr durchs Haar, hält ihren Zopf fest, zieht ihren Kopf nach hinten. Saugt an ihrem Hals. Sie stöhnt. Der Geschmack ihrer Haut ist ihm fremd. Er gefällt ihm. Sie knöpft sein Hemd auf, aber er hält ihre Hände fest, zieht seinen Gürtel aus und schnürt ihn eng um ihre Handgelenke. Sie schaut ihn an, nicht ängstlich, eher spöttisch scheint ihm, und das erhitzt sein Gemüt und sein Geschlecht.

»So einer bist du«, sagt sie, und er sagt: »Ich weiß nicht, was für einer ich bin, das wird sich noch zeigen, und jetzt sei besser still.«

Sie lacht, da wirft er sie aufs Bett und reißt ihr Hose und Unterhose von den Beinen. Weiß ist ihr Hintern und rund, es klatscht so schön, sie kniet und er vergisst sich, er ringt nach Luft, er ringt nach Halt, er hält sich an ihren Brüsten, er stößt, er hört sie schreien, er weiß nicht, ist es Lust oder Schmerz, mit jedem Schrei wird sein Schwanz härter, er spreizt ihre Backen und drückt sich tief in sie. Dann hält er inne. Er dreht sie auf den Rücken und kniet über sie, er wird ihr den Mund stopfen, sie schaut ihm in die Augen, herausfordernd noch immer, kannst du haben, hier, nimm, friss, wie weich ihr Mund ist, er fasst hinter sich und kneift ihre Brustwarzen und drückt sein Becken gegen ihr Gesicht. Dann dreht er sich und spreizt ihre Beine, leckt ihre Fotze, bis er sie stöhnen hört. Als sie schneller wird, hört er auf, dreht sie wieder auf den Bauch, schiebt sie auf die Knie. Er wühlt sich in sie mit zwei Fingern, sie gibt Laute von sich, da holt er aus zu gezielten Schlägen auf den Po. Er reibt sein Glied an ihren Pobacken, warum nur eine, zwei, drei, vier Frauen will er, was hat er Potenz, was ist er geil, er könnte alle gleichzeitig vögeln, schade nur, dass er nicht vier Schwänze hat. Er nimmt sie hart und schnell, dann zieht er sie auf, löst ihre Hände aus dem Gurt, stellt sie an die Wand. Er dringt von hinten in sie ein und presst sie mit jedem Stoß enger an die Tapete. Jetzt gibt er die Dramaturgie auf, er will nur noch entladen, er röchelt in ihren Nacken, er zieht ihren Kopf am Haar zurück, er beißt in ihre Schulter und dann hebt er den Kopf und verzerrt das Gesicht, die Fratze eines Raubtiers, aber kein Ton entweicht dem aufgerissenen Schlund.

IV

1

Florence hat manchmal das Gefühl, sie könne fliegen. Wenn sie losreitet, ohne Sattel, das Rückgrat der Stute, ihre Muskeln und jeden ihrer Schritte unter sich spürt. Sie denkt nicht mehr nach. Sie vergisst, so lange sie das Tier riecht und fühlt, wie sie sonst in jedes Schaufenster gucken muss, um zu überprüfen, wie sie aussieht. Als Wesen fühlt sie sich hier, am Bach, im Wald, und dann, wenn sie Nadjeschda das Signal gibt, loszupreschen, wenn die Stute angaloppiert und immer schneller wird, dann kitzelt es in ihrer Magengrube, dann ist nur noch unbändige Freude und Lust in ihr.

Seit einem Jahr ist sie auf der neuen Schule. Sie sprechen viel Italienisch, sie reisen sogar zwei Wochen pro Jahr nach Italien. Dicses Jahr waren sie ganz im Süden, in Pompei, und haben in den Ausgrabungen auf riesige Papierbögen gezeichnet. Abends saßen sie auf der Dachterrasse der Herberge und ein Mitschüler spielte Gitarre und sang Mr. Tambourine Man, schöner als im Original. Endlich war es so, wie sie immer geglaubt hat, wäre es, wenn man jugendlich ist. Endlich gibt es Menschen, die ähnlich denken wie sie und mit denen sie reden kann.

Über Himmelfahrt fährt Florence mit Maria ans Meer. Nur sie zwei, sie hören im Auto Laura non c'è ab Kassette, wieder und wieder. Auf dem Campingplatz sieht Florence einen jungen Mann vor seinem Zelt sitzen, sein Haar ist an der Seite abrasiert und in der Mitte lang. Er grinst, bietet ihr ein Bier an, sie setzt sich zu ihm. Als es eindunkelt, macht er die Petrollampe an und sie reden im Zeltinnern weiter. Auf einmal nimmt er ihre Hände.

»Die sind ganz kalt, soll ich sie dir wärmen?«

Sie lacht etwas verlegen und belustigt, zieht die Hände aber nicht zurück. Seine sind warm und erstaunlich weich. Dann küsst er Florence, er schmeckt nach Bier und benutzt seine Zunge etwas hastig für ihren Geschmack. Als er aber beginnt, sie zu streicheln, muss sie gar nichts mehr überlegen. Sie zögert keinen Moment, sie schmilzt und alles ist ihr vertraut, obwohl es ganz neu und aufregend ist. Er zieht sie aus, kein Gedanke, wie sie aussieht, nichts, nur ihre Haut und seine Hand, sie ist eine Landschaft, ein Tier, sie war immer schon da. Wie schön es sein kann, so einfach, so planlos wundervoll. Und dann erforscht sie ihn. Seinen Rücken, seine Arme, seinen Nacken. Seinen Bauch. Und wagt sich vor, schiebt ihre Finger unter den Rand seiner Unterhose, jetzt ist sie doch aufgeregt, weiß nicht, was sie erwartet. Wie zart ein Penis sich anfühlt! Was für unglaublich weiche Haut, noch seidiger als die Nüstern ihres Pferdes. Und da: fliegt Florence. Der Raum hat keine Zeit mehr. Es gibt nur noch Haut, Zunge, Haar, Kribbeln. Erst, als er fragt, ob sie mit ihm schlafen will, schaltet sich ihr Kopf wieder ein.

»Hast du Kondome?«

Er verneint.

»Dann nicht«, sagt sie und nimmt wieder dieses Zarte in ihre Hand.

Fühlt, wie es pulsiert, größer wird und sie genießt, was da passiert. Als sich sein Sperma ganz klebrig über ihre Hand ergießt, lacht er, »shit, alles nass«.

Dann sitzen sie nebeneinander ohne sich zu berühren, sie spürt ihn noch auf ihrer Haut. Sie kann nicht aufhören zu lächeln. Sie fühlt sich: wunderschön.

*

Lukas hat sich eingerichtet im zweitletzten Schuljahr des Kurzzeit-Gymnasiums. Er mag den kleinen Jan und den Riesen Karl, der aussieht, als würde er American Football spielen, sich in Wahrheit aber für Quantenphysik interessiert. Lukas hat einen Lieblingsplatz: die Bank am Teich, gleich neben der Schule. Dorthin geht er schon am frühen Morgen und bleibt manchmal sitzen während der ersten Lektionen. Eine Packung Eistee und sein besticktes Etui, mehr braucht er nicht. Wenn er dann seinen Morgenjoint geraucht hat, schaut er den Enten zu, den Bewegungen des Wassers und findet es viel schöner hier als im Schulzimmer.

Eines Abends stellen ihn seine Eltern zur Rede. Maria hat verweinte Augen, Erwin ist erstaunlich ruhig. Die

Eltern seines Kinderfreundes Thies haben Alarm geschlagen. Thies hat ihnen erzählt, Lukas würde in zwielichtigen Kreisen verkehren. Nun wollen die Eltern wissen, ob es stimme, dass er kiffe. Lukas gibt es unumwunden zu. Erwin nickt, als habe er damit gerechnet.

»Was bringt dir das?«, fragt er. »Wie fühlst du dich, wenn du gekifft hast?«

»Gut«, gibt Lukas knapp zur Antwort. Doch so leicht lässt Erwin ihn nicht entkommen. Er bohrt weiter. Wenn es etwas gibt, das Lukas hasst, dann auf Befehl über seine Gefühle zu reden. Was gehen den Vater seine Gefühle an? Und wie Worte finden für das, was unaussprechlich ist? Was will Erwin von ihm hören? Das ist es doch, worauf es letztlich ankommt. Zu erspüren, was das Gegenüber erwartet, und dann die passende Antwort zu liefern, das hat Lukas jahrelang trainiert. Aber gerade versagt seine Technik. Sein Vater dringt in einen Bereich vor, wo Lukas ihn nicht haben will, so viel steht fest.

»Ich fühle mich zufrieden, wenn ich rauche«, fügt er jetzt etwas trotzig an. »Die Welt wird leicht. Mir kommen viele Ideen, es inspiriert mich.« Außerdem sind die Schule und diese beschissene Kleinstadt nur dann erträglich, denkt er, doch das behält er für sich.

»Aha, und wozu inspiriert es dich?« fragt Erwin in einem angriffslustigen Ton.

Lukas forscht in dessen Gesicht. Dann holt er tief Luft und sagt: »Zu neuen Melodien, zum Beispiel.«
Das erwartete Donnerwetter bleibt aus. Erwin lässt es

für heute auf sich beruhen, Maria seufzt und geht zu Bett. Als Lukas aus dem Badezimmer kommt, will Erwin sogar wissen, wie sich so ein Rausch anfühlt. Lukas zuckt die Schultern.

»Schwer zu erklären. Die Muskeln entspannen sich. Manchmal musst du lachen. Du kannst ja mal mitrauchen, wenn du willst.«

Erwin grinst.

»Vielleicht«, sagt er.

Am folgenden Sonntag beruft der Vater ein Zukunftsgespräch ein. Vor dem Küchenfenster liegt Schnee, die kupferne Uhr an der Wand tickt leise. Erwin fragt ihn rund heraus:

»Was würdest du tun, wenn du nicht zur Schule gehen müsstest? Wenn du frei wählen könntest, wie du deinen Tag gestaltest?« Lukas schaut ihn erstaunt an.

»Musik machen natürlich! Was denn sonst?«

Es ist Erwin, der ihm vorschlägt, die Schule abzubrechen. Nie hätte Lukas gedacht, dass sein Vater das tolerieren würde. Er hat sich darauf eingestellt, die letzten anderthalb Jahre noch abzusitzen, sie durchzustehen, ehe er dann endlich frei sein würde.

Aber sein Vater sagt: »Wozu denn, wenn du es nicht wirklich willst? Wenn du ohnehin nicht studieren möchtest, sondern Musik machen? Für mich musst du nicht aufs Gymnasium gehen. Du tust es für dich. Und wenn dein Weg ein anderer ist, dann geh ihn. Aber geh ihn konsequent. Hör auf mit diesen halben Sachen, mit diesem Herumhängen, ohne für das einzustehen, was dir wichtig ist.«

Überrascht blickt Lukas seinen Vater an. Schaut in seine ernsten, aber leuchtenden Augen, mustert seine Wangen, die Muttermale, sein frisch rasiertes Kinn. Er hat ihn komplett falsch eingeschätzt. Manchmal, wenn er gar nicht damit rechnet, ist sein Vater cool und unkonventionell. Wenn er also die Schule nicht durchhalten muss, stehen ihm ganz andere Möglichkeiten offen. Es ist, als hätte Erwin ihm eine Tür ganz weit aufgestoßen. Er fühlt sich auf einmal sehr erleichtert.

Die nächsten Wochen sind von endlosen Tischgesprächen geprägt. Sein Papa ist mit Eifer dabei, mit ihm gemeinsam neue Perspektiven auszuloten, und doch ist das Eis, auf dem sie sich bewegen, hauchdünn. Erwin macht mit ihm einen Farbentest, um seine Stimmung und seine Begabungen zu erkunden, und während Lukas darüber nachdenkt, was er sich denn eigentlich erträumt, füllt Erwin Blatt um Blatt in kleiner Schrift. Denn ganz so einfach, wie Lukas sich das ausgemalt hat, ist es nun doch nicht. Erwin hat kein Problem damit, wenn er die Schule schmeißt, aber ohne Abschluss und ohne Ausbildung will er seinen Sohn nicht der Willkür des Musikgeschäftes überlassen. Etwas Solides muss her, es darf gerne mit Musik zu tun haben, aber ganz frei schwimmen lässt er ihn nicht. Und so recherchieren sie gemeinsam, ob er an die Jazzschule gehen könnte, aber das ist Lukas doch wieder zu eng, nein, er will nicht brav nach Noten spielen, er will nicht etwas lernen, was andere ihm vorgeben, er will sein eigenes Ding machen! Was ihm vorschwebt: CDs produzieren. Ein eigenes Album aufzunehmen und alles selber zu machen, vom Abmischen bis zum Vertrieb. Doch so eine Ausbildung gibt es nicht und deshalb zieht Lukas es vor, so lange er noch zur Schule geht bis Semesterende, wieder an seinem Lieblingsplatz seinen Gedanken nachzuhängen.

Dann ist es wieder Erwin, der etwas entdeckt, was Lukas begeistert: In einem kleinen Team beim Radio suchen sie einen Volontär, der lernen will, wie man Hörspiele produziert. Er würde Geräusche machen, Musik einspielen, die Stimmen aufnehmen. Das Volontariat würde zwei Jahre dauern, immer nachmittags. Im Sommer würde es losgehen. Es wäre perfekt für ihn.

Es ist März, die Krokusse blühen, der Heuschnupfen folgt ihm Schritt auf Tritt. Lukas beginnt, sich an sein neues Leben zu gewöhnen. Um Geld zu verdienen, hilft er seinem Vater vormittags bei den Bestellungen. So kann Erwin sich auf die Beratungen und den Außendienst konzentrieren. Für Lukas ist es bequem: Bis kurz vor Arbeitsbeginn liegt er im Bett und kann dann direkt von seinem Zimmer aus zum Schreibtisch im Schlafzimmer der Eltern wechseln. Die Arbeit ist nicht anspruchsvoll, aber angenehm gleichförmig, so dass er schnell eine Routine entwickelt und seine Gedanken während des Arbeitens schweifen lassen kann. Und ihm bleibt Zeit genug, um nachmittags Musik zu machen oder seinen Freund Rocco zu besuchen.

Natürlich fühlt Lukas, dass etwas Dräuendes in der Luft liegt, dass Erwin angespannt ist. Die Zahlen sind noch nicht so gut wie erhofft, es dauert, um die Selbstständigkeit zum Laufen zu bringen.

Es ist Sonntag, als sie zu den Großeltern ins Dorf fahren wollen. Lukas ist lange unschlüssig, ob er mitfahren soll, die Aussicht auf einen ganzen Tag alleine in der Wohnung ist verheißungsvoll. Doch seine Schwester bettelt, er soll doch mitkommen, und außerdem hat er die beiden lange nicht gesehen. Er liebt seine Großmutter, die so gern und so hell lacht und Schalk in ihren Augen aufblitzen lässt, wenn sie sich nicht gerade um Kaffee oder Essen kümmert, und er mag auch seinen Großvater mit der knatternden tiefen Stimme, auch wenn der ihn gewiss nach der Schule fragen und sich einen Spruch über seine langen Haare nicht verkneifen können wird. Lukas trägt das Wildledersakko, das einst Werner gehörte, Florence hat es bei ihrem letzten Besuch auf dem Dachboden des Hauses abgestaubt.

Er legt den Kopf an die kühle Autoscheibe und döst noch ein wenig.

Sie sind mitten auf der Autobahn, als Erwin ihn fragt:

»Hast du eigentlich das Zeugnis abgeholt? Da kam doch vor zwei Wochen ein Schreiben an dich.«

Lukas gähnt. Mit noch offenem Mund tönt er: »Nein, noch nicht.«

Da platzt es aus seinem Vater heraus: »Immer machst du nur das Allernötigste und nichts, aber auch gar nichts von dir aus! Alles muss man dir sagen wie einem kleinen Kind!«

Lukas schweigt.

»Du bist noch immer träge wie ein Sack und kiffst dir nachts die Birne voll!«, legt sein Vater nach.

Er schießt Pfeil um Pfeil auf die Rückbank, Lukas bleibt verstockt. Kann der ihn nicht einfach in Ruhe lassen? Es gibt genug, was ihn beschäftigt. Worüber er sich den Kopf zerbricht, auch wenn er mit keinem darüber spricht. Außerdem versucht er gerade, mit den Fingerbeeren einen 7/8-Takt über einen Vierviertel zu klopfen, das ist anspruchsvoll genug. Lukas ignoriert die Warnsignale. Vielleicht ist er zu schläfrig oder es ist ihm egal. Er hat genug davon, aufzupassen. Er will einfach nur da sein, ohne sich ständig rechtfertigen zu müssen. Er fährt ja sogar mit zum Verwandtenbesuch!

Plötzlich zieht Erwin eine Vollbremsung. Der Wagen kommt auf dem Pannenstreifen zum Stehen. Maria schaut erschrocken zu ihrem Mann.

»Jetzt lass Lukas doch, er macht, was er kann. Merkst du nicht, dass es ihm nicht so gut geht?«

Sein Vater wirft ihr einen wild gewordenen Blick zu:

»Bist du jetzt etwa auch gegen mich?« Nie vorher hat Lukas seinen Vater Maria anschreien hören. »Willst du ein verzogenes Söhnchen, das dem Staat als Schmarotzer auf der Tasche liegt? Komm, Lukas, steig aus, es reicht. Raus mit dir.«

»Erwin, geht's noch? Du kannst doch nicht einfach Lukas auf der Autobahn rausschmeißen, he, jetzt mach mal halblang!« Doch er reißt die Fahrertür auf. Lukas sieht, wie Erwin um den Wagen herumgeht, wie Maria sich zu ihm umdreht und ihn teilnahmsvoll und erschrocken zugleich anschaut, wie Florence mit aufgerissenen Augen und mucksmäuschenstill alles verfolgt, und er fühlt nichts, nichts, es ist leer geworden in ihm, taub.

Da geht die Tür auf und sein Vater zerrt an seinem Arm. »Raus mit dir, habe ich gesagt. Du stehst noch immer zu all dem, was du vorhin gesagt hast?«

Lukas schüttelt ihn ab, nickt in Zeitlupe, löst seine Gurte und steht auf. Er ist jetzt nur noch eine Hülle, alles Lebendige hat sich zu einem winzigen Punkt in seiner Brust zusammengezogen. Er richtet sich auf, als er draußen ist, steht starr in der Frühlingsluft.

Erwin schreit in das Dröhnen der Autobahn hinein: »Dann bist du nicht mehr mein Sohn!«

Lukas schaut nicht zurück. Er geht auf dem Pannenstreifen zurück in Richtung Kleinstadt, sie sind einige hundert Meter von der Autobahnausfahrt entfernt. Im Kopf spult er schon seine Freunde ab, die er gleich anrufen könnte. Es reicht. Das lässt er sich nicht noch einmal sagen. Er braucht ein Zimmer, zuerst eine Notunterkunft für diese Nacht. Die Autos rauschen an ihm vorbei. Er geht, damit er etwas zu tun hat, damit er in Bewegung bleibt, damit der Punkt in seinem Innern so klein wie möglich bleibt.

Noch immer starr, klingelt Lukas an Roccos Tür. Rocco ist sein Rückzugsort. Hierhin geht er, wenn er keine Lust auf zu Hause hat. Hier ist es immer dunkel, Sommer wie Winter. Schwarze Totenkopfflaggen hängen an den Fenstern. Die Wände der Einzimmerwohnung sind bis unter die Decke gefüllt mit CDs. Es ist Rocco, der ihm zuhört, wenn es ihm schlecht geht, der ihn weich anblickt und ihm Ratschläge gibt, der ihm von seiner eigenen Geschichte erzählt oder sogar versucht, Verständnis für Lukas' Vater zu erwirken. Mit ihm kann Lukas über die wirklich wichtigen Fragen philosophieren, Rocco, der immer nach After Shave riecht und seine Locken mit Kokosöl pflegt, strahlt, wenn sie sich sehen und ihn richtig fest umarmt. Sein Vater mag Rocco nicht, Lukas weiß das, wie kann man nur mit Mitte zwanzig dem Staat auf der Tasche liegen und nicht arbeiten, sagt er über ihn, aber Erwin versteht eben manches nicht. Er kennt ihn noch nicht einmal gut, und wenn sie sich einmal länger unterhalten würden, würde er vielleicht verstehen, dass Rocco mehr mit ihm gemein hat, als ihm lieb ist. Einen Vater etwa, der ihn zu etwas formen wollte.

Oft sind noch mehr Leute bei Rocco und sie sitzen zu

viert oder fünft und hören Musik und quatschen. Auch heute ist ein Kumpel da. Lukas braucht sich nicht zu erklären. Rocco drückt ihn an sich, dann räumt er ihm ein Kissen frei.

»Ich brauche ein Zimmer«, sagt Lukas, noch ehe er sitzt.

Roccos Kumpel schaut ihn verträumt und gläsern an: »Du kannst bei mir wohnen«, sagt er langsam, »ich suche einen Mitbewohner.«

Drei Tage bleibt Lukas von zu Hause verschwunden. Nur Maria ruft er in ihrem Büro an, um ihr zu sagen, dass sie sich nicht zu sorgen braucht. Dann holt er zusammen mit Rocco seine Sachen aus seinem Zimmer. Den Schrank lässt er stehen, der ist zu schwer und passt nicht in den kleinen Wagen. Zuletzt schreibt er Florence einen Zettel und legt ihn ihr aufs Bett. Dann trägt er die riesige Tasche und sein zerschlissenes Walkissen aus der Wohnung.

*

Florence blickt sich um. Die Regalbretter in Lukas' Zimmer sind leer. Dort, wo die Bücher standen und die Dose mit den Stiften, ist das Brett hell geblieben, rundherum hat die Sonne es in den achtzehn Jahren vergilbt. Anstelle der Stereoanlage klafft die nackte Raufasertapete. Welche Musik soll sie nun hören? Lukas hat alle

CDs mitgenommen. Sie wird sich eigene kaufen müssen. Im Sonnenlicht tanzt der Staub. Florence stellt sich vor seinen breiten Schrank, das einzige Möbel im leeren Raum. Als sie neu auf dem Gymnasium war, damals mit dreizehn, hat sie manchmal seine Klamotten angezogen. Das war, als sie wieder zugenommen hatte, sich das Haar schnitt und eine Brille brauchte. Sie tauchte in seine anthrazitfarbene Jeans und den dunklen Pulli, auf dem ein Mann mit einem Bierkrug vor einem Pub lehnte, versteckte all das von ihrem Oberkörper, was sie nicht sehen wollte. Jetzt trägt sie eine schwarze enge Cordhose, trotz der Hitze, und ein Trägershirt, ein Spitzenunterhemd von Claire, die Haare hat sie sich schwarz gefärbt. Sie öffnet den Schrank und setzt sich ins Hängeabteil auf den Boden. Ein gutes Versteck. Aber wer soll sie suchen? Es riecht nach Staub. Kann Staub riechen? Ja, Staub riecht, und wie Staub riecht, und Schnee riecht auch. Sie riecht es. Sie riecht auch ein bisschen Lukas, aber eher riecht dieser Schrank immer noch neu, nach all den Tagen und Wochen und Monaten und Jahren.

Florence zieht die Beine an ihren Körper, umschlingt sie.

Sie vermisst ihn. Den Geruch seines Zimmers, kurz nachdem er aufstand. Hier drin haben sie früher mit Klorollen Geschosse gebaut, damals, als Maria ihre Kassenstunde noch zu Hause abhielt. Sie haben Pingpongbälle auf die im Flur wartenden Kunden abgefeuert. Und einmal ging das Kind einer Kundin in Lukas' Zimmer, schnappte sich das Marzipanküken aus dem Osternest und biss ihm den Kopf ab.

Was arbeitet Lukas eigentlich bei Erwin? Was macht er am Computer? Sie weiß es nicht und so richtig interessiert es sie auch nicht. Seit seinem Auszug sind drei Wochen vergangen. Er kommt jetzt wieder zur Arbeit. Erwin hat sich beruhigt und Lukas scheint es nichts auszumachen, für seinen Vater zu arbeiten. Florence würde das nicht wollen.

Sie sehnt sich nach den Nächten, die sie in Lukas' Zimmer verbracht hat. Unter der Decke mit dem Mickey Mouse-Luftballon, als sie zu seltenen Gelegenheiten mit ihm im selben Bett schlafen durfte. Wie kalt es immer war, da Lukas mit offenem Fenster schlief. Wie er ihr erzählt hat von den Mädchen in seiner Klasse, die er toll fand, und von den Buben, in einen war Florence verliebt. Wie lange ist das her?

Sie krabbelt aus dem Schrank und setzt sich auf die Stelle, wo Lukas' Bett stand. Jetzt ist sie Einzelkind. Sind die Abende noch langweiliger. Sie kennt kaum mehr jemanden in der Kleinstadt, all ihre Freunde vom Gymnasium wohnen weit weg. Manchmal streunt sie durch die Straßen, ohne zu wissen, wohin, und kommt genau so einsam zurück nach Hause.

Florence ärgert sich, wie immer wieder dieselben Muster ablaufen. Wie sie in die Falle tappt, blindlings, zappelt in seinem Maul. Sie wollte reiten gehen und ihr Vater bekam Wind davon. Sie war nicht in der Schule gewesen, der letzte Tag vor den Ferien, Kopfschmerzen – er wirft ihr vor, nicht sauber nach Regeln zu spielen.

»Du benutzt deine Intelligenz, um andere zu manipulieren«, schleudert er ihr ihr im Zorn entgegen, »du bist perfide!« Sie weiß gar nicht genau, was das heißt.

Egal, was sie antwortet, immer dreht er es so, dass sie die Schuldige ist. Sagt sie, ich mache es, nur später, ist es falsch. Sagt sie, natürlich kann ich spülen und abtrocknen, umso besser, dann kann ich Musik dazu hören, ist es falsch. Siehst du, sagt er, du machst alles so, wie es für dich am besten ist. Und rauscht davon. Wenig später kommt er zurück, sagt, er mache sich Sorgen. Wie er ihnen eine gute Ausbildung ermöglichen könne bei der wirtschaftlichen Lage. Es sei schwer, genügend Aufträge zu finden. Florence staunt. Jetzt hat er ihr seine Ängste mitgeteilt. Sie will sich schon freuen. Da schmeißt er ihr an den Kopf:

»Ich will eine Gegenleistung sehen! Schließlich könnte ich auch sagen, dieser Jobwechsel hat mich aus der Bahn geworfen, jetzt lege ich mich auf den Rücken!«

Wenn sie glaube, nur weil die Prüfungen vorbei seien, könne sie sich hängenlassen, habe sie sich geschnitten. Dann dampft er wieder ab. Und sie ruft hinterher:

»Darf ich auch noch was sagen?«

Nein, ihre Meinung wolle er nicht hören. Er wolle einzig, dass sie sich ernsthaft frage: Habe ich genug getan? Genug, genug, immer wieder: genug. Florence hasst das

Wort, seit sie denken kann. Die Antwort lautet stets: nein. Nein, sie hat nicht genug getan. Was sie auch macht, wie sie sich auch Mühe gibt: Es reicht nicht. Es ist nicht genug. Nein, sie ist nicht genug. Überhaupt nicht genug, fühlt sie an manchen Tagen so sehr, dass sie am liebsten von einem Loch im Erdboden verschluckt würde. Da leckt, da mangelt, da bröckelt es, und man sieht es ihr an, zehn Meter gegen den Wind. Und darum muss sie immer noch besser sein, damit es keiner merkt, damit sie es abschüttelt und weit hinter sich lässt, und sie rennt und rennt, sie ist die Erste, die Klügste, muss die Hand hochhalten, muss die Ergebnisse rausspucken, muss lächeln, muss Ideen haben, muss abnehmen, endlich, damit es keiner entdeckt, dieses tiefe Loch.

Die Woche danach kann sie endlich ausschlafen. Frühlingsferien, sie will jeden Tag reiten gehen, sie freut sich. Mittags fragt Florence ihren Vater, ob er Hunger habe. Maria ist seit Tagen krank. Sie könnte ja etwas kochen heute. Da faucht er sie an.

»Das hätte dir früher in den Sinn kommen können. Immerhin hast du Fräulein Tochter Ferien, während Lukas und ich arbeiten!«

Wenn die Mutter ausfalle, sei es ihre Pflicht, deren Rolle zu übernehmen. Hat sie sich verhört? Hat er das zu ihr gesagt, zwei Jahre vor der Jahrtausendwende? Können die zwei nicht selbst kochen? Und wenn es ihre

Aufgabe ist, warum hat ihr keiner etwas davon gesagt?

»Wenn später dein Mann von der Arbeit heimkommt und Hunger hat, will er bestimmt auch etwas zu essen!«

Hätte er es nicht so ernst und wutschnaubend gesagt, hätte Florence laut losgelacht.

Sie verzieht sich in ihr Zimmer, schnappt sich den Stift. Sie schaut sich im Spiegel an, zögert kurz, dann beginnt sie zu zeichnen. Ihre Augenbrauen, zusammengezogen, ihre Augen, der Mund, leicht verkniffen.

Wie kommt er darauf, so zu reden? Sich zum Patriarchen zu stilisieren und sie als helfende Magd? Er hat ihr allen Ernstes gesagt, sie könne froh sein, eine Mittelschule besuchen zu dürfen. Schließlich hätte er auch sagen können, du machst eine Lehre und damit Schluss.

Florence schattiert schnell und dunkel, ihre Striche sind kräftig und wild. Sie zeichnet den Hintergrund, schwarz, der Stift drückt drei Seiten weiter noch durch.

Abends hört sie den Fernseher durch die angelehnte Tür. Sie denkt an die Abende auf dem Sofa, die Abende vor dem Fernseher mit Maria, die immer so nah sitzt, die immer so guckt, als wüsste sie, was in Florence vorgeht. Was weiß sie denn. Diese allzu körperliche Nähe, nie weiß sie, wo Maria aufhört und sie selbst anfängt, ob sie noch immer verschmolzen ist mit ihr, unfähig, sie wegzudrängen. Oder sie sitzt zwischen Erwin und Maria, die sie unterhalten muss, ein Pingpong mit zwei Eltern, und was ist sie? Der Ball? Das Netz?

Das sei ihr Psychiater, der ihr diese Gedanken einrede, meint Erwin. Er ist schlecht auf ihn zu sprechen. Seit ein paar Monaten geht Florence zu ihm, neuerdings sogar zwei Mal die Woche. Erwin höhnt: Wenn er so ein Gehalt hätte wie der Arzt, hätte er auch gut reden.

Nach den Ferien sucht Florence in der Mittagspause wieder ihr Versteck auf: eine Toilette in der Nähe des Bahnhofs, nicht weit von ihrer Schule. Ein Raum, in den man sich einschließen kann, wie ein kleines eigenes Zimmer. Sicherlich zehn Quadratmeter groß. Mit einer schönen grün gestrichenen Holztür. Und ohne, dass man eine Münze einwerfen muss. Sie verschlingt das Eis, den Schokoriegel, die Packung Kekse. Wenn alles aufgegessen ist, stülpt sie die Ärmel hoch, streicht sich das Haar hinter die Ohren. Sie lehnt über die Schüssel, sie braucht nur ein wenig zu kitzeln am Zäpfchen, mehr ist nicht nötig. Der erste Schwall ist angenehm, warm, meist schmeckt man die Schokolade noch. Ab dem dritten wird's eklig. Der Gallensaft ist bitter, die dünne Flüssigkeit brennt in der Kehle. Tränen schießen ihr in die Augen. Sie drückt die Spülung, säubert die Ränder, wäscht sich die Hände im Spülwasser. Sie steht auf, schrubbt die Hände mit Seife, die Lippen, das Gesicht. Spült den Mund. Trinkt einen Schluck. Dann setzt sie sich nochmals hin, lehnt sich an die Wand. Zieht die Beine an. Kugelt sich ein. Jetzt ist sie ganz zart. Hat keine Haut mehr. Wenn sie jetzt rausgehen würde, man könnte durch sie hindurchsehen. Sie will noch bleiben, geschützt in ihrer Höhle. Sie ist ein Kind jetzt, roh und wackelig. Erst, wenn sie wieder etwas an harter Konsistenz gewonnen hat, schultert sie den Rucksack, dreht das Schloss und tritt in die Bahnhofshalle.

2

Erwin fährt kurz nach Tagesanbruch los. Er fährt über Land, er hat keine Lust auf Autobahn.

Er gähnt, aber noch geht es mit der Müdigkeit. Mit offenem Fenster hält er es gut aus. Er schläft schlecht.

Diese Nacht ist er um drei Uhr aufgewacht, dann war für zwei Stunden an Einschlafen nicht zu denken. Maria liegt neben ihm, schläft wie ein Stein, schnarcht leise – wie er sie beneidet. Am liebsten würde er sie wachrütteln, auf dass er jemanden zum Reden hat, jemanden, der sein Leiden teilt, auf dass sie gemeinsam wachen, vielleicht Spaghetti kochen mitten in der Nacht wie früher. Oder sich lieben, Raum und Zeit und alles, was ihm die Kehle so eng macht, wegvögeln.

Als er wieder einschlief, gegen fünf, träumte er. Wirr und zugleich szenisch genau. Wie er auf einem großen Bagger sitzt und die Steine wegfahren soll. Hinter ihm nähert sich ein Laster. Er will den Hebel bedienen, um mit der Schaufel unter die Steine zu fahren. Aber der Hebel lässt sich nicht bewegen. Er sitzt da, es geht nicht. Der Laster im Rückspiegel wird größer, jetzt ist er nur noch einen Meter entfernt. Er fährt direkt auf ihn zu. Sieht er ihn nicht? Erwin will um Hilfe rufen, er macht den Mund auf. Aber kein Ton dringt aus seiner Kehle, nichts. Er versucht es abermals. Nicht einmal ein Krächzen. Dann riss der Film ab.

Er findet sich auf einem steilen Schneehügel wieder, fährt ihn hinab in Winterkluft. Überall sind Spuren und Skifahrer in blau, sie fahren schnell. Hoffentlich kollidiert er mit niemandem, seine Skier sind so kurz. Unten angekommen, steigt er in den Sessellift. Gewinnt an Höhe. An der Bergstation will er aussteigen. Aber er ist nicht schnell genug, er schafft den Absprung nicht. Der Sessel windet sich um die Haarnadelkurve. Halt, er will doch aussteigen! Am Drahtseil fährt er jetzt noch höher, immer höher, die Leute werden zu Ameisen. Zum Abspringen ist es längst zu spät.

Die Straßen sind dünn befahren. So kam er schneller voran als erwartet, und nun ist er viel zu früh dran. Den ersten Termin hat er um elf. Kurz vor der Grenze stellt sich eine Frau mit oranger Weste auf die Straße, um Schulkinder über den Zebrastreifen zu lotsen. Erwin schaut den Knirpsen mit ihren viel zu großen Rucksäcken hinterher. Er hebt die Hand und lächelt der Lotsin zu, als er weiterfährt.

Vor vierzig und noch was Jahren war er selbst so ein Knirps. Als er im Kindergarten war, gab es zwei Jungs, die ihn hänselten. Manchmal schubsten sie ihn oder hauten. »Du musst dich wehren«, sagte der Vater zu ihm. Und die Mutter: »Aber er ist doch so zart, siehst du nicht, was für ein Zarter dein Sohn ist? Er will keinem weh tun.« Aber Erwin hörte auf seinen Vater und nahm sein Taschenmesser mit und klappte es auf. Erwin, der

Schlitzer wurde er von da an genannt. Und der Vater nahm ihm das Taschenmesser weg.

Und erst der Fasching! »Geh doch als Dieb«, schlug die Mama vor. Er band sich ein rotes Tuch um den Mund und zog die wildlederne Weste an. »Peng peng«, rief er auf dem Pausenplatz: »Hände hoch, und Geld her, ich bin ein Dieb!« Sofort stürzten sich die zwei Jungs auf ihn. Sein Kopf klemmte fest im Schwitzkasten. »Und wir sind die Sheriffs«, schrien sie, doppelstimmig im Siegesgebrüll, »du bist gefangen!«

Immer gibt es die Sheriffs. Wo er auch hingeht. Früher oder später trifft er einen an. Er erkennt sie an ihrem siegesgewissen Lächeln.

Der Suter. Ist so ein Sheriff. Hat diese Grinsefresse. Erwin glaubt ihm anzusehen, dass er schon auf der Abschussliste steht. Jetzt ist der Umsatz verdoppelt. Noch das neue Produkt, so lange lässt er ihn zappeln, dann ade ade.

Die Selbstständigkeit hat er im vorletzten Sommer aufgegeben. Es hat nicht mehr rentiert, und es war zu mühsam, mit der Firma zusammenzuarbeiten. Er war ihnen zu unbequem, das weiß er, und sie waren ihm zu wenig genau. Und zu langsam. Wie sollte er auf diese Weise effizient ausliefern können? Erwin liebt nicht den Verkauf an seinem Beruf, er ist nicht der Typ, der großschwatzt und alles heller leuchten lässt. Er liebt es, für ein spezifisches Problem eine ausgeklügelte Lösung zu finden. Er macht sich ein Bild von der Gesamtsituation, denkt sich in Systeme ein. Er mag es, sich zu versenken und zu tüfteln. Das könnte er die ganze Nacht über tun, freudig, wäre da nicht die Angst.

Auch jetzt an seinem neuen Arbeitsplatz hat er wie immer gut angefangen. Er hat sich begeistert eingelesen, hat die Gründe für den unbefriedigenden Absatz der Industrietastaturen analysiert. Hat den Umsatz in einem Jahr verdoppelt.

Und nun steckt er wieder fest: Treppauf, treppab und alle Ausgänge sind zu. Er strampelt im Leergang. Er sieht den Suter jeden Morgen vom Fenster aus, wie der seinen BMW parkt. Mit Schwung rückwärts natürlich, der Angeber. Der Wagen glänzt, wahrscheinlich poliert er ihn samstags und die Halbglatze auch. Seine Anzüge sitzen schlecht, auch das Material ist nicht das Beste, aber er ist einer derjenigen, die lässig darüber hinweggehen. Es ist diese Lässigkeit, die ihm Anhänger verschafft, überall. Es ist diese Lässigkeit, die Erwin nicht ausstehen kann, die ihm völlig abgeht. Lässig ist Erwin nur, wenn er übermütig ist. In den Bergen. Im Urlaub. Im Militär. Wenn er pfeift. Aber nicht, wenn es um Technik geht, nicht im Geschäft, nicht, wenn er Kunden hat, die er zufriedenstellend beraten will. Wenn er den Umsatz überwacht, der auf keinen Fall zusammenbrechen darf. Schließlich hängt vom Umsatz sein Job ab, von seinem Job sein Leben, nichts Geringeres. Und nicht nur seines. Er hat noch immer Kinder, die er durchbringen muss. Lukas ist zwar so gut wie selbstständig, hat den Absprung geschafft, seine Ausbildung ist zu Ende, er arbeitet beim Radio und unterrichtet nebenher Gitarre. Florence aber wird noch ein ziemlich großer Budgetbrocken bleiben die nächsten Jahre. Sie will studieren, Erwin bereitet es Bauchschmerzen. Frühestens in sechs Jahren, und auch das nur, wenn sie die Normstudienzeit einhält, ist er die Verpflichtung los. Bis dahin heißt es: Durchbeißen, Erwin.

Vor dem nächsten Ort nimmt er eine Abzweigung, die das GPS-Gerät nicht für ihn vorgesehen hat. Er fährt eine schmale Straße hoch, stellt den Wagen mitten ins Gras. Lässt die Scheibe runter. Er bleibt sitzen. Der gestrige Abend sitzt ihm noch in den Knochen. Er sieht die Tochter vor sich, wie sie ihn anschaut mit zusammengekniffenem Mund, Anklage in den Augen. »Du hättest mir besser beigebracht, wie man Freunde findet«, hat Florence zu ihm gesagt. Ihm vor die Füße geschleudert, als er sich mal wieder getraut hat, sie anzusprechen und sich nicht von ihren abweisenden, einsilbigen Antworten beirren zu lassen. Sein Glück hat er versucht mit einem Einstieg, der ihm angemessen schien.

»Ich sehe doch, dass du dich nach einem Mann sehnst, einem Freund«, sagte er zu ihr, ist doch klar, dass die sich ausleben und ausprobieren will. Da ging sie gleich in die Luft.

»Gar nichts weißt du und ich bin es leid, dass du immer so tust, als wüsstest du Bescheid über mich.« Ist sie wirklich so einsam? Hat sie denn niemanden, jetzt, wo sie nicht mehr zur Schule geht, bis in die Puppen schläft und täglich im Internet nach einem Nebenjob sucht? Wie bringt man jemandem bei, Freunde zu finden? Das weiß er doch selbst nicht. Er hat nicht viele Freunde, er hat Maria, das reicht. Und dass er sie nie gelobt habe, warf sie ihm auch noch vor. »Du hast mir nie gesagt, dass du stolz auf mich bist!«

Erwin schluckt, der Hals fühlt sich rau an. Hat er ihr keine Anerkennung geschenkt? Glaubt sie wirklich, dass er nicht gut findet, was sie macht? Er blickt den Hügel hinab. Der Raps blüht. Erwin muss niesen. Dann merkt er, wie eine heiße Welle in ihm aufsteigt. Es löst sich etwas in seiner Kehle, schießt ihm in die Augen, und dann schüttelt es ihn am ganzen Körper. Erwin legt die Arme aufs Steuer und lässt seinen Kopf sinken.

Im nächsten Landgasthof bestellt er sich einen Café crème. Am Nebentisch isst eine Gruppe Arbeiter Würstchen mit Senf. Frühstückspause. Erwin saugt an der Kaffeetasse. Seine Augen brennen. Er dreht die leere Packung der Kaffeesahne zwischen seinen Fingern und starrt auf den Enzian, der auf dem Deckel abgebildet ist, ohne ihn richtig zu sehen. Erst, als er wieder an die frische Luft tritt und auf sein Auto zusteuert, kann er den Gedanken zulassen, den er die ganze Zeit weggedrückt hat: Er ist nicht der Vater geworden, der er sein wollte. Nicht für Lukas, nicht für Florence. Er hat es anders machen wollen als sein Vater. Stolz, nein, stolz wollte er nicht sein auf seine Kinder, das klingt überheblich, schließlich kann er ja nichts für ihre Fähigkeiten. Er liebt sie. Sie sind seine Kinder, er wollte nie etwas anderes, als dass sie sich akzeptiert fühlten von ihm. Er hat ihnen ein Freund sein wollen, einer, der für sie da ist, der ihnen zuhört. Den sie nicht fürchten müssen. Und natürlich, ihnen eine Richtung vorgibt, das brauchen sie ja.

Er hat es nicht geschafft, einer zu sein, dem sie sich anvertrauen. Die Kinder gehen zu Maria, wenn es ihnen nicht gut geht. Sie weiß über alles Bescheid, sie ist das Bindeglied der Familie, der Dreh- und Angelpunkt. Er ist nur dazu da, das System am Laufen zu halten. Er schnäuzt sich in sein großes Taschentuch, dann stopft er es zurück in seine Hose.

Er startet den Motor, fährt wieder weiter dahin, wo ihn die GPS-Stimme hin lotst. Noch eine halbe Stunde bis zu seinem Termin. Ein Versorger in Sorge ist er. Wenn er jetzt auch noch die Stelle verliert, was dann? Dann hat er endgültig versagt. Erfüllt er nicht einmal mehr die Funktion, die ihm zugedacht ist. Ein, zwei Jahre Arbeitslosengeld – das Geld wird nicht reichen für alles. Danach wird er ausgemustert. Sozialamt. Unterste Stufe. Da lassen sie nichts von dir übrig. Noch nicht mal deine Würde.

*

Maria steigt an der Endstation aus. Wie oft sie hergefahren ist die letzten zwei Jahre! Zu ihrem Vater, ins Eckhaus mit Garten. Der Bus ist noch der gleiche wie damals, als sie hergezogen sind, vor über vierzig Jahren. Die gleiche Linienführung, die gleiche Nummer, die gleiche Farbe. Nur die Modelle der Fahrzeuge haben sich geändert, die Musterung der Sitzpolster.

In einem der Vorgärten leuchtet ein Busch feuerrot. Vielleicht wird sie auch so einen pflanzen. Die Farbe stimmt sie mutig. Seltsam, den Weg zu gehen und sich nicht auf ihn zu freuen. Ein herrenloses Haus ist es jetzt. Noch in der Verpuppung, ehe es sich gewandelt haben wird. Er hat hierher gehört, er war das Haus. Sein Geruch erfüllte jeden der kleinen Räume. Er war die geblümte Tischdecke und der Abreißkalender auf der Kommode, er war die dicken Bildbände im Bücherschrank, in denen sie als Kind so gerne blätterte. Er war die Gummibänder und die Büroklammern, die er in Gläsern aufbewahrte. Er war seine Schrift, große und schmale, wunderschön geschwungene und vorgeneigte Buchstaben, die von einer Ruhe und einem unerschütterlichen Vertrauen in die Welt zeugten. Er war die Fotos im Schubladenfach des Tischs, auf deren Rückseite er säuberlich Datum und Namen der Berge notiert hatte, er war jedes seiner Fotos, jeder Gipfel, den er bestieg. Die roten Socken, die er zum Wandern trug und der Stock. Die Handorgel, die er spielte und in deren Takt er sich wiegte, während seine Augen gutmütig in den Raum hineinblickten.

Sie weiß nicht genau, wann es angefangen hat. Erst hat er nur einzelne Termine vergessen. Geburtstage, ausgerechnet er, der seinen Kalender so akribisch führte. Seinen Enkeln immer eine Karte schrieb und in jedes Bilderbuch eine Widmung. Dann suchte er länger nach einem Wort, auch das war noch kein Grund zur Sorge, man wird halt älter. Vergisst dies und jenes, ist schusselig, verwechselt mal Öl mit Essig oder stellt den Tee in den Kühlschrank.

Irgendwann aber fand sie ihn: Verloren saß er am Esstisch in der Diele. Fremd geworden im eigenen Heim, er kannte sich nicht mehr aus. Wusste nicht, was er als Nächstes tun sollte, fragte sich, wonach er hatte suchen wollen und selbst wenn es ihm eingefallen wäre, hätte er nicht gewusst, wo überhaupt. Sie haben ihm dann alles aufgeschrieben: alle Namen der Verwandtschaft, sämtliche Termine und irgendwann klebte die ganze Küche voller Post-its.

Spitexfrau kommt am Mittag, sie wird Dir Essen bringen. – Achtung, Herd aus!! – Du musst nicht einkaufen, es werden Lebensmittel gebracht.

Maria erkannte er bis zuletzt. Wer Erwin war, wusste er nicht mehr, auch Lukas und Florence siezte er. Florence versuchte einmal, bei ihm zu übernachten – es musste jemand da sein über Nacht, falls er Hilfe brauchte. Sie machte es nur genau einmal. Dass er sie »Fräulein«

nannte und nicht wusste, wer sie war, war ihr noch unangenehmer, als ihm beim Toilettengang zu helfen.

Maria biegt in den Plattenweg ein und geht auf das Eckhaus zu.

Ein alter Mann war er seit Längerem, das hat Maria bemerkt. Und etwas behäbig war der Papi schon immer, auch grauhaarig und glatzköpfig, soweit sie sich erinnern kann. Als man ihn im Nachthemd an der Bushaltestelle fand, überlegten sie, ihn ins Heim zu bringen. Doch er wollte daheimbleiben, und er konnte es, Maria und ihre Geschwister, seine Enkel und Enkelinnen und die Pflegerinnen haben es ermöglicht, nur die allerletzten drei Tage lag er im Krankenhaus. Das eigentliche Ende kam schnell. Das andere hatte klammheimlich begonnen und ihn mehr und mehr von innen her zerfressen, so dass Maria sich nie sicher sein konnte, wieviel von ihrem Vater eigentlich noch da war. Worauf sie zählen konnte.

Ausgerechnet er, der immer da war in ihrem Leben, ein unverrückbarer Fels. Er, der stetig war und verlässlich wie ein Uhrwerk. Nach der Lehre in der Keksfabrik hatte er sein Leben lang beim Milchverband gearbeitet. Man kann es als langweilig bezeichnen, vielleicht hat es ihre Mutter Anna so gesehen. Maria hingegen nennt es stabil. Dass er sich einen Schmetterling anlachte , konnte er nicht ahnen, als er damals auf der Zugfahrt von Biel nach Bern die schöne Frau sah, seinen Hut zog und sie fragte, ob der Platz noch frei sei. Und ob sie abends mit demselben Zug zurückfahre. Vielleicht, wenn es diesen Carlo nicht gegeben hätte, vielleicht wäre sie geblieben. Aber was nützt es, vielleicht zu sagen. Vorbei ist vorbei.

Der Eingang ist mit Plastikplanen ausgelegt. Trotz der frischen Farbe riecht der kleine Vorraum noch immer nach ihrem Vater. Ein schöner, erdiger und zugleich herber Geruch. Oben sind die Arbeiter am Werk, Maria hört die Bohr- und Schleifgeräusche. »Hallo!« ruft sie in den Lärm hinein.

Ihre Großeltern, die Eltern ihres Vaters, waren bescheidene, arbeitssame und liebenswürdige Menschen. Er war Lehrer für Stenographie beim Kaufmännischen Verband, ein kleines, hageres Männchen. Sie hingegen war sehr groß für eine Frau, einen Kopf größer als er, dünn und schlaksig. Sie arbeitete als Haushälterin und Kindermädchen, Arthur war ihr einziger Sohn. Vielleicht, weil sie selbst so viele Geschwister gehabt hatte: Fünfzehn Kinder waren sie. Und fast die Hälfte der Schar starb an Tuberkulose. Wie liebte Maria es, bei ihr auf der Ofenbank zu sitzen und mit ihr zu reden! Immer fragten die beiden sie, wie es ihr ginge, hatten ein offenes Ohr und spielten stundenlang Eile mit Weile mit ihr.

Maria betritt die ehemalige Diele. Der Durchbruch ist schon gemacht. Ob er einverstanden wäre? Ob es ihm wehtut zu sehen, dass sie die Mauer niedergerissen haben? Aus dem kleinen Vorraum, in dem er zuletzt oft am Tisch saß, und der Küche, die eng und dunkel war, seit Maria denken kann, haben sie einen Raum gemacht.

Sie hat die Hölzer im Katalog und am Musterring des Schreiners studiert, sich für einen warmen Ton entschieden. Alles sollte mit Holz verkleidet sein, selbst der Kühlschrank. Maria freut sich: Endlich eine Küche, die ihr auf den Leib geplant und gebaut ist.

Den Keller will sie selbst streichen, auch die Treppe abschleifen. Aber das kommt erst später, Ende Jahr wollen sie einziehen. Bis dahin gibt es noch unendlich viel zu packen, auszumisten, zu räumen.

Sie haben den Dachstock ausgemistet, die Möbel verkauft, den Bücherschrank behalten sie. Maria und Erwin überlegten lange, aber dann waren sie sich in ihrem Entschluss sicher: Sie würden das Haus übernehmen. Oben lassen sie alles beim Alten. Im kleinen Zimmer, wo Maria mit den Schwestern geschlafen hat, Kopf an Kopf, wird das Ehebett stehen. Florence darf ins größere Zimmer. Sie redet zwar davon, dass sie ausziehen will, aber sie weiß nicht, wie sie es finanzieren soll. Erwin will ihr kein Zimmer bezahlen, so lange sie Zuhause wohnen kann.

Maria will mit dem Spengler das Fliesen des Badezimmer besprechen. Sie öffnet die Terrassentür, tritt auf die Steinplatten hinaus. Ein dicker Kater schleicht ums Gebüsch. Es ist still hier, stiller als in der Blocksiedlung.

Ihr Alterssitz, geht es Maria durch den Kopf. Sie fühlt

sich noch nicht alt. Achtundvierzig. Sie hat noch sechzehn Jahre bis zur Pension. Und sie hat Lust aufs Arbeiten. Und doch, nochmals umziehen werden sie kaum, höchstens ins Heim. Seltsam, wenn der Vater tot ist. Jetzt gibt es keinen mehr über ihr.

Was will sie anpflanzen im Frühjahr? Lupinen würden sich gut machen. Und da vielleicht Klatschmohn. Sie wird sich ein Gartenbuch zu Weihnachten wünschen, englische Cottagegärten gefallen ihr besonders.

»Frau Rüegg?«

»Hier bin ich!«

Maria eilt zum Vordereingang und steigt dem Spengler voran in den ersten Stock.

3

Erwin betrachtet das Schild »Herzlich Willkommen« mit den zwei Gänsen, als sähe er es zum ersten Mal. Fassungslos steht er vor der Tür des Eckhauses, in das sie vor sieben Jahren gezogen sind. Er dreht den Schlüssel im Schloss. Im Eingang, wo der alte Teppich noch liegt und die Mäntel an der Garderobe hängen, riecht es nach Marias Vater, auch jetzt noch. Aber Erwin bemerkt es nicht, hat dafür jetzt keinen Sinn. Er zieht die Schuhe aus und hängt die Jacke an den Haken, er tritt in die Küche. Wann war das Haus zum letzten Mal leer, als er nach Hause kam? Natürlich, manchmal ist Maria in einem Konzert. Oder sie trifft ihre Freundinnen in der Kleinstadt. Aber das ist etwas anderes. So allein war er zuletzt nach Lukas' Geburt. Aber anders als damals weiß er dieses Mal nicht, wann sie wiederkommen wird.

Im Wohnzimmer liegt noch der Steuerordner aufgeschlagen. Daneben die Ablage mit den Belegen. Erwin berührt nichts, als müsse er Beweise sammeln, dass sie doch eben noch hier war. Er öffnet die Läden im Schlafzimmer. Drei Tage hat sie hier gelegen. Sie verdunkelt immer, wenn sie Kopfschmerzen hat. Erwin kennt es, seit er sie kennt. Mag sein, dass ihre Augen kleiner waren als sonst. Dass sie ihn anstrahlte, als er sie fragte, was er ihr bringen könne, engelsgleich, so ganz gelöst. Die Wirkung der Medikamente, dachte er, und brachte ihr den Eisbeutel.

Im Badezimmer riecht es säuerlich. Er nimmt einen Lappen, Putzmittel, kniet sich nieder. Dass sie hatte erbrechen müssen, sagte sie ihm nicht. Auch nicht, dass die Kopfschmerzen wie angeworfen gekommen waren, als sie gerade auf der Toilette saß. Als er heimkam, lag sie bereits im Bett und er vermutete Migräne, was denn sonst. Sie sagte ihm nicht, dass der Kopf anders weh tat als normalerweise. Sie winkte nur ab, sie müsse schlafen, hatte ihn angelächelt, die Augen wieder geschlossen.

Warum sind ihm die Spuren von Erbrochenem in der Kloschüssel nicht aufgefallen? Erst, als es am Sonntag noch immer nicht besser war, begann er sich Sorgen zu machen. Er überredete sie nicht, zum Arzt zu gehen. Sie komme gleich so mit, sagte sie zu ihm, im Nachthemd. Natürlich nicht, sagte er und reichte ihr die Kleider. Der Arzt schickte sie sofort ins Krankenhaus. Und die Untersuchungen zeigten: Ein weißer Nebel liegt in der Stirn. Eine Ader geplatzt. Die Blutung breitete sich nicht weiter aus. Stoppte von alleine, glücklicherweise. Hätte sie das nicht, sagte der Arzt, wäre der Druck im Kopf ins Unermessliche gestiegen. Sie wäre gestorben, vor drei Tagen schon.

Erwin spritzt das Mittel in die Schüssel. Er führt den Schwamm dem Rand entlang, er gräbt ihn tief in den Spalt darunter. Es ist verrückt. Dass das einfach so passieren kann. Unbemerkt. Diese Ader. Dieser Nebel auf dem Röntgenbild. Und dieses »Hätte«. »Wäre«.

Was in ihrem Kopf geschehen ist. Einfach so, mitten am Tag, als sie ihren Darm entleeren will, stärker als sonst presst, weil sie Verstopfung hat, einfach nur kacken will, ehe sie sich hinsetzt und die Belege für die Steuern abheftet. Ein winziges Gefäß, nicht viel dicker als eine Haarsträhne wahrscheinlich, eine Millisekunde nur. Und er hat es nicht bemerkt.

Jetzt hat er sie zurückgelassen in diesem Krankenbett wie damals, nur, dass diesmal kein Kind zu ihr gebracht wird mitten in der Nacht. Ihre Augen zu Schlitzen geworden, lächelt sie noch immer, eingehüllt in Morphiumnebel. Sie liegt im Kissen und hebt nur schwach die Hand, als er geht, ihre Stirn küsst, ihr über die Wange streicht. Ihren Arm drückt, der warm ist, wie immer.

Er weiß nicht, was für eine Frau er zurückbekommen wird. Welche Schäden die Blutung hinterlassen hat, kann man noch nicht abschätzen. Der Arzt sagt, vorne links, da sitzt das Sprachzentrum. Aber sie kann ja noch reden. Einer ihrer Lieblingsfilme ist ausgerechnet »Triumph der Liebe«. Wie diese Frau durch einen Schlaganfall alles verliert und ganz von vorne anfangen muss. Laufen lernen, sprechen. So weit ist es nicht gekommen. Sie lebt. Sie spricht. Sie kann gehen. Und so viel er bis jetzt feststellen konnte, ist auch ihr Wesen nicht komplett verändert. Sie ist nicht böse geworden, sie schreit nicht. Wenn sie für immer so bleiben würde, ans Bett gebunden, langsam, lächelnd, dann wäre es eben so. Das wäre immer noch besser, als wenn sie ein ganz anderer Mensch geworden wäre oder er sie ganz verloren hätte. Er ist unendlich dankbar, dass sie lebt.

Er muss sich etwas zu essen kochen. Er muss einkaufen. Er überlegt, wie er ihr den Klinikaufenthalt erleichtern kann, was sie noch benötigt.

Immer, wenn Erwin Maria besucht, wirkt sie, als würde sie etwas suchen. Sie schaut ihn an, tastend, nicht so wissend wie sonst, ihre Iris schwimmt im Auge hin und her. Sie schaut ihn zweifelnd an, als warte sie auf Antwort, als müsse er ihr sagen, was sie verloren habe.

In Erwin glühen die Ideen. Fast ist es, als wäre er lebendiger als sonst, aufgewacht: Jetzt, wo er muss, jetzt, wo der immer gleiche Ablauf aus Aufstehen, Arbeiten und Schlafen durchbrochen ist, spürt er die Kräfte in sich wachsen. Endlich kann er zeigen, was in ihm steckt. Seine Augen leuchten blauer als sonst, er holt die frisch gebügelten Hemden aus der Reinigung und kauft Blumen. Er präsentiert Maria, was er sich überlegt hat, wohin sie zur Kur könnte nach dem Krankenhaus, er hat ihr den Discman mitgebracht, damit sie Musik hören kann, und ein Kirschkernkissen, weil sie plötzlich immer friert.

Als Florence, die seit einer Weile in einem WG-Zimmer in Zürich lebt, zu Besuch kommt, setzt sie sich aufs Bett und nimmt Marias Hand. Sie hat einen Strauß Laub in einer Hand, orange, rot und gelb. Erwin sieht, wie rote

Adern die gelben Blätter durchziehen. Er sieht Blut überall in diesen Tagen.

Florence sitzt dort, wo er sonst sitzt, also lässt er sich auf dem Stuhl nieder, lehnt sich zurück, schaut hinaus. Nur noch wenige gelbe Blätter hängen in den Baumkronen.

Später wird Erwin sagen, dass Maria ihn drei Mal verlassen habe. Bei den Geburten der beiden Kinder und als ihr Hirn blutete. Aber davon weiß Erwin jetzt noch nichts. Er spürt nur, wie er aufblüht. Er ahnt nicht, dass das vielleicht der Anfang ist von etwas, was sich in ihm zusammenbraut. Seit Maria und er morgens nur noch kalte Schokolade trinken und keinen Kaffee, fühlt er sich jünger, voller Energie.

Er besucht sie in der Kur. Sie macht Fortschritte, geht schon wieder alleine spazieren. Auch schwimmt sie gemeinsam mit einer Trainerin. Sie löst Sprachspiele und Rechenaufgaben, die Defizite sind minimal. Nur, dass sie ab und zu ein falsches Wort sagt, Spinat statt Salat, und dann, wenn sie es merkt, in helles Gelächter ausbricht. Sie wirkt, als wäre sie kleiner geworden. Geschrumpft. Etwas in ihrer Haltung ist nicht mehr so stolz wie zuvor, sondern geduckt und vorsichtig.

Er kauft ihre Lieblingsjoghurts, ehe er sie nach Hause holt, zehn Stück der Sorte Grapefruit, er putzt das ganze Haus. Der Garten ist gewässert. Er hat das Bett frisch bezogen. Er würde am liebsten verreisen mit ihr, sofort, nach Südfrankreich und weiter. Er fährt zu ihr, nur anderthalb Stunden, aber sie ziehen sich hin, er kann es kaum erwarten. Sechs lange Wochen, endlich darf sie heim.

*

Florence spürt eine leise Freude, wenn sie morgens mit dem Strom der Leute durch die Bahnhofsunterführung geht. Sie ist nicht voller Elan, natürlich ist es noch früh und sie ist müde, und doch geht sie leichtfüßig, angetrieben durch das Pulsieren der Schritte um sie herum. Hier schwemmt die Masse der Berufstätigen aus, und sie ist ein Körnchen, ein Wassertropfen im Meer, das unter den Gleisen hindurch in Richtung Marktplatz schwappt, an den Läden vorbei hinauf in die Büros, über schmucklose Hintereingänge hinein in die Häuser, denen man von außen nichts ansieht, Bauten der 1970er Jahre, mit einem Aufzug von Schindler. Und erst, wenn sie die weißen Türen auf den langen Fluren öffnen, die nur durch ein zurückhaltendes Schild gekennzeichnet sind, erst dann betreten sie ihre Geschäftswelten.

Florence hat direkt nach den letzten mündlichen Prüfungen angefangen zu arbeiten, nur ein Wochenende lag dazwischen. Sie hat die Normstudienzeit eingehalten, wie Erwin es von ihr verlangte. Sie arbeitet bei einer großen NGO in der Presseabteilung. Sie hatte das Glück, dass jemand für längere Zeit ausgefallen war und die nun dringend jemanden brauchten. Sie war so froh, sofort etwas gefunden zu haben, das war ihr mehr wert als eine Pause.

Und wirklich, es ist etwas anderes, morgens um acht mit all den anderen Beinen zur Arbeit zu trippeln, als zur Uni zu fahren. Sie hatte sich immer gewundert über die Leute, die so perfekt geschminkt und frisiert waren, der Lippenstift mit dem Lineal gezogen, als würde bei denen nie eine Strähne sich lösen, ein Stoff aus der Hose rutschen oder ein Stück Schnittlauch zwischen den Zähnen klemmen. Sie hat nie verstanden, wie die es hinkriegen, auszusehen wie aus dem Katalog geschnitten und sie versteht es auch jetzt noch nicht. Immer noch fallen ihr die Haare ins Gesicht oder sie muss das Unterhemd umständlich zurück in die Hose stopfen. Aber wenn sie die Schuhe trägt, die flach sind, aber dennoch klackern bei jedem Schritt, wenn sie saubere Kleidung ohne Löcher und farblich passend anhat, einen Rock und einen gut sitzenden Pulli, dann fühlt sie sich gebündelter und fertiger als jemals zuvor, allein, weil sie ein Ziel hat, weil sie erwartet wird, weil sie Platz nehmen wird auf einem Drehstuhl und E-Mails von ihr beantwortet werden wollen. Sie hat Respekt davor gehabt, wie es sein wird, vierzig Stunden in der Woche zu arbeiten. Ob sie das überhaupt schafft, diese Regelmäßigkeit, jeden Tag das Gleiche. Und wirklich, es ist nicht ohne. Wenn sie abends heimkommt, macht sie nicht mehr viel. Sie setzt sich mit ihrer neuen Mitbewohnerin aufs Sofa, schaut sich eine Serie an, dann geht sie schlafen. Zugleich aber gibt es diesen Effekt, mit dem sie nicht gerechnet hat: dass sich das Arbeiten wie ein Korsett anfühlt, kein einengendes, sondern eines, das sie aufrichtet und ihr Halt gibt. Wenn sie Feierabend hat, hat sie wirklich frei, dann muss sie nicht noch lernen oder lesen. Dann muss sie nichts mehr …

Marek sieht sie nur am Wochenende. Selten fährt er unter der Woche zu ihr oder sie zu ihm. Dafür läuft sie nicht Gefahr, wie bei Karl damals, nur noch an ihn zu denken. Das wird ihr nicht passieren, hat sie sich vorgenommen, nie mehr will sie sich so sehr einem Menschen hergeben, dass sie keinen eigenen Boden mehr hat, auf dem sie steht. Dass sie nur in den Momenten glücklich ist, wenn sie sich gestritten haben und wieder versöhnt. Nein, das ist nicht wahr, sie war nicht nur dann glücklich mit Karl, sie war es oft. Aber sie hat es nicht gemerkt. Oder nicht geglaubt. Sie hat danach gesucht, gebohrt, gegraben in jedem Moment, wie die Schildbürger den Mond mit dem Eimer einfangen wollten, und nie konnte sie sich sicher sein, ob das, was sie erlebte, nun wirklich Glück heißen durfte oder eben: Liebe.

Das weiß sie auch jetzt nicht so genau. Aber sie hat beschlossen, sich davon nicht mehr verrückt machen zu lassen.

Marek hat sie im Theater kennengelernt. Er saß neben ihr, und so plötzlich wie er aufgetaucht ist, so ist es auch jetzt mit ihm: Er ist einfach da. Isst mit ihr, spricht mit ihr, widerspricht. Spaziert mit ihr, schläft mit ihr, schläft auf dem Sofa noch während des Filmes ein.

Marek ist nicht Wind und flüchtig, nicht sehnsüchtig und samtig, wie Karl es war. Marek ist sperrig. Greifbar. Er hält sie fest, manchmal zu fest. Sie sagt ihm, dass sie Luft braucht, dass er das Wässrige nicht kennt. Er sagt nie vielleicht, er sagt ja oder nein, und wenn er ja sagt, fängt er noch im selben Moment damit an. Er schwankt nicht, er entzieht sich nicht, ihn muss sie nicht suchen. Wenn sie Marek trifft, ist er so sehr da, dass sie manchmal seine Präsenz kaum aushält. Dann wird sie ungeduldig, zänkisch. Am liebsten redet er, lange und genau und vernunftgesteuert. Nur, wenn er frisch aufgewacht ist, ist er noch ganz weich. Er liegt da, die Augen geschlossen und sie staunt über den Schwung seiner Lider, die nach oben geformten Mundwinkel und die Zartheit seiner Lippen, hält seinen Kopf im Schoß und betrachtet ihn stumm.

Marek ist anders als Karl und die meisten Männer, mit denen sie etwas hatte. Er strahlt etwas Solides aus, fast altmodisch, großväterlich für sein Alter. Zum ersten Mal im Leben hat Florence keine Angst. Es ist nicht so, dass sie weiß, sie will mit ihm alt werden. Es ist auch nicht so, dass sie sich so unendlich geborgen fühlt, wie sie es sich immer gewünscht hat. Diese Geborgenheit gibt es nicht, nirgendwo, höchstens in ihr. Oder früher, wenn sie ihr Pferd gestriegelt hat und ihre Nase in die Mulde oberhalb der Nüstern drückte. Es ist nur so, dass sie sich nicht fürchtet. Dass sie weiter als eine Woche in die Zukunft denken mag. Sie kann mit ihm reden, zu jeder Zeit und egal, worüber. Sie vertraut ihm und er glaubt an sie. Er ist neugierig und offen für ihre Ideen. Vor allem hat er sein eigenes Gebiet, das ihn begeistert und für das er brennt.

*

Maria stellt sich vor die Bilder. Es sind Bleistiftzeichnungen auf sehr großen Papieren, A1 oder A2. Das Licht ist schummrig, Florence nennt den Raum nur »Die Galerie«, seit Monaten schon. Maria kommt er eher vor wie ein Keller. Dunkel, kaum Tageslicht. Es riecht auch so. Modrig, feuchtes Gestein. Ihr Blick gleitet über die unverputzte Wand. Kurz vor der Decke entdeckt sie einen Riss und etwas Dunkles. Ist das Schimmel?

Die Bilder der anderen Künstler hat sie sich bereits angeschaut. Jetzt, wo sich die meisten auf die Häppchen stürzen, hat sie hier in den Gängen ihre Ruhe. Sie ist Veranstaltungen noch nicht wieder gewöhnt, seit der Hirnblutung meidet sie Menschenansammlungen. Es ist nicht so, dass sie Panik kriegen würde, eher beschleicht sie eine unbestimmbare Angst, wenn sie mit vielen Leuten auf einmal in einem Raum ist und Stimmen von überall her auf sie einprasseln. Aber allmählich wird es etwas besser.

Und hier also Florences Strich, sie kennt ihn, sie hat viele Skizzen in ihren Büchern und auf Schulblättern gesehen. Sie sieht eine Brust und ein Kinn, der Mensch hält die Augen geschlossen, die Armansätze von sich gestreckt. Dann auf dem nächsten Bild nur ein Kissen und ein benutztes Taschentuch, dazu Hände, die sich abstützen. Jetzt wieder der Mann, Mensch, sagt Florence, aber für Maria ist es eindeutig ein Mann, der Oberkörper aufgebäumt, der Mund weit offenstehend, man sieht ihm in den Rachen. Und zuletzt das Bild, für das Maria sich schämt, muss genau das von ihrer Tochter sein? Es ist ein Geschlecht, ein Penis, nun gut, es ist ein Schwanz, ganz offensichtlich ein Schwanz, und das auf acht Mal A4, mit Bleistift, er ragt ihr entgegen, die Eichel ist größer als eine Hand. Florence sagt, es sei die weibliche Perspektive des Geschlechtsaktes. Für einmal nicht die Frau als Betrachtete, als Objekt, und auch nicht Mann und Frau als gemeinsamer Akt, nein, der Betrachter nehme den subjektiven Blickwinkel der Frau ein, oder des anderen, es könne ja auch ein Mann sein, das sei nicht festgelegt. Maria tritt ein paar Schritte zurück. So kann sie alle Bilder auf einmal sehen, den Schwanz betrachten, ohne direkt vor ihm zu stehen. Hinter dem Manneskörper erkennt Maria eine Bücherwand, der Mensch liegt also nicht, er steht, und sein Geschlecht auf Augenhöhe. Na gut, Mundhöhe. Hat Florence im Zimmer eine solche Bücherwand? Nein, sie hat ihre Bücher auf Stapeln angeordnet. Kann man einen Titel erkennen? Moby Dick, aha, die Geschichte mit dem Wal, und Die gute Nachricht. Florence! Maria schaut sich um. Ein junges Pärchen stellt sich neben sie, kichert, sie flüstern sich etwas zu.

In einer Nische findet sie die Bar.

»Ein Glas Weißwein, bitte.«

»Tut mir leid, Madame, wie haben nur Bier.«

Maria hasst Bier. Der Jüngling hinter dem Holzbrett schaut sie mit Hundeaugen an. Er hat sich zur Feier des Tages eine Melone aufgesetzt, über das T-Shirt, das im V-Ausschnitt den Blick auf eine kaum behaarte Brust freigibt, hat er sich eine rote Krawatte gebunden.

Maria seufzt.

»Dann eben ein Bier.«

»Ich kann dir auch was Stärkeres mixen.«

Der Melonenmann bückt sich kurz und winkt mit einer Flasche Vodka.

Hat der Jungspund sie tatsächlich geduzt? Amüsiert nickt Maria.

»Mit viel Orangensaft.«

Maria nippt an ihrem Becher, sie geht langsam an den Schafen vorbei. Erst sieht es aus, als würden sie ganz normal weiden. Doch wenn man genau hinguckt, sieht man, dass im Hintergrund keine Bäume stehen. Es sind verkohlte Häuser, abgebrannte Kamine.

Sie entdeckt Florence in einer Ecke. Ihre Tochter trägt ihr Lieblingskleid mit den braunen Streifen, dazu Ohrringe, die Maria noch nie gesehen hat. Sie wirft ihr einen Blick zu, zeigt kurz ihr Grübchen, dann fokussiert sie wieder auf ihren Gesprächspartner. Eine Gruppe umringt sie, doch nur einer spricht, Florence nickt heftig und fällt dem Redenden ins Wort. Jemand lacht laut.

Erwin hat sie gleich nach der Eröffnungsrede aus den Augen verloren. Erst hat er sich auf Florence gestürzt und sie in die Arme geschlossen. Hat mit der Hand eine Geste gemacht, als würde er von unten etwas greifen und fest kneten. Maria hörte Fetzen: »Bei mir ausgelöst ... Gedankengewitter ... ich könnte hundert ...«, dann hat sie sich abgewandt.

»Mhh, Opium?« Florence schnuppert plötzlich an ihrem Hals. Maria nickt.

»Hast du Erwin gesehen?« Florence zeigt mit dem Kinn auf eine Ecke des Raumes. Maria schaut dahin, wo ihr Mann auf einen jungen Mann einredet.

»Ganz schön in Fahrt, wie?«

»Das kannst du laut sagen.«

Ob es ihr gefalle, fragt Florence und schaut sie erwartungsvoll an.

»Es ist sehr interessant, womit ihr euch beschäftigt. Du weißt, ich bin nicht gut darin, zu Bildern etwas zu sagen.«

»Sag einfach nur, was du denkst.«

»Die Schafe tun mir leid.«

Florence prustet los. Sie hat noch Bier im Mund, es spritzt heraus, sie verschluckt sich. Maria stimmt ein. Sie schauen sich an, schütteln sich, Maria wischt sich eine Träne aus dem Auge.

*

Florence ist umringt von Vätern. Nicht nur heute Abend an der Vernissage, das ganze Leben sind die Väter da, und Florence macht brav den Knicks oder macht frech den Witz, und dann ist sie stolz, wenn einer der Väter ihr ein Kompliment macht. Wie jetzt:

»Es ist keck, wie sie zeichnen.«

»Ach ja«, sagt Florence, »keck« und ermutigt den Herrn mit ihrem Blick, zu reden. Sie zündet sich derweil eine Zigarette an. Und der Herr, ein Schnurrbart ziert sein Gesicht, beginnt mit einer Anekdote aus seiner Jugend. Wie er wegzog in die Kleinstadt, wie er ein kleines Theater nach seinem Geschmack erbauen und führen durfte. Früher sei das ja anders gewesen, sagt er, und sofort macht Florence ein verständnisvolles Gesicht. Sie macht es ihm leicht. Sie ist es so gewohnt, aber nicht nur das: Sie kann nicht anders. Sie sagt zwar »aber«, doch auch das ist Teil der Tochterrolle. Mach doch mal was anderes, Florence! Sei doch mal wirklich mutig! Lauf einfach davon. Rülpse. Spuck auf den Boden. Fall ihm ins Wort, lass ihn nicht ausreden. Lass ihn stehen. Sag ihm, er soll die Fresse halten. Oder fordere ihn heraus. Zeig ihm, dass du ihm intellektuell gewachsen, wenn nicht sogar überlegen bist. Hör auf zu lächeln, verdammt!

Florence legt den Kopf schief und bläst den Rauch an seinem Ohr vorbei. Mit einem Kompliment erkauft man sich zehn Minuten Redezeit. Das ist der Deal. Aber hat er ihre Zeichnungen wirklich verstanden? Er erwähnt sie gar nicht mehr. Darauf hat sie doch gehofft. »Keck«...

Sie streckt ihm die Hand entgegen, verabschiedet sich.

Hätte er auch so mit ihr geredet, wenn sie zwanzig Jahre älter wäre und Bartstoppeln im Gesicht trüge? Redete er zu ihr oder viel eher: zu ihren Brüsten, die sich doch unweigerlich unter dem Kleid abzeichnen, ihn angucken, wie er sich bestimmt einbildet?

Einmal, lange her, hat sie ein weißes Badekleid besessen. Es war gerippt, so mussten die Badekleider in dem Sommer aussehen, es war das Schönste, was es gab. Florence sah später ein Foto von sich, der Vater von Thies hat es gemacht, sie von hinten, wie sie sich in die Wellen stürzt, und sie staunte: Sie war erst elf, aber sie sah aus wie eine Frau, braungebrannte Beine, langes Haar, Taille und Hüfte. Sie nahm das Badekleid mit ins Skilager. Ihr wunderschönes Badekleid. Florence machte im Hallenbad einen Kopfsprung, schwamm ein paar Züge, kletterte hinaus. Da deutete ein Junge auf sie. »Haha, man sieht alles, alles!«, schrie er.

Florence sah an sich herunter. Alle Köpfe drehten sich zu ihr. Im Neonlicht zeichneten sich ihre Brustwarzen ab und zwischen ihren Beinen ein dunkler Fleck. Sie stand wie erstarrt. Die Mädchen quietschten und lachten, die Jungs grölten. »Geile Sau!«, brüllte irgendwer. Später saß sie auf einer Bank im Schnee mit ihrer besten Freundin, sie wollte am liebsten nie mehr ins Lagerhaus zurück, sie aßen Toffifee zum Trost.

Erwin stellt sich mit einem Glas Weißwein neben Florence, legt den Arm um sie und schaut sie aufgekratzt an. »Das ist genial hier!«, sagt er mit lauter Stimme. Dann hält er ihr einen Vortrag über seine Ideen, ausgelöst durch die Bilder. Florence lächelt schmal.

Als sie daheim ist, klappt sie ihren Laptop auf und tippt ein paar Wörter in die Suchmaske. Dann schickt sie Maria eine Mail mit zwei Links.

»Ich mache mir Sorgen um Papa«, schreibt sie dazu.

V

Er überquert die Straße. Seine Begleiterin ist er los. Hat ihr gesagt, dass er nun allein sein muss. Die hat es kapiert. Ist wohl zurück zu den Leuten auf den Campingplatz. Oder was weiß er wohin. Weg ist sie und er vogelfrei. Das ist das Gute an Frauen über Fünfzig: Du musst ihnen nicht alles lang und breit erklären.

Unter den Sonnenschirmen sitzen Radfahrer. Er zwängt sich vorbei. Heiß ist es im Café. In der Ecke dreht sich der Ventilator. Im hinteren Raum steht ein Computer. Seine Gedanken sind schneller als die Finger, aber wenn er flink ist, kommt er den Hasensprüngen hinterher.

»Folgt dem Lauf dessen, der das Wasser über die Grenze trägt. Ich werde immer ehrlich sein. Vielleicht bin ich längst wieder in Eurer Nähe, nur erkennt ihr mich nicht.«

Dann bezahlt er seine Cola und verlässt das Café.

Er ist ohne Karte unterwegs, zum Fluss findet er auch der Nase nach. Jetzt ist er nur noch ein Mensch mit zwei Füßen, noch sieht er zwar aus wie er, aber nachweisen kann ihm das keiner. Ein letztes Mal klappt er seine Brieftasche auf. Prüft das Längsfach für die Scheine. Leer. Öffnet das Kleingeldfach. Klaubt die Münzen heraus, steckt sie in die Hosentasche. Dann sucht er einen passenden Busch am Flussufer. Der kleine dichte scheint ihm genau richtig. Das ist seiner. Er kauert nieder, legt Mobiltelefon und Brieftasche in die Kuhle, die er mit den Händen schaufelt, bedeckt alles mit Laub und Erde.

Ruhet in Frieden. Bis ich wiederkomme. Vielleicht. Um die Stelle leichter zu finden, rammt er eine Astgabel in den Boden. Dann steht er auf, klopft sich das Laub von der Hose und geht los.

Leicht ist die Luft und ihn tragen die Füße ohne sein Zutun. Als hätte jemand die Schraube in seinem Rücken aufgezogen, und jetzt läuft das Männchen durch den hellen Tag. Endlich kann er gehen. Nur er er er und die Natuuuu-huuuur. Nichts ist unmöglich, Toyota. Und keiner, der was von ihm will. Wie er die Luft spürt auf seinem Gesicht. Wie er den Sommer riecht. Er schließt die Augen und geht blind. Nur das Knirschen seiner Schritte im Kies. Und da, was ist das? Es klopft. Er tritt in den Wald. Späht. Erblickt ganz oben den Vogel. Der Specht hämmert gegen die Rinde. Salute, Kamerad. Herr Specht, specht's dir gut? Er klopft am Stamm. Dann lässt er sich gegen den Baum fallen. Legt beide Arme um ihn, die sind zu kurz, um ihn ganz zu umfassen. Er spürt. Spürt die raue Rinde, so viele Jahre, spürt die Baumeskraft, die Stärke. Wie so ein Baum da einfach immer steht und Stand hat. Standhält. Tagein, tagaus. Stürmen und Flauten. Er atmet ihn ein. Auch er hat solche Kraft. Richtet sich jetzt auf. Lässt den Lebenssaft in sich aufsteigen. Schießt seine Triebe zum Himmel hin. Fast ist ihm, der Baum und er wären eins.

Der Fluss rauscht munter. Er folgt ihm ohne Mühe. Er überquert eine kleine Brücke, hier mündet ein Zufluss, hellgrün, nein, türkis donnert der steile Bach herab und schäumt das Wasser des ruhigen, breiten Flusses weiß auf. Was für eine Farbe. Hat er jemals so ein leuchtendes Türkis gesehen? Dafür allein lohnt es sich, unterwegs zu sein. Herrlicher Schaum, am liebsten würde er sich hineinstürzen, sich in die Wassermaßen mischen, in die Flut und mit ihr landabwärts treiben. Die Arme ausbreiten, schwerelos nur Himmel über sich sehen.

Er geht, lange, er weiß nicht, wie viele Minuten oder Stunden vergehen. Was sprühen diese Bäume ihr noch immer so helles Grün. Er trinkt die Blätter, trinkt die Bäume und ihr Kleid. Und den Duft! Von Wald, von Holz, von Sommertrockenheit, Trunkenheit, trinkt den Wind, das Raunen des Flusses, wie der Wind das Wasser kräuselt und ihn dazu, ganz kraus wird er, ganz kräuselig von Kopf bis Fuß, wir haben noch Wind in den Haaren, den Wind von den Bergen und Seen.

Die Dörfer reihen sich dem Rhein entlang wie Perlen auf einer Schnur, er muss nur immer weiter, dann kommt er zur Grenze. Kein Zollhäuschen, keine Beamten, nur eine Straße, die du überquerst, schon bist du fort. Entwischt. Er lacht vor sich hin. Wer ihm begegnet, Spaziergänger am Fluss oder der Bauer auf dem Traktor, sieht einen noch nicht alten, aber auch nicht mehr jungen Mann, das Haar am Hinterkopf schütter, eine Jacke um die Hüfte geschlungen, obwohl es warm ist, ein Hochsommernachmittag, 27 Grad im Schatten. Braungebrannt sind seine Arme und seinem Körper, der sich behände bewegt, sieht man nicht an, dass er noch vor wenigen Wochen träge war und schwer.

Er geht zum Ufer hin, bückt sich nach einem Stein. Schnippt ihn aus dem Handgelenk: Eins, zwei, drei, vier – nicht schlecht für den Anfang. Wenn er so hüpfen könnte. Dann würde er übers Wasser hüpfen, dem Flusslauf folgen, hüpfend wie ein Stein. Er schnippt noch einen. Sieben! Da springt etwas in die Höhe. Ein Fisch? Er wartet, ob er ihn noch einmal sieht, doch die Wasseroberfläche bleibt still. Und wo ist jetzt der Bär, der sich angeblich in den Wäldern herumtreibt seit Wochen? Weit und breit kein Bär. Auch Spuren sind ihm nicht aufgefallen. Vielleicht ist es auch ein Mensch, ein Wilder, so wie er, der durch die Wälder streunt und ab und zu ein Schaf reißt. Einer, der es nicht mehr ausgehalten hat unter den normalen Menschen, in ihre bürgerlichen Häuser und Vorstellungen gezwängt. Oder ist es ein Bär, der es unter seinesgleichen nicht mehr aushielt? Ob es das auch gibt?

Er hat Durst. Birkensaft kann man trinken. Das hat er in einem Film gelernt. Du brauchst nur den Stamm anbohren und dann kannst du dich drunter knien und direkt ab Baum saufen. Da rennt ein Kind durch den schwarzweißen Wald. Alles voller Birken, es ist Krieg. Wie der Film hieß, weiß er nicht mehr. Warum fällt ihn genau jetzt dieses Bild an, was will es von ihm? Mit kurzen Hosen zerkratzt du dir die Knie. Zieh dir lieber eine lange an, mein Kleiner. Pass auf. Sei fein. Er sieht sich den Schorf abkratzen, er als Kind, kann die Wunde einfach nicht in Ruhe lassen, er fühlt, wie metallen das Blut auf der Zunge schmeckt. Der Körper vergisst nie.

Der Fluss gurgelt, die Wolken haben sich einen Ruck gegeben und der Sonne einen Platz zugestanden. Jetzt wechseln sie ab, wer vorne ist, wer hinten. Blitzt die Sonne hervor, glitzern tausende helle Punkte und das Wasser schillert in Ovalen, benzinpfützenartig. Ehe er sich die Umrisse einprägen kann, sind sie schon entschwunden und es flackert ein neues Muster auf. Er denkt an seinen Tarnanzug, die Flecken jagen sich hinterher: Fang mich doch, wenn du kannst. Hätte er den Anzug da, könnte man ihn nicht finden im Wald. Das haben die gut gemacht, die Militärdesigner, die diese Naturfarben gewählt haben. So würde er ganz zum Baum. Einer unter ihnen. Aber auch so werden sie ihn nicht finden. Weiß ja keiner, wo genau er jetzt ist. Und bis sie ihm auf die Schliche kommen, ist er längst über die Grenze.

Er kann Hunde verstehen, ihren Drang, einen Stock zu fassen, auch er will sich zu gern in die Fluten stürzen, nur wegen dieses Stocks, der lockend durchs Wasser schlängelt. Hineinpreschen, ohne zu zögern, mit allen Vieren paddeln, den Stock mit den Zähnen zu fassen kriegen, wenden, schneller schwimmen gegen den reißenden Strom, sich mit aller Kraft aus dem Wasser stemmen, das Bord hochgaloppieren, sich schütteln, die

Beute zwischen den Zähnen. Sich hinlegen, genüsslich kauen.

Er zieht seine Jacke aus, Hemd, Unterhemd. Er knotet Schnürsenkel auf, schlüpft aus Schuhen, stopft Socken in Schuhe, öffnet Gürtel, lässt Hose hinabsegeln an den Beinen, entledigt sich dreier Unterhosen. Nackt balanciert er über Steine. Er klettert die Böschung hinab. Die Strömung ist nicht stark, aber der Einstieg steil. Er testet das Wasser mit dem Fuß. Dann springt er in den Fluss. Er taucht, schwimmt ein paar Züge mit geschlossenen Augen, durchstößt die Wasseroberfläche, prustet. Er schreit, so laut er kann. Weit ist alles, seine Brust, der Himmel. Und er: schwerelos. Wendig. Lebendig. Seine Arme rotieren, sein Körper dreht sich um die eigene Achse, die Füße pressen sich aneinander, ein Fischschwanz wächst. Himmel, Wasser, Himmel, Wasser. Die Menschenschraube dreht sich. Ein Delphin ist er. Springt und taucht, springt und taucht.

Er greift nach dem Ast einer Weide und zieht sich hoch. Mit flacher Hand streift er das Wasser vom Körper. Er fühlt sich sehnig an. Die Haut kribbelt. Er legt sich rücklings auf den Stein und lässt sich trocknen. Ganz leicht ist er, pure Energie, nichts zieht, nichts drückt, nur die Knochenmasse liegt schwer auf dem warmen Stein. Bald ist der ganze Körper aufgewärmt von der Sonne, reglos wie eine Eidechse verharrt er. Er schließt die Augen, die Lider flattern in der Helligkeit,

Licht blitzt auf im Schwarz. Der Bauch hebt und senkt sich. Irgendetwas Uraltes heimelt ihn an. Einer Kuh die Milch vom Euter lecken. Mutterschöße. Die Hände liegen entspannt auf den Beinen. Ein Rinnsal Schweiß sickert seinen Hals hinab, sammelt sich in der Kuhle der Schlüsselbeine. Jetzt könnte jemand kommen und ihm Trauben in den Mund füttern. Luft zufächeln und seine Füße einölen. Er ist eine Wonne von Kopf bis Fuß, ihm gehören Sonne, Fluss und Himmel. Das Blut fließt in die Körpermitte, die Haut spannt, das Glied richtet sich auf. Er spürt die Härte und Schwere bis an die Wurzel. Warmes Gestänge, strammer Schaft, strebt himmelwärts. Da liegt er, der Sonnengott und sein mächtiges Gerät. Wenn jetzt eine Nymphe kommt, berührungshungrig, sich niederkniet, dürstend, entzückt an seinem steifen Glied sich labt. Eine Gemeinschaft wird er gründen, und sie tragen ihn auf einer Sänfte durchs ganze Nudistengebiet. Und ist er lüstern, beugen sich zwei Dienerinnen über ihn, er braucht nur die Lippen zu öffnen und schon saugt er an ihren Warzen. Ein ganzes Orchester dirigierte er mit seinem Schwanz. Bläser natürlich. Er lacht, lacht über seinen Witz, über seine Freude am platten Humor ganz für sich allein, und das Lachen reißt ihn mit sich, das Zwerchfell bebt, er schüttelt sich, der nackte Körper zittert, Tränen quellen ihm aus den Augen.

Manchmal kann er nicht am Wasser entlang gehen. Da ist kein Weg am Ufer, also geht er durch den Wald, so lange, bis er wieder zum Fluss hinabsteigen kann. Manchmal fährt ihm ein Auto langsam entgegen, der Förster wird es sein oder jemand, der Holz auflädt. Er setzt sich auf einen Baumstumpf; Mücken surren um seine Ohren. Im Wasser bäumt sich ein Schwan auf. Reckt den Hals, breitet die ganze Pracht seiner Flügel aus und schlägt ins Leere. Einmal, zweimal, dreimal. Er zieht die angebrochene Packung aus der Hosentasche und greift hinein. Haferflocken, extrazart. Einen Franken hat die gekostet, wenn er gut einteilt, reicht sie für drei Tage. Er knabbert aus der hohlen Hand. Er kaut schnell. Einem Kalb kannst du die Hand in den Mund stecken und es saugt daran. Das hat noch keine Zähne, tut nicht weh.

Da glitzert etwas im Gebüsch. Neugierig tritt er näher heran, öffnet die Zweige. Ein Hut! Mit silbernen Pailletten bestickt. Ob der seit letztem Fasching hier liegt? Oder ob Mädels einen Junggesellinnenabschied am Ufer gefeiert haben? Ein bisschen klein, aber mit Gummizug hält der auf seinem Kopf. Hat hier auf ihn gewartet. Er schnalzt mit der Zunge und macht zwei tänzerische Ausfallschritte. Hier kommt er. Ohne Geld und mit Hut. Einfach er.

Ist er erst einmal über die Grenze, wird er sich neue Klamotten suchen. In Containern wühlen oder beim Roten Kreuz nachfragen. Der silberne Hut ist erst der Anfang. Ein Cordanzug, ganz in Rot? Ein Priestergewand wäre auch etwas. Vielleicht wird er sich die Haare färben. Pink wollte er schon immer einmal ausprobieren. Und dann, wenn er in Holland ist oder in Malta, wird er John heißen oder José. Und während sie landauf, landab nach ihm suchen, ist er längst in Indien. Und von dort schickt er ihnen den nächsten Hinweis. Ein Spiel, das er schon immer einmal spielen wollte. Findet mich. Jetzt endlich hat er den Mut dazu.

Er spürt den Untergrund so deutlich, als wäre er barfuß, er spürt den weichen Boden der Wiese, den rauen Asphalt, den spitzen Kies und wie es sich bewegt unter seinen Schuhen und kratzt, die Steinplatten, ihre Glätte und Dichte, ein zusammengezogener, harter Leib. Dann wieder lehmiger Boden, Unbefestigtes, dort und da ein Holzschnipsel oder Bierdeckel. Noch ist es nicht dunkel, es dämmert erst allmählich, der Himmel wird hell zu den Rändern hin, als würde er das letzte Licht aus sich herauspressen. Besonders dort, wo er auf die gezackte Horizontlinie trifft, schimmert das Firmament weißlich und die Tannen und die Bergspitzen erscheinen umso dunkler. Er geht, die Hände in den Hosentaschen, in den Hüften ein Wippen, das man von außen kaum sieht, aber er spürt es, spürt es bei jedem Schritt.

Er spuckt von der Brücke und schaut zu, wie der Fluss die kleine Spuckinsel auf seinem Rücken hinweg trägt. Wer wird schneller sein, das Wasser oder er? Ist sein Speichel zuerst im Schwarzen Meer oder sein Leib, der besteht ja auch zu 90 Prozent aus Wasser? Sein früherer

Nachbar ist nur mit Flossen an den Füßen aus der Tschechoslowakei in die Schweiz geflohen. Flossen, sonst nichts. Was ein Mensch alles kann, wenn er will, wenn er muss.

Er pinkelt in schönem Halbrund gegen einen Stamm. Was hatte er Druck auf der Blase. Keinen Hunger und kein bisschen Müdigkeit. Seine Beine gehen. Rattatatatam. Je schneller er läuft, desto eher kann er Schritt halten mit den Gedanken, oder nein, eher so: Die Gedanken werden langsamer, je schneller die Schritte werden, irgendwo in der Mitte treffen sie sich. So kann er gehen, ohne sich zu verstricken im Gestrüpp und festzuhängen, die Gedanken tragen ihn auf ihrem Rücken, so ist es tatsächlich.

Allmählich wird der Kiesweg dunkler, ein Kauz ruft. Überhaupt hört er Tiere, da ein Rascheln, dort ein Zischen, hier ein Zirpen. Und sein Treten im Kies, auch er ist nicht mehr als ein Wesen, unterwegs in die anbrechende Nacht. Irgendwo in den Wäldern ist die Bärin. F13 heißt sie, hat er gelesen in einer Schlagzeile, ein Weibchen, das von Italien gekommen ist. Wie soll ein Tier wissen, wo die Grenze ist? Woher kann die Bärin ahnen, dass sie ein neues Land betritt, willkürlich von irgendwelchen Menschen so bestimmt, während der Waldboden einfach weitergeht, hüben wie drüben, und dass sie in diesem Land nicht geduldet ist? Die wollen sie abschießen, sie soll sieben Schafe gerissen haben.

Von einem ehemaligen Arbeitskollegen, der in Kanada Wälder durchwandert hat, weiß er, dass Bären fliehen, wenn sie dich hören. Du musst also hart auftreten. Auch eine Glocke hilft. Vielleicht binden die sich in manchen Kulturen eine Glocke um die Lenden oder direkt an den Schwanz. Was für ein Gegacker. Meine Oma fährt im Hühnerstall Motorrad, meine Oma meine Oma ist modern hochmodern. Was für ein Geflatter in seinem Kopf.

Links rechts, links rechts. Ein Punkt ist er, ein Punkt ohne Schatten. Die Nacht ist ohne Ende, der Himmel ohne Stern, die Straßen ohne Wende, und was wir lieben, fern. Ah-ah-ah-ahahah, Pyjama. Ah-ah-ah-ahahah Babydoll.

Gut, dass er die Militärstiefel noch hat. Die Mücken schlafen. Er nicht. Der Fluss hört auch nicht auf zu fließen. Er malt sich aus, wie er sich verändert. Frisur. Statur. Kleidung. Ein Kissen unters Hemd für einen dicken Bauch. Vollglatze. Langes Haar. Uniform. Er greift in den Hosensack und schiebt sich Haferflocken in den Mund. Er kaut, er spielt mit dem Rhythmus, kaut gleich schnell wie seine Füße gehen, dann doppelt so schnell, dann mahlt er mit den Zähnen. Hier ist er alles. Ist er der Fluss und der Wald und das Rauschen. Wie einer so aufgehen kann in der Nacht. Lauf, lieber guter Jäger. Lauf. Nur die Sterne spielen Verstecken. Hat lange gebraucht, er hat fünfundfünfzig werden müssen, um sich zu trauen. Jetzt aber, ihr werdet schon sehen. Die Bäume, gutmütige Gesellen, strecken ihm die Arme entgegen. Eskortieren ihn durch die Dunkelheit.

Auf einmal wird ihm langweilig. Wie die Städtchen so daliegen, die nachtschlafenden Ortschaften. So artig, kein Glanz, nichts Rohes und Aufgerissenes, aus dem Leben quillt: geparkte Autos, heruntergelassene Rollläden.

Schlafen denn hier alle? Fühlt denn keiner, dass er der Fluss ist, der über die Ufer tritt, wie er sich häutet und als wendige, stramme Schlange durch das Unterholz züngelt? Wie er die Kraft hat, alles mit sich zu reißen, was nicht befestigt ist, selbst Bäume zu entwurzeln und südwärts zu spülen?

Dieses Land ist zu klein für ihn. Dieses Tal zu eng. Er will verschmelzen mit dem Rhein, in dem Brausen aufgehen, Teil der Wassermasse sein, die sich verbreitert und schließlich – endlich – sich mit dem Meer vereinigt. Und dort: unendliches Sein, eine Tiefe, die alles Leben in sich birgt, Horizont ohne Ende.

Wale sind keine Fische. Die gebären lebend und säugen ihre Jungen. Ernesto Saltimbocca kann er sich nennen und mit den Matrosen anstoßen auf die Frauen und die Nacht. Und dann auf eine Insel zuhalten, wo alle Bewohner nackt sind rund um die Uhr, die Früchte von den Sträuchern naschen und sich paaren, wie sie gerade lustig sind.

Ein Hut, ein Stock, ein Re-gen-schirm. Das Gehen ist

ihm verleidet. Er klettert auf einen Brunnen, bückt sich zum Hahn und trinkt, ohne abzusetzen.

Es gibt keinen Bürgersteig, er hält sich mittig auf der Straße, erst, als er von Weitem Scheinwerfer sieht, rückt er ein wenig nach rechts. Der Lastwagen hupt, er hebt die Hand zum Gruß.

Der Fluss wispert unten in seinem künstlich begradigten Bett, er steht auf einer Anhöhe. Seine Beine sind nicht müde, seine Lider nicht schwer, aber etwas von der Kraft ist gewichen. Er merkt, wie Gedanken ihn fluten, die ihm unangenehm sind, wie sie alles benetzen, sodass er sich von innen her bedrängt fühlt. Angespannt geht er durch Büsche, duckt sich unter Zweigen hindurch. Die Bäume sehen aus wie Riesen. Dunkle Riesen. Sie strecken die Arme nach ihm aus. Wollen ihn greifen. Er muss ausweichen, er täuscht an, dass er nach rechts geht, dann schnellt er zurück und macht einen Sprung nach links. Ist da jemand? Versteckt sich hinter dem Baum? Er fühlt einen Blick in seinem Nacken. »Hau ab!«, brüllt er und stampft mit dem Fuß auf die Erde. Keine Bewegung, es bleibt still. Er traut dem Frieden nicht. Eng ist ihm die Brust. Ein paar Schnitzel streuen. Hänsel und Gretel, Räuber und Polizei. Vielleicht suchen sie sogar mit Helikoptern nach ihm. Beleuchten die Wälder von oben. Kreisendes Scheinwerferlicht. Ob in der Zeitung etwas über ihn steht? Morgen will er nachschauen. Sich unerkannt an einen Kiosk stellen, den Glitzerhut ins Gesicht ziehen, im Lokalteil blättern, wenn die Verkäuferin abgelenkt ist. Wieso ist es noch dunkel. Ist die Nacht nicht längst um? Es ist nur eine Täuschung. Die Bäume sehen aus wie immer. Nur, dass das Licht fehlt, sodass seine Netzhaut keine Farbe wahrnehmen kann. Er lässt sich nicht reinlegen. Er verfällt in den Laufschritt. Die Äste kommen näher, beugen sich zu ihm nieder, Tanten sind die Bäume, die Tee mit ihm trinken wollen und trockene Kekse anbieten, die ihm in der Kehle steckenbleiben. Er keucht. Die Seite tut ihm weh, es sticht. Und sein Atem. Sein Hals wieder dick. Er röchelt. Es pfeift. Ist das er oder ein Tier? Was heult wie ein Wolf, eine Hyäne, ein kranker Fuchs? Fiepen. Er fasst sich an den Hals. Wenn sie ihn wirklich suchen, muss er sich verstecken. Er braucht einen geschützten Ort, um eine Pause einzulegen. Eine Grube vielleicht oder einen Unterstand.

Jetzt scheint der Mond durch die Zweige und plötzlich steht er vor seinem Schlafplatz: ein Baumstamm, liegend, dick und hohl, wie für ihn gemacht. Ein Kokon aus Totholz. Perfekt. Selbst wenn Taschenlampen über den Waldboden leuchten, um den Flüchtigen aufzuspüren, ist er vollkommen unsichtbar. Ihn fröstelt jetzt. Er schlüpft in die Jacke. Den Hut zieht er aus. Dann legt er sich flach auf den Bauch und robbt rückwärts, bis er ganz im Innern des Baumes geborgen ist. Auf dem Bauch ist es unbequem, für die Arme ist zu wenig Platz, er dreht sich auf den Rücken. Er atmet den Geruch des Holzes, hier kann er atmen, hier ist es feucht genug. So muss es sich anfühlen, lebendig begraben zu sein. Stockdunkel und modrig. Er ist im Bauch eines Schiffes und morgen früh klettert er empor und landet im gelobten Land. Die Bienen werden immer weniger, es ist zum Fürchten. Bienensterben überall. Er sieht eine Wabe vor sich und Abermillionen von kriechenden und wimmelnden Flugtieren. In seinen Facettenaugen bricht sich die Dunkelheit. Er muss nur da vorne zu diesem Loch fahren und dort die Angelrute in den Boden lassen. Und dazu muss er seinen Chef verständigen. Er will die Nummer eintippen, aber seine Finger sind zu ungeschickt, wieder und wieder rutscht er ab. Er rennt die Treppe hoch, doch auch hier rutscht er aus, er zuckt zusammen. Er fällt hinab in die Dunkelheit.

Als er aus dem Baum hervorkriecht, ist es noch immer dunkel. Hat er geschlafen? Wie lange hat er hier gelegen? Er geht in die Knie, um seine steifen Beine aufzulockern. Dann streckt er seine Arme aus, reckt sie zum Himmel hin. Er schaut um sich. Keiner da. Hat man ihn gesucht? Er kann keine Fußspuren erkennen, es ist zu dunkel. Er greift nach dem Hut, setzt ihn auf. Er blickt auf den ausgehöhlten Baum: nichts erinnert daran, dass er bis eben noch da drin verborgen lag. Die Spuren verwischt. Der Wald schluckt ihn.

Wenn er heute noch über die Grenze kommt, hat er eine Chance gegen den Suchtrupp. Wenn er sofort losläuft, kann er es schaffen, schneller zu sein. Lauf, lieber guter Jäger. Er legt den Kopf in den Nacken, um den

Himmel zu prüfen. Ohne Brille sieht er den Mond nicht scharf und die Sterne nicht klein und rund, sondern als unscharf begrenzte Kleckse. Ihr Licht ist schon so lange unterwegs und der Stern ein verglommener Ascheapfel. Wie er diesen Typen beneidet um seine Formel. Sollen mal Briefmarken von ihm drucken mit herausgestreckter Zunge. Bestimmt geht bald die Sonne auf.

Als er wieder eine Stunde gegangen ist, vielleicht auch zwei, die Zeit fließt dahin, spürt er Hunger. Die Tüte Haferflocken ist leer. Benutze Schnur mit Stock und Haken. Benutze Angel mit Wasser. Benutze Fisch mit Mund. Enter. Ein fahrbarer Untersatz wäre auch etwas, ein Stahlesel. Und würde er in Deutschland nicht mehr weiterkommen, so sagt er, ich bin Schweizer, ich kenne Joe Ackermann, und jetzt bringt mich nach Hause. Und eine Banane, aber wo soll er die herbekommen, sind ja nicht in Afrika.

Dann tritt er zwischen die Gesellen und lässt sich rücklings fallen. Der weiche Waldboden empfängt ihn, er schnuppert. Es riecht nach Pinien, ist er etwa schon in Italien? Wie der Nadelduft in seine Nase strömt, mhhhhh, und da oben, weit oben, die ausgreifenden Kronen der Knorrlinge! Haben Sie Ihre Cumuluskarte dabei? Nein danke, ich sammle Eure Punkte nicht, ich hätte nur gern ein paar Beeren.

Später, in einer kleinen Stadt, riecht er Backwaren. Er legt sich flach auf den Lüftungsschacht. Presst das Gesicht gegen das Metallgitter. Spürt den warmen Luftzug und diese Süße. Saugt den Duft tief in sich hinein.

Vielleicht hilft eine Mütze Schlaf über das Nachmittagstief hinweg. Der Grünstreifen ist genau das Richtige für ein Nickerchen. Er zieht sich den silbernen Hut ins Gesicht, damit die gleißende Helle ihn nicht blendet. Gerade, als er anfängt, sich wegzuträumen, schneidet eine Stimme die schummrigen Bilder ab:

»Geht es Ihnen gut? Alles in Ordnung?«

Er hebt den Hut an. Eine Frau hat ihre Augen auf ihn geheftet, blickt besorgt auf ihn nieder. Seine Kehle ist trocken. Er nickt. Räuspert sich.

»Alles bestens. Danke der Nachfrage.«

Seine Stimme klingt rau und er hört sich verwundert zu, als spräche ein anderer. Er schließt die Augen.

Und jetzt landen Tropfen auf seinem Hut, seinen Schultern, seinen Oberschenkeln. Er will wieder an den Fluss. Weg von den Häusern. Er geht durch den Regen, bald lässt er nach, es tröpfelt nur noch, aber die Wolken sind dunkel. Stell dich nicht unter einen Baum bei Gewitter. Jetzt ist er da, die Bäume riesig, ihre Wurzelwerke ragen wie Krallen aus der Erde. Es grollt von fern. Er schaut in den Himmel. Da zuckt es quer über den Himmel, reißt ihn in zwei Stücke. Eins, zwei, drei. So weit ist der Blitz noch entfernt. Wenn nur der Himmel hält. Sieht ihn auf sich niederstürzen. Durch die Luft fliegen wie Fetzen eines geplatzten Luftballons. Und dahinter? Nur

Eiter, Eiter aus all der Zeit. Soll er schwimmen? Aber nein, Wasser leitet. Der Weg führt durch steile Hänge. Der Untergrund rutscht. Nun ist es kein Kiesweg mehr, er wird immer schmaler. Nur noch ein Ziegenpfad durch die Büsche. Er duckt sich, macht sich schmal, beugt die Sträucher zur Seite, wo die Ziegen gehen, geht auch er. Ein Trampelpfad, und auf einmal geht es nicht mehr weiter: Der Hang ist abgebrochen. Abgerutscht, das Weitergehen unmöglich. He! Was soll das. Ist das eine Falle? Haben sie ihn? Das ist doch nicht Brasilien. F13. Sind ihm auf den Fersen. Er hört es klicken. Ist jemand in seinem Rücken? Er klettert, die Steine rutschen, kurz verliert er den Halt, springt ab, landet auf einem Untergrund, der nachgibt. Er rutscht, zwei, drei Meter, dann kriegt er eine Wurzel zu fassen. Er klammert seine Hand um sie. Wieder ein Blitz, er zählt bäuchlings, eins, zwei, nun ist das Gewitter nah. Ob der Mensch Blätter essen kann? Er will etwas zwischen die Zähne kriegen. Er lässt das Gesicht in die Erde plumpsen. Hier ist dein Zuhause und deine Wiege für die Ewigkeit. So wirst du riechen, schmecken, zerfallen. Erde zu Erde. Er gräbt die Finger hinein und zerreibt sie zwischen Daumen und Zeigefinger. Dann wieder Donner, er rappelt sich auf, zieht sich hoch, geht jetzt zwischen den Stämmen hindurch. Wo ist der Weg? Der muss doch weitergehen. Weg will er, ja, weg aber einen Weg. Ist es vorbei? Ist das ein Pilz? Soll er? Und wenn, dann – könnte ja lustig werden. Will das alles mal wissen. Mit LSD und wenn du dann die

Farben so leuchtend und der Heizkörper durch die Luft – viel zu brav war er bisher. Er zuckt zusammen. Es hat gekracht, direkt hinter ihm. Nur nicht den Verstand. Benutze Haken mit Baum. Dann zieh dich hoch. Aber er hat kein Seil. Die Böschung ist steil. Auf dem Hintern rutscht er hinab. Und hier: ein Pfad. Schmal nur, und diese Kügelchen, Ziegenkacke malzbonbonfarben, denkt es in ihm. – Woher dieses Wort?

Er lauscht dem Donner, aber der Blitz kriegt ihn nicht. Nicht ihn, er ist schneller, kaum da, schon fort. Heute hier, morgen dort. Ein Tier, durch den Wald getrieben, von Schüssen aufgescheucht. Spring, Prinz von Persien! Weit genug, sonst landest du in den Speeren und Blut, es tropft. Äste peitschen ihm ins Gesicht, es ist jetzt alles so dicht, er kann nicht mehr auf zwei Beinen gehen. Er hält mit einer Hand den Hut fest, auf allen drei von Vieren kriecht er durch die Dornen. Bleibt hängen, reißt sich frei, kriecht weiter. Er spürt die Tropfen nicht, er ist geschützt unter dem Gestrüpp. Erst, als es prasselt auf die Blätter, fühlt er Nässe im Nacken. Er kriecht, lässt den Hut los, der rutscht ihm vom Kopf und baumelt vor seinem Hals. Die Erde ist feucht, er spürt nicht, wie nass seine Hose ist und dass die Füße längst wund. Nur Kälte in den Gliedern, obwohl es doch Sommer und im Sommer immer warm, aber diese Feuchtigkeit, die kriecht in dich wie Würmer ins Holz. Wenn er in sich hineingreifen und da kratzen könnte, wo es so juckt in seinem Kopf. Er entdeckt ein Loch in der Erde. Reinkriechen?

Warten, bis der Regen nachlässt? Doch jetzt ist er schon angenässt. Wer sich nicht bewegt, friert. Wenn du im Winter ins Wasser fällst, sollst du nicht schwimmen, nicht um dich schlagen. Das braucht zu viel Energie. Das Beste ist, sich nur treiben zu lassen, bis sie dich finden.

Die Kälte ist Einbildung. Ist Sommer. Ein Männchen kriecht im Walde. Still und stumm. Ein graues Jäcklein um ihn drum, schaut nur wie das Männchen kriecht, wie es siecht und noch nicht fliegt. Sträucher immer dichter. Regen und er versucht sich aber Äste überall, sodass er. Und in den Knochen diese oder bildet er sich das, er streckt die Zunge – jaaaa. Das ist gut. Ein Tropfen und hier. Hier. Ist doch: ein ganzer. Ja.

Weiße Nebel wunderbar. Diese Gestalten. Er liegt im Matsch und streckt und an den Händen Wasser leckt. Trinken muss der Mensch. Kein Mensch muss müssen. Wenn nur die Gedanken. Auf g-Moll wie kalt der Rhein. Sich niederlegen aufs Wasser wie ein Vogel. Vorsicht, es geht zum Brunnen, bis er erbricht. Könnt ihr nicht einmal? Still jetzt! Suchen ihn mit Taschenlampen. Ist es Mittag oder ist es – Juli. Ja. Im Juli. Und er. Ein Freier. Ein freier Mensch im Abfluss. Soll er so hier – allein. Das ist nicht würdig. Im Dreck. Immer dieses Sirren. Herr Ober, ein Bier. Vater, ich habe nicht abgebrochen mittendrin, bin mit Würde ausgeschieden, wo kommt dieser Kormoran her? So steht es geschrieben im Kormoran. Auge um Auge. Und dann: Stille.

*

Meine Füße. Spür ich noch. Der Vogel steht im Wasser. Oder ich?

Oder träumt er. Oder wer träumt ihn. Flieg doch weg! Du hast wenigstens Flügel! Ist er echt? Ist er das? Bin schon ein Vogel?

Sie schauen einander an. Der eine liegt am Ufer im Dreck. Der andere steht auf einem Bein im Fluss. Er sieht sich da liegen am Ufer. Er spürt das Vogelbein. Er blinzelt, sein Lid schließt sich von unten. Dann breitet er seine Schwingen aus. Er kräht. So kräht kein Mensch. Der ganze Körper Stimme. Schrei fliegt über Fluss. Sein Zwerchfell zittert, bebt, noch haben sie ihn nicht, noch einmal holt er Luft und:

Ahhhhhhhhhhhhhhhhhhhhhhhhhhhhhhhhhhhhhhh hhhhhhhhhhhhhhhhhhhhhhhhhhhhhhhhhhhhhhhhhh hhhhhhhhhhhhhhhhhhhhhhhhhhhhhhhhhhhhhhhhhh hhhhhhhhhhhhhhhhhhhhhhhhhhhhhhhhhhhhhhhhhh hhhhhhhhhhhhhhhhhhhhhhhhhhhhhhhhhhhhhhhhhh hhhhhhhhhhhhhhhhhhhhhhhhhhhhhhhhh

Er keucht, es kribbelt in den Beinen. Er spannt die Füße an, die Finger. Es schwindelt ihm. Er spritzt sich Wasser ins Gesicht. Der Kormoran schlägt mit den Flügeln. Warte! Er hält sich an den dünnen Ästen. Sie glitschen weg, so nass. Das Wasser läuft in seine Schuhe. Er kriegt einen dickeren Ast zu fassen, schafft es, aufzustehen. Er zieht einen Fuß um den andern aus dem Fluss.

Nicht ausrutschen. Es flutscht unter den Sohlen. Die Steine voll Moos ganz flach geschliffen. Die Äste sind biegsam, viel zu dünn, ihm Halt zu geben. Benutze Haken mit Seil. Er wendet den Kopf. Fünf Meter in fünf Minuten. Sanduhr umgedreht. Und immer schön die Zähne putzen.

Endlich fester. Fester Boden. Versucht aufzusetzen, dem Hügel zu. Keucht. Weiter. Sonst. Verdammte Macchia. Machiavelli –

Heureka! Da ist ein Weg. Etwas, was zwischen den Bäumen und er kann aufstehen und das führt irgendwo hin, führt hinaus, sicher ist er sich, dass das bald aufhört. Er geht in die Hocke, er wippt, zwei, drei Mal, federt, wärmt sich, dann richtet er sich auf: der Mensch geht, ein aufrechtes Wesen! Danke, danke, danke! Wieder brüllt er, dieses Mal aus Freude, er wirft sich an den Stamm eines Baumes und drückt ihn, danke, du lieber Geselle, du mächtiger Freund, es ist noch nicht zu Ende mit mir, dank sei dem Himmel, Gloria, er faltet die Hände. Gott ist überall, auch im Gestrüpp bei den Wirren und Krummen, jetzt merkt er, wie sehr er pinkeln muss und öffnet Hose und lässt laufen.

Die Schuhe sind schwer, er knüpft die Senkel auf, sind nass, sind vollgesaugt, er stülpt sich aus den Socken und wringt sie aus, stopft Socken in Schuhe stellt sie nebeneinander, Schnürsenkel nach innen, sonst musst du das Gewehr noch einmal putzen, er stellt sie neben den

Baum und geht weiter. Er krempelt die nasse Hose um. Er spürt den ganzen Wald unter sich, die ganze Welt, die Erde bis zum Mittelpunkt. Er merkt nicht, wie er schwankt, nur etwas zu beißen, er hält Ausschau. Der Boden voller Kraut, weiße Blumen, wie im Märchen, aber essen kann man die nicht. Er sucht an den Wurzeln der Bäume und wirklich: Walderdbeeren. Er wirft sich nieder, robbt ganz nah an die Staude, streckt Daumen und Zeigefinger. Er fühlt das kleine Wesen und schiebt es sich in den Mund, er beißt zu, in seiner Mundhöhle spritzt Saft, süßer roter, und Süße, eine einzige Süße, er will mehr.

Nach Langem eine Straße. Eine Straße! Der Asphalt riecht regennass. Er hört Hupen, Bremsen quietschen, er schützt seinen Kopf mit den Armen. Hört Türschlagen. Ob er sie noch alle habe? Der schreit ihn an, ein Wildfremder, schreit wie der Vater, baut sich auf. Er blickt von unten zu ihm hoch, sieht den dicken Bauch, die Hand zur Faust geballt. Riesig ist der und ein dickes Kinn. Er erhascht einen Blick auf den Wagen. Mercedes Benz. Hat er sich gedacht. Ob er taub sei oder stumm? Soll gefälligst von der Straße weggehen, Scheißgesindel. Da zündet es. Er schießt hoch wie eine Fontäne. Macht einen Schritt auf den Dicken zu. Fast hätte der ihn überfahren und jetzt schreit der ihn auch noch an. Dabei ist er auf dem Weg in die Freiheit, ist seit dreißig Stunden unterwegs, ihm macht so ein fetter Kerl nichts vor:

»Hast wohl den Führerschein im Lotto gewonnen!«

Er schreit und faucht und seine Lippe zittert und seine Augen rollen und der Dicke starrt ihn an und reckt seinen riesigen Kopf in seine Richtung, aber das schreckt ihn nicht, nicht mehr, er ist voller Kraft, voller Biss, keiner mehr kann ihm etwas, er zittert am ganzen Körper und der andere kuscht.

»Hau bloß ab!«, ruft der ihm nach und rauscht davon.

Er setzt sich an den Straßenrand. Hält den Daumen raus. Gucken, ob einer ihn mitnimmt, ein Fernfahrer, Hamburg, Domodossola. Aber kein Lastwagen nähert sich, nur PKWs, keiner hält an. Warum immer schwarz auf schwarz auf schwarz folgt und rot auf rot auf rot, ist ihm ein Rätsel. Und plötzlich macht es Spaß. Sie brausen vorbei und er, er dirigiert. Jawohl, ein bisschen schneller, der weiße Subaru, und nun voran mit dem Kombi, volle Kraft voraus. Er steht auf. Mittendrin will er sein. Er winkt den Verkehr links und rechts an sich vorbei. Einmal fährt einer rechts ran. Er ist sich sicher, das sind Bullen in Zivil. Jetzt haben sie ihn. Wahrscheinlich hängen schon Fotos von ihm an Bäumen und Laternen. Aber die wollen nur wissen, ob er was braucht. Er schüttelt den Kopf. Alles paletti. Die gucken ihn komisch an, mitleidig kommt's ihm vor. Dann streckt der junge Typ seinen Arm aus dem Fenster und reicht ihm eine Banane. Eine Banane! Er lacht und dankt und winkt. Dann hüpft er das Wiesenbord hinab. Bevor die ihn holen, ist er über alle Berge. Der Regen hat aufgehört. Die Luft riecht geklärt. Er hat keine Ahnung, ob es Mittag ist oder Abend. Noch ist es nicht dunkel.

Und irgendwann erreicht er tatsächlich die Grenze. Wirklich genau, wie er sie im Kopf hatte. Eine Straße, die du überquerst, Häuser hier und da nicht anders, kein Zoll, kein Zaun, schon bist du drüben. Das Nachbarländchen. Das kleine Reich, noch kleiner als die Schweiz. Das Licht ist milchig, das Liechtensteiner Licht.

Der Bauspielplatz kommt wie gerufen. Hier kann er duschen. Braucht dringend warmes Wasser, so nass bis auf die Knochen. Er will nicht gesehen werden, klettert über den Zaun. Lauter kleine Hütten, halbe Wände, mit rechten Winkeln angerissene Häuser. Will sich nur frisch machen. Den Regen abwaschen. Er hört Stimmen. Die kommen näher. Er stellt sich in ein angefangenes Haus. Duckt sich. Sie gehen dicht an ihm vorbei. Puh!

Wo mag das Klo sein? Das Klosett? Das Falsett? Da vorne beim Haus. Aber wie soll er da rein, ohne dass man ihn …

Er bückt sich und kriecht aus dem kleinen Haus. Schlüpft ans Freie wie die Raupe aus dem Kokon. Aber er fliegt nicht los. Er ist müde jetzt, so müde. Er friert. Jetzt eine heiße Dusche und ein Bett. Und schlafen, endlich schlafen.

Schlaf, Kindchen, schlaf, der Vater ist ein Schaf.

Er will sich nicht länger verstecken. Will jetzt nicht

mehr. Er will essen. Duschen. Schlafen. Game over. Es ist kein langes Überlegen. Eher durchzuckt es ihn und sofort steht er auf, viel zu schnell, ihm ist schwindlig. Geht schnurstracks auf zwei Männer zu, die hämmern. Er taumelt. Sie mustern ihn. Gucken auf seine nackten dreckigen Füße. Er versteht nicht, was sie über ihn sagen. Ich war auch mal so wie ihr, denkt er. Er hört sich reden. Der Mund formt die Worte:

»Die sollen mich abholen. Ich brauche ein Zimmer, eine Pause. Ich will nicht mehr.«

Finding me, denkt er. Findet mich. Jetzt ist genug.

Erst lachen die Jungs, aber er beharrt.

»Ruft sie«, sagt er, »ich kann wirklich nicht mehr. Das Spiel ist aus. Ich bin nass bis auf die Knochen. Ich bin müde. Will mich ausruhen, aufwärmen, stärken.«

Der Kleinere nimmt sein Handy. Er tippt drei Ziffern und wirft seinem Freund einen Blick zu. Hier sei ein Mann, der wolle abgeholt werden. Ja, sagt er ins Telefon, ja, genau. Dann schaut er ihm in die Augen. »In zehn Minuten sind sie hier.«

Er wird nicht geschnappt, er lässt sich fangen. Das ist ein Unterschied. Es geht gesittet zu, kein Blaulicht, keine Handschellen. Anscheinend wurde er noch nicht gesucht. Oder nur innerhalb der Landesgrenze. Sie sind freundlich, schöpfen keinen Verdacht. Vielleicht kann er auf der Wache duschen. Vielleicht steht irgendwo etwas Essbares herum.

Im Polster lehnt er sich zurück. Neben dem Sicherheitsgurt entdeckt er den Rest einer Salzstange. Aber nein. Noch kann er an sich halten. Er sitzt hinten. Links im Fond, hinter dem Fahrer, wie früher. Seid still, Kinder, Vater muss sich konzentrieren. Er drückt den Knopf, lässt die Scheibe runter. Luft für ihn, für seine Kehle, die enger wird, enger, er befühlt sie, da ist wieder dieser Kropf. Er presst die Luft durch das Nadelöhr, er röchelt. Die Polizisten reden mit ihm, er antwortet, er weiß nicht, was. Bäume ziehen vorbei. Häuser, der Himmel verliert jede Farbe.

Sie halten ihm die Wagentür auf. Sie gehen voran, er sieht Punkte und Linien auf dem Boden, trottet willig hinterher, die Arme schlaff wie zwei angehängte Rüssel. Er setzt sich, streckt die Beine, ein Seufzer, ein Knurren entweicht seinem Bart. Er will sich durchs Haar fahren, da stößt er auf etwas Hartes, der Hut, er nimmt ihn ab, legt ihn sich in den Schoß. Da glänzt er wie ein nasser Fisch.

»Weshalb sind Sie hier? Wie kamen Sie auf den Bauspielplatz? Und was können wir für Sie tun?«

Er erklärt, dass er ohne Geld und ohne Handy unterwegs ist und so weit wie möglich kommen will. Ein Spiel, sagt er, ein Spiel, das er schon immer mal spielen wollte. Und dass du im Winter dich nicht bewegen sollst, wenn du ins Wasser fällst, sonst verlierst du zu viel Energie und es geht schneller, bis du stirbst. Also immer eine Schwimmweste tragen, auch beim Spazieren im Grunde.

Und dass es geregnet habe und er den Weg nicht mehr gesehen habe, aber der Kormoran sei da gewesen. Außerdem sei seine Frau krank, schwer krank eigentlich, er müsse sich um sie kümmern. Deshalb müsse er zurück. Er werde gesucht im ganzen Land.

Der Polizist lehnt sich im Stuhl zurück und faltet die Hände vor dem Bauch.

»Können Sie mich nach Hause fahren?«

Der Uniformierte schüttelt den Kopf.

»Das ist leider nicht möglich. Dafür sind die Beamten in der Schweiz zuständig. Unsere Befugnis endet an der Grenze ...«

Dann wenigstens eine Pritsche? Eine Zelle für diese Nacht, eine Decke und eine Liege, nicht mehr als das Mindeste? Er zahlt seine Steuern jedes Jahr, er hat über zwei Jahre seines Lebens Dienst am Vaterland geleistet, jetzt mal ein kleines Entgegenkommen. Er wiederholt seine Bitte.

»Es ist wichtig. Dringend. Meine Frau braucht mich. Die ist krank und nicht ich! Ich hatte ganz vergessen, dass sie von mir abhängig ist. Und wenn Sie mich nicht fahren, ist das unterlassene Hilfeleistung und kommt Sie teuer zu stehen! Ich werde klagen, gegen Sie vorgehen, es ist eine Notsituation, für einmal bist du gefordert, Freund und Helfer!«

»Mein Herr«, sagt der Polizist, »gegen Sie liegt nichts vor. Sie haben keinen Ausweis dabei, das ist nicht besonders klug, aber das ist kein Vergehen. Wir können

Sie nicht auf der Wache behalten, nur weil sie ohne Ausweis unterwegs sind. Und bis in die Schweiz fahren darf ich Sie nicht. Das verstößt gegen das Gesetz. Warum sind Sie denn weggelaufen?«

Hat er nicht alles erzählt? Hat er etwas Wichtiges vergessen? Er setzt an, erzählt von vorne, versucht, nichts auszulassen. Die Uhr tickt. Das Ticken kommt ihm vor wie ein Schnalzen, das ihn antreibt, noch mehr, noch schneller, noch genauer, los los los!

Also der Kormoran. Und der Schotte, am Anfang. Die Bücher müssen noch geholt werden. Auch die Autobatterie! Und wie die Feste feiern auf dem Campingplatz. Während der Polizist in ein monotones Nicken verfällt und etwas auf sein Papier kritzelt, blitzt plötzlich ein Gedanke in ihm auf: sein ehemaliger Chef! Der mit den polnischen Wurzeln und der Röte im Gesicht. Wohnt der nicht hier? Genau hinter der Grenze? Er nennt den Polizisten den Namen. Einer nickt.

»Mal sehen, ob wir den Mann finden.« Der Uniformierte tippt die Buchstaben in den Computer. Buchstaben, die für einen Namen stehen, der für ein Wesen steht, einen Mensch, schon eine geraume Weile auf der Welt, länger als er jedenfalls. Er schaut die Uhr an der Wand an. Hat die sich grad bewegt? Ist sie nach rechts gerückt? Er kneift die Augen zusammen. Die Lampe starrt ihn an wie eine Fratze. Leuchtaugen, aufgerissener Mund.

Er weiß nicht genau, worüber sie reden. Ihm kommt es vor, als wären sie in eine Diskussion vertieft, an der er nicht beteiligt ist, er hat auch nicht gemerkt, wie einer der beiden das Zimmer verlassen hat. Er hat sich in Fahrt geredet, das geht wie nebenbei, schwungvoll erläutert er dem Polizisten die Wirkung der Natur, da öffnet sich auf einmal die Tür: Er hält inne – sieht aus wie immer, der Chef. Der Chef! Eine Freudenwelle breitet sich warm und süß in ihm aus. Dieses flache Gesicht, rund und gutmütig, das innert Sekunden hochrot werden kann. Er erinnert sich an die scheltende Stimme, hier, haben Sie das nicht durchgelesen? Und jetzt: nichts als Freude. Er steht auf, geht mit ausgebreiteten Armen auf ihn zu, hört gar nicht, wie dieser zur Begrüßung etwas murmelt, Sie hier, was machen Sie für Sachen, er drückt den Kleinen an seine Brust, quetscht ihn, wie sehr er sich freut, ein bekanntes Gesicht zu sehen mitten in der angebrochenen Nacht, er schnieft, hat Tränen in den Augen. Der Chef hält ihn auf Armeslänge von sich, mustert ihn, die Augenbrauen angehoben:

»Sie sehen anders aus, als ich Sie in Erinnerung habe. Kommen Sie. Lassen wir die Beamten allein. Haben Sie keine Schuhe?«

Der Chef legt eine Hand an seinen Rücken und nimmt mit der anderen seinen Unterarm, als wäre er blind.

Der BMW glänzt im Regen. Er steigt ein, es riecht gut, jedes Auto riecht anders, das hier rettet ihn, seine Kutsche. Er schaut den Scheibenwischern zu, wie sie unermüdlich die Tropfen wegwischen. Er ist glücklich über diese Scheibenwischer. Nichts anderes möchte er jetzt sehen. Nur diese Bewegung. Dieses ewige Hin und Her. Dahinter verschwommene Lichter im Rachen einer nassen Nacht.

Ob er schon lange unterwegs sei, fragt der Chef.

»Und ob«, erwidert er, »und ob.«

Er fängt gerade an wegzudämmern, da dringt die Stimme vom Chef an sein Ohr:

»Endstation!«

Die Wohnung ist klein und dunkel. Oder das Licht ist trüb. Oder es liegt an der Nacht. Er sieht nur den Flur, er muss dringend mal. Er will fragen, warum der Chef hierhergezogen ist, was der Grund dafür war, und er nimmt es sich fest vor, aber zuerst aufs Klo.

»Haben Sie Hunger?«

Der Chef steht in Pantoffeln vor ihm. Er hält eine Bratpfanne in der Hand und sieht aus wie in einem Cartoon. Aber er jagt ihn nicht weg mit der Pfanne.

»Einen Bärenhunger«, sagt er und reißt das Maul auf.

Das Öl brutzelt vor sich hin, ein Zischen, wenn der Chef die Würste wendet. Ein wohliges Zischen, das seine Gier noch steigert.

Er spießt die Wursträdchen auf und schaufelt sie in seinen Mund. Fünf aufs Mal. Noch ehe er geschluckt hat, schnappt er Nachschub. Er kann sich mit Mühe zurückhalten, die Ölreste vom Teller zu lecken.

Der Chef zeigt ihm die Ausziehcouch. Er wünscht ihm eine gute Nacht und verschwindet.

Gleich wird er das Bett beziehen, gleich, nachdem er

geduscht hat. Kraft sammeln für den letzten Akt. Nur ganz kurz innehalten. Nur ein Päuschen vor dem Finale. Er lässt sich auf die Couch fallen. Sekunden später ist er eingeschlafen.

VI

1

Lukas hat sie beim Umzug gar nicht wahrgenommen. Jedenfalls nicht bewusst. Sie sagt, sie hätte ihm eine Ständerlampe in die Hand gedrückt und er habe gelächelt. Sie war früh da, angeblich, und früh wieder weg, während Lukas die ganze Zeit über mitgeholfen und den Umzugswagen für Heiner gefahren hat.

Beim Dankesessen sitzen sie nebeneinander. Die Leute sind schweigsam. Lukas mag die zähe Stille nicht, er sieht es als seine Pflicht, etwas Auflockerndes zu sagen. Sie reicht ihm den Salat, verwickelt ihn in ein Gespräch. Er merkt sofort, dass sie nicht an Small Talk interessiert ist. Sie bemüht sich nicht einmal um Leichtigkeit, sondern stellt ihre Fragen so ernst, als müsse sie im Anschluss ein Gutachten über ihn erstellen. Er merkt an der Art, wie sie zuhört, dass er ganz offen sein kann. Und doch lässt er es sich nicht nehmen, hie und da einen Spruch einzuflechten, der sie zum Lachen bringt. Sie stecken noch mitten in ihrer Unterhaltung, als sie plötzlich feststellen, dass der Tisch sich geleert hat und Heiner sich die Augen reibt.

Sie bummeln durch die leeren Gassen, es ist kalt, Lukas zieht die Mütze in die Stirn. Sie wohnt nicht weit, zeigt ihm ihr Fenster, Efeu rankt sich die Wand empor. Dass er mit hoch geht und dableibt, schreibt er dem Wein zu und dem Sekt. Es ist nicht seine Art, sofort mit einer Frau zu schlafen, aber als sie tanzen, Nat King Cole, als sie anfängt, ihn auszuziehen, ist es Lukas egal, was seine Art ist und was nicht. Außerdem: Er darf sich ja weiterentwickeln.

Seither sehen sie sich regelmäßig, wobei sie sofort klargestellt hat, dass sie nicht auf der Suche nach einer Beziehung ist. Lukas macht das nichts aus. Sie liebt guten Kaffee, sie kennt die meisten Bands, die zu seiner musikalischen Entwicklung beigetragen haben, er mag, wie sie riecht, wie ihre Haut sich anfühlt, wie sie sich bewegt. Am liebsten liegt er halbnackt auf ihrem Teppich und meist machen sie sofort aus, wann sie sich wiedersehen werden. Ihm ist es recht, dass er ihr nichts schuldet. Sie hat viel zu tun und kommt nicht auf die Idee, jede freie Minute von ihm einzufordern oder anklagend anzurufen, wann er denn endlich Schluss mache bei der Arbeit.

Sina weiß um die Freuden und Leiden der Selbstständigkeit. Sie hat früher ihre eigene Yogaschule geleitet, jetzt macht sie die Ausbildung zur Heilpraktikerin. Lukas muss ihr nicht vorrechnen, was die Miete für eine ganze Lagerhalle kostet, wieviel er von einem Schüler verlangen muss, um allein die Ausgaben für Heizung und Wasser zu decken, oder Ferien, die keiner ihm zahlt. Sie wundert sich auch nicht, dass er abends arbeitet oder am Wochenende, dass er genau dann einen Anruf bekommt, wenn sie beim Frühstück sitzen.

Allmählich rechnet sich die Investition in die Räumlichkeiten der Musikschule, die Schüleranzahl wächst, und die Konzerte, die sie veranstalten, haben sich bei Jugendlichen herumgesprochen.

Lukas tritt in die Pedale, die Märzluft ist noch kühl. Langsam hat er sich an ihr Arrangement gewöhnt. Er fürchtet nicht wie bei anderen Frauen, sie könnte ihn verlassen oder nur mit ihm spielen, denn eigentlich hat er nichts zu verlieren. Und nicht nur das: Sina hat eine Art, direkt zu sein und alles, was ihr nicht gefällt, anzusprechen, dass er sich sicher fühlt. Auch wenn sie eines Tages weiterziehen will, wird sie es ihm bestimmt rechtzeitig sagen. Vielleicht heißt es Affäre, ihm ist es egal, wie man es nennt.

Und jetzt sagt sie ihm, als er schon fast eingeschlafen ist, dass sie ihm was sagen muss. Dass es anders ist, als sie gedacht hat.

»Ich habe mich in dich verliebt.«

Es soll nichts ändern, meint sie, und sie hoffe, sie setze ihn damit nicht unter Druck. Er versucht es zu überspielen, indem er eines seiner Gesichter zieht, doch dieses Mal lacht sie nicht.

Sie zuckt die Schultern: »Lass dir Zeit. Ich wollte nur, dass du es weißt.«

Lukas weiß nicht, ob er verliebt ist. Er hat keine weichen Knie, wenn er sie sieht, kein Herzklopfen. Er muss nicht ständig an sie denken und er sehnt sich auch nicht nach mehr Nähe, als sie ihm zu geben bereit ist, wie bei seiner letzten Freundin. Nein, er verzehrt sich nicht nach Sina. Er schreibt ihr keine Briefe. Er findet nicht, dass sie etwas Unerreichbares hat, dass er sie auf einen Sockel stellen muss und vor dem Einschlafen ihr Bild heraufbeschwören. Wie auch. Mittlerweile sehen sie sich fast jeden Tag, wenn er einschläft, liegt sie neben ihm und streichelt seine Stirn oder er schmiegt sich an sie. Er findet nicht, dass sie die Einzige ist, die es für ihn geben könnte. Er weiß nicht einmal, ob er ein Lied für sie schreiben würde, abgesehen davon hat er noch für keine Frau ein Lied geschrieben. Er findet sie ganz einfach: gut. Sie ist so herrlich offen, sie hat Boden unter den Füßen, sie weiß, was sie will und macht kein Geheimnis aus ihrem Inneren. Sie ist es, die Empfindungen in Worte fassen kann, viel besser als er, sie fragt ihn oft, wie es ihm geht und er fühlt sich verstanden. Er ist nicht aufgeregt, wenn sie sich sehen, im Gegenteil: Er ist ganz ruhig mit ihr. Eigentlich ist sie so, wie man sich einen allerbesten Freund wünscht, nur, dass sie eine Frau ist und sexy dazu. Und schön, ja, er findet sie schön. Kann es nicht für immer so bleiben, wie es gerade ist?

Die Hochspannungsleitungen durchziehen den Himmel wie Notenlinien. Drei Krähen sitzen auf dem hohen C. Lukas parkt sein Rad vor der alten Lagerhalle und geht durch die Tür, hoch in den dritten Stock, zu seiner Musikschule.

*

Erwin bemüht sich, mit festen Schritten näher zu kommen, damit sein Vater nicht erschrickt. Die Wangen sind eingefallen, ausgehöhlt beinahe, etwas ist passiert seit dem letzten Mal. Der Pyjama hellblau gestreift, seine Gesichtsfarbe hingegen blass und gelblich, starrt er an die Decke.

»Hallo, Papa.«

Werner versucht, sich an der Schlinge hochzuziehen, die Andeutung eines Lächelns huscht über sein Gesicht.

»Das ist gut, dass du kommst! Kannst du mir die Halbschuhe geben? Sie sind im Schrank, ich komme nicht ran.«

Erwin tritt ans Bett, drückt dem Vater die Hand. Wieso er denn jetzt Schuhe brauche. Ob er aufstehen wolle, spazieren?

»Ich muss doch zur Arbeit«, sagt der alte Mann. Und ob es nicht ein bisschen schneller gehe. Los, sie warten auf ihn. Wieder versucht er, sich an der Schlinge hochzuziehen. Es gelingt ihm nicht, er fällt zurück aufs Kissen.

»Den Kittel brauch ich auch!«

»Hier, Papa.«

Erwin streckt ihm die Hand entgegen, als hinge daran sein Sakko.

Als er das letzte Mal hier war, war der Vater noch kräftig genug, um in die Cafeteria zu gehen. Sie saßen sich am Tisch gegenüber, in der Mitte eine Kürbisdekoration aus Plastik. Werner verfolgte gebannt ein Auto, das draußen parkte. Er wollte gesehen haben, wie es einen Satz nahm. Dann entdeckte er einen Affen am Steuer. Er rieb sich die Augen. »Das ist doch nicht möglich! Hier in der Schweiz!«

Erwin setzt sich auf den Stuhl.

»Wie geht es Dir?«

»Es geht zu Ende mit Werner Rüegg«, sagt der Vater mit dunkler Stimme. Erwin weiß, dass er recht hat.

Gut, dass er ihn nicht nach der Arbeit fragt. Er hat keine Lust, dem Vater am Sterbebett von den jüngsten Entwicklungen zu erzählen. Nach nur drei Monaten bei der Müller AG musste er wieder gehen. Dieses Mal hätte alles gepasst. Er mochte die Arbeit, die Kollegen, sie mochten ihn. Und die Ziele schienen ihm nicht zu hochgesteckt, der Chef war keiner dieser Visionäre. Aber dann geschah es: Er schlief ein. Noch in der Probezeit. Es war nur kurz, eine Sekunde vielleicht, der Beifahrer griff ins Steuer und holte den Wagen zurück auf die Spur. Sie hielten es für untragbar, so etwas durfte nicht vorkommen bei einem Außendienstmitarbeiter.

Jetzt telefoniert er. Die Arbeit hat er sich selbst beschafft. Nur herumzusitzen und Bewerbungen zu schreiben auf Stellen, die ihn nicht im Mindesten interessieren – das hält er nicht aus. Sie arbeiten ein Mensch neben dem anderen, haben Kopfhörer auf und geben

Auskunft über das neue Abrechnungssystem des Stromanbieters. Immerhin kein Verkauf, er hasst es, Leuten etwas aufzuschwatzen.

Er darf bloß nicht daran denken, was er beim Telefonieren verdient. Wenn er es ausrechnet, ist es weniger als ein Drittel von dem, was er all die Jahre zuvor nach Hause gebracht hat. Doch wenn er durchhält, verlängert sich die Frist, innert der er Arbeitslosengeld beziehen darf. Wenn nicht, läuft sie im nächsten Mai aus. Was dann? Er will den Gedanken nicht zu Ende denken.

»Hilf mir«, sagt Werner. »Hier musst du anfassen. Wir müssen die Platte in die Maschine einspannen. Du weißt doch, wie das geht! Dort an der Ecke musst du festhalten. Festhalten! Und nicht zittern. Und nun anheben.«

Er zählt auf drei. Erwin tut ihm den Gefallen. Gemeinsam heben sie die Eisenplatte nur wenige Zentimeter über die Bettdecke, und Werners Hände setzen an, die Lochfräse zu bedienen.

Vor einigen Wochen hatte er die fixe Idee, sich von Claire scheiden zu lassen. Die komme ja gar nicht mehr heim, sagte er. Er glaubte, genau zu wissen, was da liefe zwischen dem Diakon und ihr. Er lehnte sich vor und flüsterte:

»Einmal, als ich nach Hause kam, hat sich der Geistliche verabschiedet. Claires Wangen hatten diese Röte. Ich bin sofort hochgestiegen in ihr Zimmer und habe das Bett befühlt. Es war noch warm.«

Erwin war in der vierten Klasse damals, sie wohnten noch nicht lange im Haus und Claire fand in dem Geistlichen eine verwandte Seele. Kurz darauf fing sie an zu arbeiten. Sie verkaufte Kleider, Mäntel und Blusen in einem Geschäft in der Stadt. Sie war ein anderer Mensch als die Monate zuvor, wenn sie heimkam, strahlte sie und sprudelte mit Geschichten heraus. Werner passte es nicht, dass sie täglich in der Stadt war. Er verlangte, dass sie die Arbeit wieder aufgab. Claire weigerte sich. Sie stritten sich lauter als sonst. Erwin sah die blauen Flecken am nächsten Tag. Claire kündigte. Sie sagte ihrem Mann, dass es kein zweites Mal gebe. Schlüge er sie noch einmal, sei sie weg.

Danach fuhren sie gemeinsam in den Urlaub. Claire machte die Hitze zu schaffen. Ihr Körper veränderte seinen Zyklus. Im nächsten Frühling wurde Evelyn geboren. Erwin wickelte die kleine Schwester, fuhr mit ihr spazieren. Als sie in die Schule kam, war er schon fast fertig mit der Lehre.

Erwin schaut dem Vater in die Augen. Sie sind wässrig heute, sie scheinen zu schwimmen. Er streckt die Hand aus und berührt seine fahle Wange. Die Haut ist weicher als erwartet, seine Fingerkuppen registrieren es erstaunt. Der Vater lässt es zu. Er glaubt, einen kleinen Schimmer zu erkennen im hellen Augenblau. Dann nimmt er die Hand des Vaters in beide Hände und drückt sie fest.

»Genug gearbeitet für heute«, sagt er. »Du darfst dich jetzt ausruhen, Papa.«

*

Maria liebt den Herbst. Sobald die ersten Ahornblätter sich verfärben, ist auch sie bereit. Sie weiß nicht, wozu, aber sie fühlt eine Unruhe, ist aufgeregt und kribbelig wie vor einem Aufbruch. Sie kann kaum erwarten, dass der Wind stärker wird, dass er in die Bäume greift, ihre Kronen beugt. Jedes Rot saugt Maria in sich auf und wenn es so weit ist, dass der Ahorn gelb schillert, die japanische Kirsche sich zart orange verfärbt, die Bäume am Waldrand in allen Abstufungen des Feuers entflammen, dann könnte sie stundenlang schauen und ist glücklich, allein, weil sie Augen hat und sehen kann.

Nur, wenn der Nebel in den Wäldern hängt, bekommt sie Kopfschmerzen und ihr Herz wird schwer. Dann hält sie es nicht aus, zu Hause zu bleiben, erträgt das Gewicht der trüben Gedanken im Kopf nicht länger.

Dann geht sie raus, stapft an der Schule ihrer Kindheit vorbei, sticht direkt in den Wald. Dort empfangen sie die Bäume, die Farben, sie geht und atmet die Herbstluft ein, sie liebt den Geruch der Blätter, die sich auf dem Boden allmählich zu zersetzen beginnen, dieses Erdige, Herbe. Oder sie setzt sich am Wochenende ins Auto, meist fährt Erwin, und zusammen entfliehen sie der Nebeldecke und fahren in die Höhe, wo sie die Gipfel weiß leuchten sieht und ganz viel Himmelblau in sich aufnimmt und bestenfalls auch noch ein Portion Meringue mit viel Schlagsahne isst, ehe sie wieder ins Nebelloch zurückfahren müssen.

Als Claire sie anruft, liegt der Totensonntag erst zwei Tage zurück. Was für einen Tag hat er sich ausgesucht zum Sterben. Es nieselt seit dem frühen Morgen. Claires Stimme klingt nicht zittrig, eher tiefer als sonst. Maria verspricht, am nächsten Tag vorbeizukommen und dass Erwin sich um alles kümmern werde.

Erwin nickt, als ihm Maria die Nachricht weitergibt. Er hat seit Wochen damit gerechnet. Er weint nicht, als er vor der Urne steht, nicht in der Kirche, wo Maria seine Hand festhält. Er weint nicht, als der Pfarrer über das Leben des Vaters spricht, wie er sich vom Bauernsohn zum Abteilungsleiter hochgearbeitet hat, nicht, als Lukas die Saiten zupft und Sinatras My Way erklingt. Er schließt die Augen zum Gebet, seine Stimme ist ruhig beim Vater Unser, nicht so tief, wie Werners Stimme es war, nicht knatternd, sondern klar. Sie will ihn gerne trösten, an sich drücken, aber er schaut sich konzentriert nach den Trauergästen um, will ja keinen vergessen.

Später sagt er, der Vater habe sein Leben gehabt, vielleicht wirke er wie ein kalter Fisch, aber ihm sei wirklich nicht zum Heulen zumute. Der Zerfall habe ja längst begonnen, er habe ihm regelrecht dabei zusehen können.

Maria beobachtet ihren Mann genau. Sie kennt ihn gut. Manchmal, er gibt es zu, träumt er von ihm. Sie hört, wie er nachts wieder aufsteht. Sie sieht, wie etwas in ihm auflodert. Wie er sich über Zeitungsnachrichten aufregt, als meinten sie ihn persönlich. Wenn er vom Telefonieren erzählt, blähen sich seine Worte auf wie vom Sturm ergriffen. Sie wollen ihm einen neuen Vertrag aufzwängen, nicht mehr im Stundenlohn soll er angestellt sein, sondern für dreitausend Franken Monatslohn. Da schneidet er noch schlechter ab als vorher. Er rechnet ihr vor: In seiner Lehre damals hat er fast genau so viel verdient – 1970!

Sie weiß, wie ihn das quält. Sie versucht ihn zu beruhigen. Ihr Einkommen ist nicht schlecht als stellvertretende Geschäftsstellenleiterin, wenn das Jahr wieder so gut läuft, kommt ein Bonus dazu. Sie können sich einschränken, im schlimmsten Fall verkaufen sie das Auto oder das Haus und machen nur günstigen Urlaub. Es wird gehen, es ist immer irgendwie gegangen, und schließlich überwacht sie das Budget. Doch schlimmer ist dieser Stachel. Es demütigt ihn, dass er weniger als ein frisch Ausgelernter verdient. Er, der zuletzt Geschäftsführer war. Der sich immer weitergebildet und nie geruht hat, er wird von dieser Teamleiterin behandelt wie ein Student in seinem ersten Nebenjob. Sie wirft ihm vor, dass er weniger Abschlüsse schafft als seine jungen Mitstreiter, kontrolliert seine Anrufe und kreidet ihm an, wenn er ein anderes Verb verwendet als das im Gesprächsleitfaden vorgegebene. »Das ist ein Synonym«, verteidigt sich Erwin. »Es ist mir egal, was das ist«, gibt die Teamleiterin zurück, »Sie sagen, was hier steht, wir sind nicht beim Theater, Sie brauchen sich hier nicht zu verwirklichen.«

Maria hört ihm zu, manchmal redet er lange, stundenlang. Maria ist es gewöhnt, seit sie sich kennen, ist er der, der mehr redet, und sie die, die mehr zuhört. Und doch ist etwas anders. Er fragt kaum mehr nach ihr. Die Redeschwalle nehmen kein Ende. Er kann kaum an sich halten, wenn ihn etwas aufregt. Die Teller sind längst leer, Maria räumt sie in die Spülmaschine, während er redet, wischt den Tisch ab, nimmt sich zum Nachtisch einen Pudding, während er weiterredet, geht mit einem Nebenblick auf den Kalender im Geiste durch, was morgen alles ansteht. Wenn sie gar nicht mehr kann, stoppt sie ihn, setzt sich müde aufs Sofa, legt ihre Lieblingsoper ein oder die Cellosuiten von Bach.

Ihr fallen die Links wieder ein, die Florence ihr vor zwei Jahren geschickt hatte, als er schon einmal so auffällig viel redete. Damals, nachdem er aus der Firma geworfen wurde und nächtelang nicht schlafen konnte. Auch jetzt hört sie ihn nachts wieder aufstehen. Er ist etwas durcheinander durch den Tod des Vaters. Und dass er dieses Mal wirklich keine neue Stelle findet, macht ihm zu schaffen. Mit Mitte Fünfzig ist es nicht mehr so leicht, neu anzufangen, wie noch vor zehn Jahren. Wer wäre da nicht aus dem Lot. Ob Florence recht hat mit ihrer Einschätzung? Ist ihr Mann krank? Und wenn ja, wie kann sie ihm helfen? Ob sie ihn überzeugen kann, zum Psychiater zu gehen, nur probehalber, vielleicht nützt es ihm ja?

Hauptsache, sie lässt sich davon nicht runterziehen. Eine muss ja Ruhe bewahren. Und sie weiß, dass alles gut kommt. So war es doch schon immer. Warum sollte es diesmal anders sein? Geduld und guter Wille. Den Optimismus bewahren. Und gut auf sich selbst aufpassen. Sie schließt die Augen und lässt sich von den Tönen wegtragen, weit weg, und ihr Herz neu anfüllen mit Mut und Leichtigkeit.

2

Florence freut sich über den Schnee, als sie im Dorf in den Bergen ankommt. Bis weit unter die Baumgrenze hat es geschneit, die Tannen sind schneebedeckt und selbst die Äcker sind gepudert. Nur die Furchen lugen dunkel hervor.

Es ist Mitte Mai, sie hat ihren letzten Arbeitstag hinter sich. Ihren letzten Arbeitstag nach anderthalb Jahren Vollzeitstelle. Nun liegen drei Monate Freiheit vor ihr. Drei Monate verbringt sie in diesem Haus, dank eines Stipendiums. Drei Monate nur Zeichnen und Malen.

Der Streit liegt fast vier Wochen zurück.

Der Streit. So nennt es ihr Vater, so nennen es Lukas und Maria, so nennt es Marek. Dabei war das kein Streit in ihren Augen. Ein Streit ist eine Auseinandersetzung, bei der es vielleicht auch mal laut werden kann. Aber das, was zwischen ihr und Erwin geschah, hatte nichts von einer Auseinandersetzung. Es war ein Anfall. Ein Vulkan, der eruptiert. So, wie sie das im Grunde kennt, von klein auf. Und doch war es anders dieses Mal.

Er erzählte ohne Punkt und Komma. Und sie, sie hat nachgefragt. Hat nicht wie früher stumm dasitzen wollen und alles über sich ergehen lassen, durch den Redefluss an den Stuhl gefesselt. Hat sich einbringen wollen, ist schließlich kein Kind mehr und selbst wenn. Und es hat sie interessiert, nein irritiert – er hat von drei Freundinnen erzählt, die er aufs Mal hatte. Er, ausgerechnet, der immer Ehrlichkeit gepredigt hat. Das wollte sie genauer wissen. Wussten denn die Mädchen voneinander? Er wich aus, wich im Raum zurück, wimmelte sie ab. Sie bohrte nach. Da geschieht es: In ihm erwacht eine Kraft, mächtiger als alles, was sie an Jähzorn je erlebt hat. Wie ein Titan erhebt er sich. Mit aufgerissenen Augen kommt er auf sie zu, öffnet den Mund und brüllt seine gleißende Wut aus sich heraus. Ein ungezügelter Lavastrom ergießt sich über Florence, auf sie, die ihn in die Enge treibe, ihn klein stutzen wolle, mit lodernder Wucht schleudert er ihr die Anklagen entgegen und funkelt sie mit zürnendem Blick an.

Und sie: wird starr auf ihrem Stuhl. Starr vor Schreck, vor Angst, mit 28 ist Florence das Mädchen, das nicht aufstehen und flüchten kann. Dem das Weinen die Kehle versperrt, das nie den Mund aufmacht. Nicht bewegen. Stillhalten, bis es vorbei ist. Sie spürt, wie ihr Tränen in die Augen schießen.

Urplötzlich hält Erwin mit dem Schreien inne. Er sackt zusammen. Lässt sich auf den Stuhl fallen, schluchzt erbärmlich, zittert. Er legt den Kopf in die Arme. Er wisse nicht mehr weiter mit ihr und ihm. Sofort fühlt Florence Mitleid. Sie will zu ihm, will ihn trösten, legt ihm die Hand auf die Schulter. »Wir haben doch schon viel an unserer Beziehung gearbeitet«, will sie ihm Mut zusprechen. Wie vom Blitz getroffen springt er wieder auf, Florence zuckt zurück. Wieder erbebt sein Körper. Was für ein Hohn, will sie ihn veräppeln? Aber dafür hat er ein feines Näschen, das lässt er nicht mit sich machen. Er stapft die Treppen hoch. Florence hält sich an der Stuhllehne fest. Und ohne nachzudenken, öffnet sie den Mund. Stopp, krächzt sie, es reicht, ein für alle Mal, es reicht. Sie will schreien, sie will schneller und lauter sein als das Weinen, das ihre Stimme zu ersticken droht, ihre Stimme überschlägt sich, in hohen, singenden Tönen schreit sie: »Ich habe nur gefragt, was mich interessiert, und es zählt, was mich interessiert, wenn wir zusammen reden, ich bin es leid, immer nur zuzuhören, immer nur du, du, du, und hör verdammt nochmals auf mit Worten auf mich einzudreschen! Es reicht, was du meine ganze Kindheit lang gemacht hast, ich dulde das nicht länger!!!« Ihre Stimme schwillt an zu einem einzigen gellenden Schrei.

Erwin schaut sie kurz verdattert an. Dann macht er auf dem Treppenabsatz kehrt. Kommt mit erhobener Hand auf sie zu. Sagt gefasst, aber voller angestauter Wut: »Verlasse sofort mein Haus, sonst …«, er lässt die Hand fallen und rennt die Stufen hinauf.

Ihre Welt hatte Risse bekommen. Der feste Boden, auf dem sie stand, barst. Angetastet, aufgerissen fühlte sich Florence in den Tagen danach, wie früher, hautlos und ungeschützt. Sie war froh, wenn jemand normal mit ihr redete, der Busfahrer oder die Nachbarin, wenn Abläufe wie der Kassiererin das Geld geben oder die Kollegen im Büro grüßen ganz normal funktionierten. Wenn sie freundlich behandelt wurde oder doch zumindest: respektvoll. Wenn es Sicherheit gab im Außen. Und doch dauerte es, bis sie dem Frieden wieder traute. Das Gefühl, vorsichtig sein zu müssen, sich sicherheitshalber zu ducken, die innere Starre, während ihre Hülle weiter funktionierte, hielt länger an als sonst.

Nach Tagen, als sie sich selbst kaum mehr aushielt, auf einem Spaziergang mit Marek wütend in die Pfützen sprang, fand sie zu Hause einen langen Brief. Er entschuldigte sich für alles, was jemals passiert war, dafür, dass er nicht hatte der Vater sein können, den sie gebraucht hätte. Er fragte sie, was sie sich von ihm wünsche. Sie weinte. Sie war froh. Sie dankte ihm. Sie schrieb, er solle sich doch bitte in Behandlung begeben. Sich helfen lassen.

Er ist krank, das sagt sie schon lange, aber niemand scheint sie zu hören.

Florence zieht den Koffer über den Schnee. Das Haus liegt direkt am Fluss. Es ist ein langgezogenes Gebäude mit Kuppeln und Säulen, das ehemalige Badehaus eines Kurhotels.

Sie wohnt hier mit acht anderen Künstlern und Künstlerinnen. Eine tanzt, einer macht Musik, einer ist Puppenspieler, die anderen malen oder zeichnen wie sie. Drei Monate nur zeichnen! Das hat es noch nie gegeben. Sie hat einige Ideen, zum Beispiel will sie dem Flusslauf folgen und in intuitiven Bewegungen das Wasser skizzieren. Sie will die Geräusche aufnehmen und später die Schallwellen visualisieren. Vielleicht wird sie weiterarbeiten damit, Musterteppiche schaffen. Vor allem aber will sie sich einlassen auf das, was kommt.

Der Fluss hat sich von einem hellen Türkis zu einer braunen Brühe gewandelt. Das Schmelzwasser reißt, schwemmt Äste und Stämme mit sich. Sie hört den Strom unaufhörlich. Auch nachts, wenn sie unter drei Wolldecken im Bett liegt. Selbst durch die Ohropax dringt das Rauschen zu ihr. Es kommt ihr vor, als würde der Fluss durch ihr Zimmer strömen, mitten durch sie hindurch, und ihre Träume aufschäumen.

Ehe sie mit Zeichnen loslegt, wandert Florence über die Wege, in die Dörfer oben auf der Ebene, hoch zum Bergsee. Im Zimmer zeichnet sie nur für sich, als gehe es um nichts. Sie zeichnet in ihr Alles-Buch, ohne nachzudenken entstehen Gesichter, Körperhaltungen, Eichhörnchen, Hände. Florence vergisst die Zeit, die Kälte, den Heizkörper neben ihr.

Kurz bevor sie schlafen geht, checkt sie nochmals ihre Mails. Sie erstarrt. Eine Nachricht von Erwin.

»Ich habe die Angelegenheit analysiert«, schreibt er. Sie erpresse ihn seit Jahren. Seit sie diese falschen Informationen hinter seinem Rücken an Maria geschickt habe. Er wisse jetzt Bescheid. Diese Links über psychische Erkrankungen. Die Maria nach ihrer Hirnblutung nicht mehr richtig verarbeiten könne. Er sei fertig mit ihr und mit seiner Frau. Er warte auf eine Aussage von ihr, dass es falsch gewesen sei, ihn anzuschreien.

Mächtig platzt der Vater in die Kammer. Kantig verunstaltet er die Zimmerlandschaft, ein Brocken, herabgebrochen vom Gestein. Florence klappt den Laptop zu, doch ihn kann sie nicht wegklappen. Lange schläft sie nicht. Es hallt nach in ihrem Kopf, jedes Wort.

Am nächsten Morgen macht sie sich Frühstück. Sie braucht etwas Verlässliches, Warmes. Sie kocht Haferflocken, schneidet einen Apfel in Stücke. Die Hände machen, was sie immer machen. Das Messer schneidet, der Apfel saftet. Das beruhigt sie. Dann geht sie hoch. Klappt in banger Vorahnung den Computer auf. Mitten in der Nacht hat er erneut geschrieben. 02:54 steht auf dem Monitor. Jeder seiner Sätze beginnt mit ihrem Namen, sie hört den drohenden Unterton. Ein Schwall von Worten flutet das Zimmer, Vorwürfe, die kein Ende nehmen.

»Du bist wie dein verstorbener Großvater. Beide werft ihr mir Dinge vor, die ich nicht mehr ändern kann. Allen anderen hast du mitgeteilt, wie deine Adresse in den Bergen ist, nur mir nicht. Was treibst du da für perverse Spiele mit mir? Für dich bin ich seit Jahren der behandlungsbedürftige Psychopath. Ich kann damit leben, nie mehr mit dir zu sprechen. Auch ohne Maria kann ich leben. Du kannst Selbstmorddrohungen ausstoßen, du kannst dich sogar umbringen. Ich bin nicht mehr dafür verantwortlich. Du hast deine Chance gehabt.«

Der Tisch ist noch da. Die Fliesen. Die Kammer ist noch die Kammer. Ist nicht mehr, was sie vorher war. Florence legt die Hände auf den Tisch. Will sich festhalten. Draußen der Fluss.

Drinnen kann Florence nicht schnell genug laufen. Die Welle kommt, und was angeschwemmt wird, hat eine Wucht, der Florence nicht standhält. Sie treibt irgendwo obenauf. Treibt im Sitzen. Treibt im Starren. Ist nicht mehr sicher, nicht einmal hier. Weiß nicht, wohin mit sich. Schnell.

Schnell die Wanderschuhe, vielleicht kann sie noch entkommen. Florence geht über die Brücke, folgt den Wegweisern, dem Fluss entlang. Ihre Füße auf Kies. Ein Geräusch, wie es sein soll. Die Welt hat noch Fugen. Die Füße tragen. Und Luft ist da. Sie atmet im Rhythmus ihrer Schritte.

In ihrem Kopf wirbeln die Worte umher, die Zeiten, die Anklagen. Ein riesiges »DU« schwebt über ihr, der überdimensionale Zeigefinger deutet auf sie. Florence streckt sich, geh aufrecht, hör auf, dich zu schämen, es reicht! Immer diese eingedrückte Haltung, die Schultern, die sie hochzieht, sich entschuldigen, ehe einer angreifen kann. Selbst wenn sie angerempelt wird: Oh, Entschuldigung! Du kannst dich auch umbringen, umbringen, umbringen – sie strafft die Schultern, atmet tief in die Brust. Geh. Geh schneller. Lauf!

»Feste wie Weihnachten werde ich nie mehr mit dir feiern. Sie sind mir zu heilig, als dass ich sie mit Menschen wie dir verbringe.« Menschen wie dir. Jedes Wort wie ein perfekt gesetzter Stich. Auch wenn sie weiß: Er wütet. Er sieht nicht mehr klar. Er dreht durch. Das mildert den Schmerz nicht. »DU BIST FALSCH« hat er einmal mehr in fetten Lettern über ihre Welt gesprüht. Du bist schuld. Deinetwegen kann ich nicht arbeiten. Üble Nachrede. Für Leute wie dich gibt es Gerichte. Du. Du. Du.

Sieh da, die Bäume. Sind doch da. Atme. Ein Wind. Die Erde hält zu dir. Und da unten: der Fluss.

Florence tritt ans Wasser, geht knirschend über die runden Steine. Dann wählt sie Lukas' Nummer. Der kann nicht lange reden, ist im Urlaub in Südfrankreich. Kurz schildert Florence, was geschehen ist. Die Mails hat sie ihm schon weitergeleitet. Er hört ihr betroffen zu, verspricht, alles zu lesen, sich später zu melden.

»Wo bist du jetzt?«

»Am Fluss.«

»Ah, das ist gut, geh wandern, so lange du kannst. Hast du Gesellschaft?«

»Nein, ich bin allein.«

»Geht es?«

»Ja, irgendwie.«

»Dann bis später. Ich umarm dich.«

Florence legt auf. Geht weiter, immer dem Fluss entlang. Bis auf einmal drei Männer in Tarnanzug vor ihr stehen. Der Vater also auch hier? »Militärisches Sperrgebiet. Sie müssen außen rum.« Sie sagen es nett, sie lächeln. Immerhin.

Warum ist sie da nicht drauf gekommen? Es sind ihre Grenzen, die er einreißt, Mal für Mal. Male hinterlässt. Warum stellt sie keine Wächter auf? Sie will ein Sperrgebiet. Sie will eine Festung bauen und einen Graben legen, hoch mit den Zugbrücken. Ihr Innerstes soll er nicht mehr betreten mit Kampfstiefeln der Raserei. Unbefugten ist der Zutritt verboten.

Florence rennt durch das Laub. Rennt hinter dem abgesperrten Gebiet, nicht schießen bitte, nicht jetzt. Rennt wie ein gehetztes Wild. Dann stapft sie einen Hügel hinab. Kauert sich hin mitten in den Blättern. Der Rücken rund. Ein getarntes Tier.

Sie ruft ihre Mutter an. Die Mutterstimme warm und klagend am Ohr.

»Oh Florence ... Was er dir da schreibt. Fürchterlich. Ich wusste nichts davon. Und weißt Du, was er gesagt hat, als er heimkam? Jetzt könne er genau so gut mit zweihundert Stundenkilometer gegen einen Baum rasen. Jetzt, wo er beide Frauen verloren habe.«

Beide Frauen ...? Florence schüttelt sich. Was ist das. Dieses Ungezügelte, dieses Monstrum, was da in ihm lebt.

Sie nimmt einen Stein und wirft ihn in den Fluss. Noch einen. Und noch einen.

*

Lukas hebt einen Stein hoch und hält ihn in die Sonne. Er glitzert. Also doch Granit. Er steckt ihn in die Tasche seiner Shorts, schlendert weiter, den Blick auf den Boden gerichtet. Er sucht nach nichts Konkretem, er bückt sich, wenn er etwas entdeckt. Er ist früh aufgewacht. Sina schlief noch, er konnte nicht mehr liegenbleiben, was ihm selten passiert, seine Glieder verlangten nach Bewegung. Hinaus an die frische Luft, sofort.

Am Dorfrand stapeln sich Wohnungen wie Eierkartons ineinander, die winzigen Käfigbalkone von Satellitenschüsseln und Wäscheständern verstellt. Ein Ort, wo Katzen auf und unter Autos schlafen und mit verklebten Augen in der Hitze herumlungern. Danach folgen nur noch zweckmäßige Gebäude der Straße entlang, flach meist und kubisch, eine Autowerkstatt, eine Tankstelle, eine verlassene Baustelle, Gerippe aus Beton, keine Arbeiter weit und breit, die Fenster hohl und dunkel.

Auf dem Rückweg geht Lukas beim Bäcker vorbei. Er holt ein Baguette und zwei dieser Birnenplunder im Blätterteig, die sie gestern entdeckt haben. Sina geht es nicht besonders gut, sie hat ständig Kopfschmerzen und ihr ist schlecht. Deshalb wollen sie heute einen Tag ohne Meer machen.

Als er zurückkommt, ist die Gartentür verschlossen. Lukas schließt die vordere Tür auf, ruft nach ihr. Das Bett ist leer, das Laken noch zerwühlt. Sie hat schon geduscht, er sieht den Dampf am Spiegel und riecht ihr Parfüm. Er setzt Kaffee auf, wartet auf das Blubbern.

Dann schneidet er die Baguette, holt den Käse aus dem Kühlschrank, legt die getrockneten Tomaten bereit und eine Avocado und trägt alles auf den kleinen Marmortisch vors Haus.

Das Haar noch feucht, im olivfarbenen Kleid, das sie seit ihrer Ankunft nur zum Schlafen ablegt, tritt sie durch die Tür und winkt mit einer Tüte.

»Guten Morgen erstmal.« Lukas küsst sie auf den Mund. Sina legt die Hand zwischen seine Schulterblätter, aber nur kurz, sie wirkt geschäftig.

»Was ist das?«, will Lukas wissen.

Sie legt den Kopf schräg, hebt die Augenbrauen. Wartet. Er liest die Aufschrift einer Apotheke auf dem Plastikbeutel.

»Schmerztabletten?«

»Nein!«

Sie seufzt genervt, bohrt seine Augen in ihn.

Dann zieht sie eine Packung aus der Tüte. Lukas schaut sie entgeistert an.

Sie ruft ihn, als der Plastikbecher gefüllt ist. Sie hält die Testspitze in den Urin, dann warten sie nebeneinander auf den kalten Fliesen des Badezimmers, die Knie angewinkelt.

Den Kaffee trinken sie im Stehen, viel schneller als sonst. Dann gehen sie hinaus, durch den Garten, dem Meer zu, das Frühstück bleibt unangerührt auf dem Marmortisch. Er hält ihre Hand. Er weiß nicht, was sie denkt. Er weiß nicht, was er denkt. Natürlich ist es in allen Filmen so. Dass sie aus dem Büro rennen, weil sie kotzen müssen. Dass sie sich die Hand vor den Mund pressen. Aber er ist wirklich nicht darauf gekommen. Die Hitze, hat er gedacht, daher das Kopfweh, und das Schlechtsein wahrscheinlich der leichten Sonnenallergie geschuldet, die sich gleich am ersten Abend auf ihren Unterarmen abzeichnete. Und sie verhüten ja, seit Jahren mit der gleichen Methode. Ein zweiter Strich heißt schwanger, heißt, in ihrem Bauch wächst etwas, heißt, sie werden Eltern. Lukas schaut zu Sina hinüber, vorsichtig, sie schaut zurück, er kann ihren Blick nicht deuten. Dann wenden sie ihre Köpfe wieder dem Meer zu, und sie schließt ihre Hand noch fester um seine.

Irgendetwas strudelt in ihm, er spürt es ganz deutlich, es dreht sich wie wild und wirbelt, der Strudel fühlt sich schön an, er spült winzige elektrische Teilchen ans Innere seiner Haut und sie vibriert. Eine Mischung aus Angst, Freude, Überraschung, Ungläubigkeit und der Versuch, durch Analyse allem beizukommen: Kann er das überhaupt, will er das, und was bedeutet das für ihn, sie beide, ihre Leben? Was wird sich ändern, was muss er tun, wie wird er wissen, was richtig ist? Wann ist das passiert, wie lange ist es her, wie ist es möglich? Wann wird es so weit sein, schafft er es bis dahin, das große Projekt zu beenden, das er nebst seinem Unterricht begonnen hat, nämlich Musik für einen Experimentalfilm zu schreiben? Und noch etwas, etwas nicht Benennbares, etwas, das macht, dass er fast heulen könnte, zupft an seinem Herz, ein Vogel, der an ihm pickt, kitzelt und kleine Löcher hineinhackt, durch die es zieht. Etwas wächst in ihr, ein Wesen wird es sein, er kennt die Bilder von diesen Astronauten im Ultraschall, Aliens mit riesigem Kopf, wie groß mag es wohl sein, hat es schon Hände jetzt und Füße? Er zieht Sina an sich und küsst sie, er schließt die Augen. Sie lässt sich in den Sand fallen, legt sich auf den Rücken. Er spürt ihren Kopf dicht an seinem, sieht im Himmel Wolkenfetzen, als hätte einer sie mit einem großen Kamm nachlässig verwischt. Himmel vor Augen und wie das Meer rauscht. So könnte es gehen. Seine Gedanken zu ordnen und Worte für sie zu finden. Das Chaos in ihm irgendwie zu benennen. »Fang du an«, sagt er.

*

Maria wartet auf ihn. Um zehn wollten sie los, jetzt ist es gleich viertel nach elf. Er sagte, dass er Zeit brauche, er müsse alles sortieren, ehe sie aufbrechen. Sie ist sich nicht sicher, ob das eine gute Idee ist, gemeinsam wegzufahren. In den letzten Tagen wechselt seine Stimmung wie das Wetter im April. Vor zwei Wochen ist er ausgezogen, seither lebt er auf dem Campingplatz, keine zehn Minuten von ihrem Haus entfernt.

Einmal kommt er heim, ohne Vorankündigung steht er in der Tür, redet dann fünf Stunden ohne Unterbruch auf sie ein. Dann wieder hört sie den ganzen Tag nichts von ihm und weiß nicht, ist das ein Zeichen, muss sie sich Sorgen machen. Neulich kreuzte er bei ihr im Büro auf, wutentbrannt, sie müsse sich sofort einen Termin notieren, habe mit ihm gemeinsam beim Psychiater zu erscheinen. Als sie ihn bat, kurz zu warten, sie war gerade dabei, einen Antrag in den Computer einzuspeisen, stampfte er auf den Boden wie ein kleines Kind. Am nächsten Morgen stand er weinend an ihrem Bett. Er tue ihr Unrecht, sagte er. Habe komplett vergessen, dass sie eine Hirnblutung erlitten habe, sie könne ja nichts dafür. Kaum hatte er aufgehört zu weinen, sie wollte eben seine Wange streicheln, schoss er hoch und schrie: »Aber Florence, die Sau!«

Am Muttertag dann überraschte er sie: Er hatte einen Zopf gebacken und den Tisch im Garten gedeckt, ein riesiger Blumenstrauß prangte in der Mitte. Den ganzen Tag über war er gut gelaunt, sie lachten viel und spazierten eine große Runde um den Wald.

Wenige Tage darauf fand Erwin beinahe den Friedhof nicht, wo die Beerdigung von Annas Partner stattfand. In der Kleinstadt, wo sie 20 Jahre gelebt hatten! Er stand auf einmal vor Maria, drückte sie ganz fest an sich und sagte »mein Herz« zu ihr, das hatte er in all den Jahren noch nie gesagt. Sie schaute ihn an, seine Augen waren tränennass. Er versuchte zu erklären, von wo er gekommen war, aber er verlor immer wieder den

Faden. Maria schaute auf Erwins Mund – der war anders als sonst. Er bewegte sich unabhängig von ihm, zitterte, waberte, eine Nacktschnecke kam Maria in den Sinn. Uschi, ihre Schwester, warf Maria einen Blick zu und gab ihr ein Zeichen. Sie raunte ihr zu, sie habe ihn aufgelesen unten an der Straße.

Während der Beerdigung heulte Erwin Rotz und Wasser. Er heulte wirklich, wie ein Wolf, und mehrfach drehten sich die Trauergäste nach ihm um. Es war Maria peinlich. Sie stand ihm gegenüber, neben ihrer Mutter. Lukas stellte sich neben den Vater und legte ihm die Hand auf die Schulter. Da griff Erwin nach Lukas' Hand und drückte sie beherzt, ehe er von Neuem aufschluchzte.

Als Lukas sich später verabschiedete und er ihm viel Kraft wünschte, hörte Maria ihn sagen: »Kraft? Ich habe Kraft für drei junge Ochsen! Wenn du wüsstest, ich spüre meinen Körper so sehr, wie schon lange nicht mehr!« Dazu blitzten seine Augen auf und er gab ein ungestümes, verschobenes Gelächter von sich.

Alle zwei Minuten wandert Marias Blick auf ihre Armbanduhr. Was macht er nur so lange? Sie haben reserviert auf einem Zeltplatz am Bodensee, nicht allzu weit, sodass sie sich jederzeit in den Zug setzen und heimfahren könnte, wenn es nicht auszuhalten ist.

Sie hat ihm gesagt, dass sie nur mit ihm wegfährt,

wenn er sie in Ruhe lässt. Sie muss sich erholen, sie merkt, wie erschöpft sie ist.

Endlich hört sie ihn pfeifen. Er ist also gut gelaunt. Ein Glück.

Als sie das Vorzelt aufbauen, einen billigen Plastikpavillon, faucht er sie an. Ob sie denn so blöd sei, das hätten sie doch schon hundertmal gemacht. Danach bleibt lange alles ruhig und auch auf dem See kräuselt sich kaum Wasser. Maria schaut den Schwänen zu, sie liebt diese unantastbaren und stolzen Tiere. Sie kommt wirklich dazu, ein paar Seiten in ihrem Buch zu lesen, sie lachen sogar gemeinsam und zum Abendessen kocht Erwin Bratkartoffeln auf der Gasflamme.

Am nächsten Morgen hört sie, wie es schabt und raschelt. Irgendetwas bastelt er, sie bleibt liegen. Sie streckt sich, sieht vom Zelt aus direkt aufs Schilf.

»Na endlich, wurde ja Zeit, Frau Siebenschläferin.«

Wie immer schlingt er sein Frühstück hinunter. Sie trägt das Geschirr zum WC-Häuschen, sie hat darauf bestanden, allein zu spülen. Als sie zurückkommt, wirkt er aufgebracht.

»Du bist so stur geworden seit der Hirnblutung. Immerzu sagst du ‹aber›!«

Maria seufzt, dann fasst sie ihn am Arm.

»Wir können das gerne diskutieren, aber lass uns dazu spazieren gehen.«

»Jetzt sagst du schon wieder ‹aber›!«

Seine Stimme ist laut. Maria erstarrt.

Irgendwann fragt er sie, was er denn tun soll, ihrer Meinung nach, und sie sagt, er solle sich helfen lassen. Aber das tut er doch, er geht ja zu diesem Psychiater, seit Weihnachten, zu diesem jungen Spund, der keine Ahnung hat! Ja, dem soll er die Mails zeigen, die er Florence geschickt hat, vielleicht helfe das, eine Diagnose zu stellen. Das will Erwin nicht, warum soll er diesem Kerl Briefe zeigen, die allein an seine Tochter gerichtet sind.

»Dann tu ich es«, beschließt Maria, und er bleibt abrupt stehen, schmettert sein neues Handy auf das Kies:

»Ja, tu das, meinst du, ich sehne mich nicht nach einem Ende, auch ich will endlich wieder arbeiten können!«

Maria schaut auf das zerbrochene Display, den Akku, der neben einer Kleeblume im Gras gelandet ist. Rund tausend Franken, überschlägt sie im Kopf. Sie sieht nicht, wie sein Gesicht zu zittern anfängt, er den Mund aufreißt. Sie sieht ihn aus dem Augenwinkel in die Knie sacken. Er wirft sich ins Gras, sie hört ein Japsen, sein Rücken zuckt. Dann wimmert er mit Kopfstimme:

»Ich kann nicht mehr.«

3

Lukas kann ihm auf den Kopf sehen, sie gehen nebeneinander her. Der kahle Fleck ist eine helle Insel im Haargestrüpp. Um sie herum ist es still. Sie nehmen nicht den schnellsten Weg, sie biegen ab in den Wald. Ihre Schritte im Kies, nicht gleichzeitig, leicht versetzt, Lukas hört den Rhythmus. Ein Off-Beat. Sie reden, den Blick geradeaus geheftet, wenn es Nacht ist und man geht, fließen die Worte leicht.

Erwin geht anders als früher, wippender, da ist mehr Energie in seinen Muskeln. Er schlenkert mit den Armen, Lukas kann sich plötzlich vorstellen, wie er als Jugendlicher ausgesehen haben mag.

»Ich bin bereit, ein anderer zu werden«, sagt Erwin unvermittelt. »Wie war es für dich früher, wenn ich ausgerastet bin? Erzähl ehrlich, ich will es hören.«

Lukas schaut ihn prüfend an. Der Vater ist dünn geworden. Der Bart steht ihm nicht schlecht. Gibt dem Gesicht Kontur. Erwin hält dem Blick stand und wartet.

Lukas holt Luft. »Am Anfang hat es weh getan. Vor allem, wenn es aus heiterem Himmel aus dir herausbrach. Aber irgendwann habe ich aufgehört, es zuzulassen.«

Erwin nickt mehrmals.

»Du warst doch jähzornig als Kind. Wie hast du es geschafft, davon wegzukommen?«

Wendig ist er plötzlich, und leicht kommt er ihm vor. Noch nie hat er ihm so offen Fragen gestellt und hingehört. Er spürt, wie begierig er ist, etwas über sich zu erfahren. Es erinnert ihn an seine eigene Aufbruchzeit. Damals hat er eine Hypnosesitzung gemacht. Ist Erwin in einer Verpuppung? Scheint er nur von der Rolle, doch in Wirklichkeit wandelt er sich?

Er erzählt vom Kiffen und wie es ihn beruhigt hat. Von der chinesischen Medizin und der Hypnose. Der Vater nickt anerkennend.

Der Mond scheint durch die Bäume. Eine Nacht zum Sterne pflücken. Lukas bedauert, dass sie schon vor seiner Tür stehen. Doch er ist hundemüde. Als er den Vater umarmt, drückt der ihn fest an sich. Rasch geht er dann davon. Lukas sieht ihm beglückt hinterher.

Sina blinzelt ihn müde an, ihr Gesicht gelöst. Morgens verstehen sie sich am besten. Wenn sie gerade erst aufgewacht sind, ihre Körper noch schwer, das Gemüt weich, ehe der Geist sich festigt, die Gedanken des Tages abruft und klare Grenzen zieht zwischen ihnen. Wären sie Tiere, dann Katzen, schläfrig, dösend an der Sonne, ehe wieder jeder für sich auf die Jagd geht. Er streckt sich. Sie erzählt, dass sie vom Kind geträumt hat. Ein Mädchen war es und winkte ihnen zu.

Sie gehen frühzeitig los. Sina sagt, dass sie nervös sei. Das erste Mal war er nicht dabei, da hat man noch nicht viel erkennen können. Heute würden sie das Herz schlagen sehen. Sie gehen zu Fuß, die Praxis liegt in einem Neubau. Lukas hält Sinas Hand.

Die Ärztin führt den Stab ein, alle drei schauen auf den Monitor. Eine Mondlandschaft ist zu sehen, ein Rauschen in Grau und Schwarz. Er lächelt Sina zu. Sie fixiert den Bildschirm. Die Ärztin bewegt stumm den Stab. Klickt einige Male, um etwas zu vermessen, macht Bildschirmfotos.

Dann sagt sie, ohne den Blick vom Monitor zu wenden: »Sieht nicht gut aus. Ich kann keine Herzaktivität feststellen. Außerdem müsste es größer sein.«

Sina soll sich wieder anziehen, den Rest würden sie gleich besprechen. Lukas bleibt vor dem Tisch stehen. Ein Strauß, orange Ranunkeln und Wiesenschaumkraut. Die Ärztin hager. Während er wartet, mustert er ihre Arme, sehnig sind sie, er fragt sich, ob sie Kinder hat. Sina lässt sich auf den Stuhl neben ihm nieder. Er setzt sich, legt ihr die Hand aufs Knie, sie macht eine leichte Bewegung mit dem Bein, er lässt sie los. Die Ärztin erklärt.

Sie gehen durch den Morgen und der Morgen ist ein anderer. Noch immer warm, die Sonne so heiter. Er weiß nicht, was er sagen soll. Er fühlt sich dumpf. Wie ein einziger Moment alles wegwischen kann. Zunichte gemacht die nächsten zwanzig, vierzig, achtzig Jahre, ein ganzes Leben, das es nie geben wird. Kein Bauch, der wächst, keine Strampler, kein Brei. Dass sie Eltern werden, all das, was vor Kurzem noch so unvorstellbar schien, so plötzlich und unerwartet, was ihnen Angst gemacht hat, worüber sie nachgedacht haben, geredet, dieser Tag im Februar, in dem das Kind dann da wäre, auf der Welt, und sie mit einem Schlag verantwortlich: Er ist nur noch fiktiv. Sina weint lautlos, Lukas hält sie fest, spürt ihren Rücken. Auch er möchte weinen, doch ihm sitzt ein Kloß im Hals.

Er bringt sie am nächsten Morgen hin. Er lässt sie zurück in diesem Krankenhaus und als er sie abholt um vier Uhr, tritt sie ins Freie, tritt in einen Tag, als wäre nichts gewesen, als käme sie von der Arbeit wie alle anderen. Sie spazieren den Rebhügel entlang, setzen sich ins Café, ihr ist nicht mehr schwindlig, auch schwach fühlt sie sich nicht. Sie bestellen Kuchen und der Kuchen schmeckt sogar. Eigentlich könnte es ein schöner Spaziergang sein.

Körperlich erholt sie sich schnell, sie hat wenig Schmerzen und auch die Blutungen sind nicht stark. Sie geht am nächsten Tag schon wieder arbeiten. Lukas hätte sie gerne im Bett umsorgt. Gegen das, was sie schmerzt und auch ihn, kann er nichts tun.

Er denkt, dass sie es ist, die anruft, sofort geht er ran.

»Lukas, hörst du mich? Komm heute zu mir.«

»Heute geht nicht, ich bin den ganzen Tag im Radiostudio.«

»Dann morgen!«

»Ich muss schauen, Papa.«

»Lukas, du hast versprochen, dass du auf Mama aufpassen wirst!«

»Natürlich. Das habe ich nicht vergessen.«

»Ich weiß nicht, ob du mich richtig verstehst, ich muss es dir deutlich sagen: Wir haben einen Pflegefall in der Familie! Du schaust jetzt zu deiner Mutter, du Saukerl! Kannst du mir mal sagen, was du für die Gesellschaft tust? Nicht einmal gedient hast du. Ich habe immerhin zwei Kinder ...«

»Ich leg jetzt auf, Papa.«

Lukas starrt auf sein Telefon. Er kämpft mit sich. Dann befiehlt er dem Aufruhr in seinem Innern, zu schweigen. Er hat nicht das Recht. Nicht noch einmal. Er sieht ihn winken. Den winzigen Astronauten in der Mondlandschaft. Er spürt, wie die Trauer ihn überschwemmt.

*

Maria verbringt den Mittwoch auf dem Schiff. Überstunden hat sie genug. Einmal große Rundfahrt, sieben Stunden an Deck, die Möwen und der Schaum im Wasser. Und sie hat Glück: ein föhniger Tag, man sieht bis auf die Alpenkette, die Berge so nah, als würden sie sich direkt am Ufer erheben. Maria wäre auch gefahren, wenn es geregnet hätte. Sie achtet nicht darauf, wer ein- und aussteigt. Sie steht nur zweimal auf, um zur Toilette zu gehen. Trinkt ihr Rivella, isst ein Birchermüsli. Ansonsten liest sie Seite um Seite. In dem Ratgeber erkennt sie einiges wieder, was sie schon lange an ihm bemerkt hat. Sie leuchtet mit einem gelben Stift alles an, macht sich Notizen. Sie hat ihm am Morgen geschrieben: dass sie sich einen Tag Auszeit nimmt, dass sie das Handy ausschaltet und erst abends wieder erreichbar sein wird.

Das Gras im Garten steht schon hoch. Wenn er wirklich gehen will, womit er nun täglich droht, wird sie das Rasenmähen lernen müssen. Sie möchte nicht, dass er geht. Auch jetzt nicht. Sie liebt ihn. Sie will mit ihm zusammenleben. Alleine leben wollte sie nie. Oder: die Zeit, wo sie sich das ausgemalt hat, ist lange her. Doch noch die Matur nachholen. Kinderärztin werden. In Italien hat sie gerne alleine gelebt. Aber jetzt? In sechs Jahren würde sie nicht mehr arbeiten müssen, in neun wäre auch er pensioniert, sie freut sich auf die Zeit mit ihm. Aufs Reisen. Sich vielleicht ein Wohnmobil kaufen. Sie sind schon so lange ein gutes Team. Warum jetzt all das aufgeben?

Sie wünscht sich nur, dass er wieder normal wird. Dass ihr Leben normal wird. Sie merkt, wie ihre Kräfte schwinden, wie erschöpft sie ist mitten im Juni. Lang hält sie nicht mehr durch. Sie hat sich selbst an eine Therapeutin gewandt, zum ersten Mal in ihrem Leben. Sie weiß nicht weiter. Wie dieser ihr liebste Mensch kaum fassbar ist, wie in einem Spiegellabyrinth. Sie weiß nicht, wo er ist hinter all den Gesichtern, die er ihr bietet. Welches ist das echte, welches die Verzerrung. Der, den sie kennt, ist nicht mehr ansprechbar. Sie versucht, ihn zu erreichen, immer wieder, doch er treibt ohne feste Grenzen herum, und nie weiß sie, wie er ihr als nächstes begegnet.

Wenn er wirklich denkt, dass es für ihn besser ist, alleine zu leben, wird sie ihm keine Steine in den Weg legen. Sie will niemanden zwingen, bei ihr zu bleiben. Das Haus wird sie allein finanzieren können. Sie hat es durchgerechnet, vorsichtshalber. Aber sie: Sie wird nicht gehen. Gewiss nicht.

*

Florence nimmt das Gespräch an. Es ist Maria. Erwin sei seit Tagen nicht mehr nach Hause gekommen. Vielleicht sei er in Chur jetzt, eine Nachricht deute darauf hin, sein Ziel ungewiss. Nur dass sie das wisse.

Draußen der Mond. Und die Tannen, die so spitz und dunkel in den Himmel stechen. Fährt ein Auto über die Serpentinenstraße, sieht Florence die Scheinwerfer über ihre Wand kriechen. Jedes Mal schlägt sie die Augen auf und hält still. Es ist nur ein Auto, Florence. Was, wenn er kommt und sie findet? Sie weiß nicht, wozu er fähig ist im Moment. Was, wenn er plötzlich dasteht. Ihr Körper in dieser alarmierten Verspannung, wie wenn sie nach einem brutalen Traum aufwacht und nicht glauben kann, dass wirklich keine Gefahr lauert. Sie macht das Licht im Flur an, wenn sie auf Klo geht. Sie friert. Sie muss sich zwingen, die Taste für die Spülung zu betätigen. Sie fürchtet, ein Geräusch könnte sie verraten oder ein anderes Geräusch überdecken, sie angreifbar machen. Sprungbereit ist sie, katzenbucklig angespannt. Erst, als keine Autos mehr fahren, die Nacht ganz dunkel geworden ist und sie sich die Ohren verstopft, fällt sie in die Tiefe, zuckt zusammen, schreckt auf, und schläft endlich ein.

*

Lukas hört die Nachricht noch einmal ab. Erwins Stimme klingt ruhig, gedämpft sogar, er spricht verlangsamt und macht Pausen zwischen den Sätzen. Gibt es irgendeinen Hinweis? Eine versteckte Botschaft? Etwas, was er bisher überhört hat? Er drückt den Knopf ein drittes Mal, hört seine eigene Stimme, hallo, hier ist Lukas Rüegg, bitte hinterlassen Sie eine Nachricht. Erwin dankt ihm für alles. Er nehme die Tabletten nicht mehr. Er habe auch kein Geld und kein Benzin mehr. Er werde in den nächsten Tagen sterben, da er das Medikament nicht vertrage. Er habe ein schönes Leben gehabt, aber jetzt sei es zu spät. Er habe noch die Kreditkarte, die werde er nicht benutzen, sonst gelte er als manisch. Sie müssten nicht nach Chur kommen, er komme zurecht. Dann legte er auf.

Lukas versucht schon den ganzen Morgen über, ihn zurückzurufen, aber das Handy klingelt ins Leere. Maria ist seit gestern nicht mehr bei sich zu Hause. Sie traut sich nicht, allein im Haus zu schlafen. Sie fürchtet, Erwin könnte heimkommen, sie weiß nicht, in welchem Zustand er dann sein wird. Nur gut, sagte Maria zu Lukas, dass sie das Sturmgewehr bereits im Frühling ins Zeughaus zurückgebracht haben auf ihre Initiative hin. Zum ersten Mal in ihrem Leben hat sie Angst vor ihrem Mann. Lukas hat sie zum Bahnhof gebracht, jetzt übernachtet sie bis auf Weiteres bei ihrer Schwester.

Die Finger zittern, als Lukas den Namen des Vaters in die Suchmaschine tippt. Vierter Eintrag: die Website seiner Firma. In der Rubrik »Über mich« gibt es ein Foto. Lukas sieht dem lächelnden Vater ins Gesicht. Wie immer ist der rechte Mundwinkel etwas höher als der linke. Hat er hier eine Nachricht hinterlassen? Es sieht ihm nicht ähnlich, nichts von sich hören zu lassen. Lukas klickt auf das Gästebuch. Volltreffer!

Drei Einträge, allerdings schon zwei Wochen alt, der erste lautet »Erwin«, adressiert an seine Schwester:

»Susanne, hier kannst du mich immer erreichen, ich lese diese Seite regelmäßig. Ich werde wahrscheinlich untertauchen, ohne Papiere, und immer alles ehrlich bezahlen. Es tut mir leid, was du mir erzählt hast von unserem Vater, ich wusste das nicht. Wenn ich dich anrufe, anschreibe, oder irgendetwas von dir möchte, werde ich dir zur Legitimation etwas sagen, was nur ich wissen kann. Und ob du es glaubst oder nicht, ich spiele nicht einmal, ich bin wirklich verwirrt.«

Zweiter Eintrag, geschrieben unter »Der Alte«:

»An meine Lieben, die ihr mich einsperren wollt: Natürlich könnt ihr diese Homepage löschen. Ich finde immer Wege, mit den Leuten in Kontakt zu treten. Und ich stehe sogar offen zu meinem jeweiligen Aufenthaltsort.

Wenn ich euch nämlich aus einem Internetcafé in Brasilien eine Mitteilung sende, so findet ihr wohl heraus, wo ich bin. Bis ihr aber die örtliche Polizei alarmiert, bin ich über alle Berge.

Macht euch keine Sorgen um mich, ich wollte dieses Spiel schon immer spielen. Übrigens, ich habe euch allen schon lange verziehen.

Und ich weiß, was ich falsch gemacht habe. Und glaubt ja nicht, ich würde so einfach heimkommen, wenn ihr mich darum bittet. Denn vielleicht bin ich ja der Bettler, der im Stadtpark längst wieder in eurer Nähe lebt. Auch wenn meine Identitätskarte und das Auto gefunden werden, ich tue mir nichts an, ich tauche einfach ab, lest mal »Papillon«, dann wisst ihr, wie das geht.

I am playing the game of my life.

Denkt daran, ihr jagt die Puppe, der Schmetterling ist längst geschlüpft. Mehr davon später, bzw. wenn ihr diese Seite löscht, halt gar nicht mehr.

In Liebe
euer Papa«

Dritter Eintrag »Es geht grad weiter«:

»Maria, erinnerst du dich an die Geschichte mit dem Wurm? Von diesem Cello spielenden Arzt? Der sagte, es gebe keine Sonne, weil er nur geradeaus schauen konnte. Als er einmal senkrecht nach oben kriechen musste, sah er zum ersten Mal die Sonne. Der hat in zwei Sätzen gesagt, was ich ungerechterweise von dir behauptet habe. Aber glaubt ihr wirklich, ihr könnt meine Gedanken einsperren? Ich nehme jetzt den Weg unter die Füße und lebe von der Natur. Schaut nur auf die Größe, Haarfarbe und Frisur stimmen nicht mehr und eine Brille brauche ich auch nicht hier draußen. Habt's gut, ich mache mich auf die Socken.«

4

Maria schaut nach oben. Die Flugzeuge hinterlassen Kondensstreifen am blauen Himmel, kreuz und quer. Noch bevor sie in Chur eintreffen, bietet eine Dame ganz in Rot Bündnerfleisch als Probierhäppchen an. Maria lehnt dankend ab. Ihre Hände sind kalt. Sie streift die Fingernägel an den Handballen ab, immer wieder, ohne es zu merken. Lukas hebt die Augenbrauen, sie kann die vier Querfalten auf seiner Stirn sehen, er klopft einen Rhythmus auf den Abteiltisch. Es macht sie nervös. Sie seufzt, er nickt ihr aufmunternd zu.

Sie gehen direkt zur Polizei. Gestern hat eine Streife das Auto gefunden. Ein kleiner, drahtiger Beamter führt sie zum Parkplatz. Der Toyota steht schräg auf dem Parkfeld, der Vormittagssonne ausgesetzt. Der braune Lack glänzt. Maria öffnet die Fahrertür, dickflüssige Hitze strömt ihr entgegen und dieser Geruch von heißem Armaturenbrett und ungelüftetem Polster. Sie legt Erwin einen Zettel auf den Fahrersitz.

»Wenn Du das Gefühl hast, zu sterben, komm bitte nach Hause oder suche ein Krankenhaus auf.«

Einen Umschlag mit zweihundert Franken steckt sie ins Handschuhfach. Das Befeuchtungsgerät deponiert sie auf dem Rücksitz. Wer weiß, wann er es braucht und findet. Sie entdeckt die Nachricht, die hinter dem Scheibenwischer klemmt:

»Bitte bezahl die Autobatterie in der Garage Meier. Nimm meinen Ausweis an Dich.«

Als Maria die Unordnung im Kofferraum sieht, schließt sie den Deckel sofort wieder. Lukas legt ihr seinen Arm um die Schulter.

»Lass uns gehen.«

Sie nickt, reicht dem Polizisten zum Abschied die Hand. Der räuspert sich.

Auf dem Campingplatz wurde in Erfahrung gebracht, dass Erwin in einem Hotel übernachtet habe. Die Polizei ging noch vor Mitternacht vorbei, doch erreichen konnten sie niemanden. Es gab keinen Nachtportier.

»Wir waren heute Morgen erneut im Hotel. Von der Dame am Empfang erfuhren wir, dass Ihr Mann in der Tat ein Zimmer belegt hat. Nummer 102. Hotel Sonne. Doch im Zimmer war er nicht auffindbar.«

»In Ordnung, danke. Hat er bezahlt? Oder müssen wir dort auch noch vorbeigehen?«

»Die Rechnung war beglichen. Und. Nun – er war in Begleitung.«

Maria nickt stumm, um zu zeigen, dass die Information bei ihr angekommen ist. Sie steigt nochmals ins Auto, parkt den Wagen auf einen Platz im Schatten um.

Auf dem Weg zum Bahnhof heißt Maria ihr Inneres zu schweigen. Im Zug lehnt sie den Kopf an die Scheibe. Sie ist froh, dass Lukas noch arbeiten muss und seinen Laptop aufklappt. Sie schließt die Augen.

Eine andere. Hat bei ihm übernachtet, reist mit ihm, ist mit ihm. Während er ihr die Hölle heiß macht, dieses elende Befeuchtungsgerät zu besorgen und das Geld für das Haus aufzutreiben. Ihm den Code hochzubringen. Während sie seit Tagen kaum arbeiten kann, so sehr nimmt sie das alles in Anspruch. Sie merkt nicht, wie sie die Zähne fest zusammenbeißt und hin und her schiebt.

Bei ihrer Schwester sucht sie nach Stift und Papier. Sie will den Brief entwerfen und morgen als E-Mail abschicken.

Mein Liebster,

ich gebe auf. Ich ertrage diese Wechselbäder nicht mehr. Wir haben 34 wunderschöne Jahre gehabt, mit Höhen und Tiefen, nichts Tragisches. Doch in letzter Zeit hat sich alles geändert. Sobald ich nicht Deiner Meinung bin, rastest Du aus oder erpresst mich. So war das nie, stets waren wir gleichberechtigte Partner, hielten die Balance aus Geben und Nehmen hoch.

Ich danke dir für alles, was du mir geschenkt hast: Deine Liebe, Deine Geduld, Deine Fürsorge, Deine vielen Ideen. Für Deine Hilfe nach der Hirnblutung. Zu 99 Prozent bin ich wieder gesund und mit dem einen Prozent muss und darf ich weiterleben, glücklich, dass es nicht schlimmer gekommen ist.

Du wolltest immer eine heile Welt, wenigstens in der

Familie. Jetzt ist diese zerbrochen, unser Lebenswerk eingestürzt.

Ich habe Angst. Um Dich. Um mich. Um unsere Kinder.

Mein innigster Wunsch: Begib Dich freiwillig in eine Klinik und lass Dir helfen! Ich glaube fest daran, dass du Dich nach dieser Zeit wieder auf Deine Zukunft freuen und Deine vielen Ideen verwirklichen kannst.

Wenn Du aber Deinen Weg gehen willst, kann ich es nicht ändern.

Die Brille habe ich für Dich abgeholt und auf den Schreibtisch gelegt. Ansonsten bin ich im Moment nicht mehr zu Hause.

Ich liebe Dich unendlich, vermisse Dich und warte auf Dich, bis Du wieder dauerhaft auf dem Boden der Realität stehst.

Deine Maria

Sie faltet das Papier und steckt es in ihre Tasche. Sie prüft ihr Handy. Noch immer keine Nachricht von ihm.

*

Lukas ist nervös. Wie wird er ihn antreffen? Vor zwei Tagen war er schon einmal hier, in Begleitung der Polizei. Sie wollten sicherstellen, dass Erwin nicht zu Hause war, ehe sie die Vermisstenmeldung aufnahmen. Im

Dunkeln betraten sie das Haus, durchleuchteten mit Taschenlampen jeden Winkel, auch den Dachboden. Von Erwin keine Spur.

Die Haustür steht speerangelweit offen. Ist er ihm also nicht zuvorgekommen. Lukas holt tief Luft. Für das, was jetzt kommt, gibt es keine Vorbereitung. Er weiß nicht, wie es ausgehen wird. Und doch hat er Maria versprochen, dass er das übernimmt. Er wird ihn in Empfang nehmen. Er wird ihn, nun, wie soll er es nennen? Man wird sehen, was das Beste ist. Für ihn. Für alle. Er kaut auf seinen Lippen. Los, Lukas. Es ist dein Vater. Du schaffst das.

Ein dünner, wild mit Haaren bewachsener Mann hüpft die Treppe hinab. Kommt mit ausgebreiteten Armen auf ihn zu.

»Lukas!« Lukas fühlt den Druck und umarmt ihn verzögert zurück. Kleiner als sonst kommt er ihm vor. Er löst sich.

»Wie schön, dass du hier bist. Ich hab dir so viel zu erzählen. Setz dich, Lukas, setz dich und hör zu.«

Lukas greift nach einer Tasse. Er schaltet die Kaffeemaschine ein, drückt nach dem Einlegen der Kapsel den Hebel herunter. Die vertrauten Bewegungen auszuführen, gibt ihm ein wenig Halt. Er platziert sich so an den Küchentisch, dass er den Plattenweg hinter dem Fenster im Auge hat. Einiges von dem, was Erwin mit fast überlaufenden Augen über ihn ergießt, schnappt er auf. Dass Erwin die ganze Nacht gelaufen sei. Dass er sich an den

Bäumen orientieren kann, auch wenn er noch viel lernen müsse über die Natur und Heilpflanzen. Dass das Wort »Rausch« vom Wasser komme, weil wirklich, wer einen Fluss entlanglaufe, alles um sich herum vergessen könne.

Lukas nickt abwesend. Erwin sitzt nicht, er geht umher, braungebrannt sind seine Arme, er glüht noch immer. Er ist wendig, voll jugendlicher Energie. Nichts Furchterregendes hat er jetzt an sich, er wirkt lausbubenhaft und strahlt über beide Ohren. Lukas lässt das Fenster nicht aus den Augen.

»Papa. Wir haben dich gesucht. Wir haben eine Vermisstenmeldung aufgegeben. Gleich wird die Polizei kommen, um zu schauen, ob du wieder da bist.«

Erwin lacht los.

»Das ist gut, Lukas. Ihr habt mich gesucht, schlau seid ihr, aber ich bin doch da. Sollen die nur sehen, dass ich da bin. Ich habe nichts zu verbergen.«

Als es klingelt, geht Lukas zur Tür. Er führt die Frau und den Mann in Uniform herein.

»Herr Rüegg?«

Erwin streckt beflissen seine Hand entgegen.

»Ich bin wieder da, wie Sie sehen! Musste mir nur etwas Auslauf verschaffen. Meine Familie hat sich gesorgt, wie schön, wenn man vermisst wird!«

Er redet nur einen Tick zu schnell. Nicht viel ist verschoben. Wer ihn nicht kennt, merkt nichts, denkt Lukas. Er tritt sicher auf, nicht im Geringsten angriffig. Höflich und offen.

»Wir wollen uns ein wenig mit Ihnen unterhalten.«

Die Polizistin setzt sich, der Mann bleibt stehen. Sie ist es, die redet, er hält sich im Hintergrund. Erwin setzt sich kurz hin, steht alsbald wieder auf. Lukas beschäftigt seine Hände mit der Kaffeemaschine. Sie will ihn schwarz, der Ruhige mit Milch. Er versucht, den Vater mit fremden Augen zu sehen. Ein wenig sprunghaft beim Erzählen, aber sonst? Wie sollen die Lukas glauben, wie merken, dass Erwin in einer eigenen Welt lebt?

Als er dem ruhigen Polizisten seinen Kaffee reicht, raunt der ihm zu:

»Der Notfallpsychiater ist unterwegs.«

Lukas atmet auf. Er hört nicht mehr, was Erwin sagt. Beim nächsten Klingeln, eine Ewigkeit mag vergangen sein oder nur Minuten, springt Lukas vom Küchenstuhl. Vor der Tür, er weiß nicht, womit er gerechnet hat, vielleicht ein ergrauter Mann, natürlich kein weißer Kittel, steht eine Frau. Mitte vierzig, groß, ein freundliches Gesicht. Lukas schüttelt überrascht ihre Hand. Sie tritt in die Küche und geht direkt auf den Vater zu.

»Guten Tag, Herr Rüegg. Darf ich Ihnen ein paar Fragen stellen?«

Erwin folgt ihr ohne Widerstand ins Wohnzimmer. Lukas und die Polizisten nippen an ihren Tassen. Er führt Small Talk, das kann er, selbst wenn er so nervös ist wie jetzt. Lacht sein ansteckendes Lachen. Dann ist es still, alle drei warten. Nur das leise Klirren der Espressotassen ist zu hören.

Irgendwann öffnet sich die Tür. Lukas fängt einen feurigen Vaterblick ein. Er versucht, das Gesicht der Psychiaterin zu lesen. Eine professionelle Heiterkeit steht ihr in den Fältchenkranz geschrieben. Sie gibt ihm ein Zeichen, ihr ins Wohnzimmer zu folgen.

»Herr Rüegg, was meinen Sie, würde es Ihrem Vater guttun, für einige Zeit in der Klinik zur Ruhe zu kommen?«

Lukas schaut sie an. Sagt er ja, ist das Urteil gesprochen. Sagt er nein, geht alles wieder von vorne los. Ist er nun das Zünglein an der Waage? Muss er entscheiden? Er befeuchtet seine Lippen. Sagt er ja, liefert er seinen eigenen Vater aus. Er zuckt die Schultern.

»Wie schätzen Sie denn die Lage ein? Würde Ihr Vater erneut weglaufen? Würde es für Entspannung sorgen, wenn man ihn in einem professionellen Umfeld betreuen würde?«

Ihr Blick ruht auf ihm. Lukas wird eng in der Brust. Er kommt sich vor wie ein Henker. Lukas, der Verräter.

»Herr Rüegg, hören Sie, ich entscheide. Sie entscheiden gar nichts. Ich möchte nur Ihre Einschätzung.«

Er fühlt ihre Hand auf seiner Schulter. Schaut hoch in ihr Gesicht. Fängt einen wohlwollenden und doch nüchternen Blick auf. Wie in Zeitlupe nickt er.

»Ja. Es würde Entspannung bedeuten für uns. Hoffentlich auch für ihn.«

Er atmet tief aus, ehe er aufsteht. Und was, wenn nicht? Diese Frage spricht er nicht aus. Zurück in der

Küche vermeidet er es, Erwin in die Augen zu sehen.

Die Psychiaterin nickt den Polizisten zu.

»Herr Rüegg, wir werden Sie jetzt in eine Klinik bringen.«

Erwin springt auf. Lukas sieht den Vater die Treppe hochsteigen, sich am Geländer festklammern, die Beamten beschimpfen. Reglos steht Lukas vor der Spülmaschine. Zwingt sich, nicht einzugreifen. Er verschränkt die Arme vor der Brust und blickt zu Boden.

»Herr Rüegg, seien Sie vernünftig«, sagt der Polizist. Anscheinend hat er sich das Reden für den Schluss aufgehoben.

»Ein fürsorgerischer Freiheitsentzug. Sie können sich nicht widersetzen. Wenn Sie sich wehren, müssen wir Ihnen Handschellen anlegen, dann fahren Sie im Kastenwagen in die Klinik. Kooperieren Sie, führen wir Sie im Krankenwagen hin.«

Das Gesicht noch immer verzerrt vor Zorn, schaut Erwin zwischen den Beamten hin und her. Die Polizistin nickt mit festem Blick.

»Krankenwagen«, entfährt es ihm unwirsch.

»Packen Sie jetzt bitte Ihre Sachen.«

Erwin nimmt zwei Stufen aufs Mal, dann dreht er sich noch einmal um. Seine Stimme ist dröhnend, es ist die Wutstimme. Sie meint jetzt Lukas. Was für ein Heuchler. Was für ein Sohn.

Lukas erwidert nichts. Er verschanzt sich, so gut er kann gegen die Worte, die giftigen. Es darf nicht nach innen dringen. Er schaut auf seine nackten Füße, als der Vater weiter stapft, dem Zimmer zu, dem Schrank zu, den Klamotten, die zu groß geworden sind, der Unterwäsche, die gleiche seit vielen Jahren, der Reisetasche, der Zahnbürste, nicht die elektrische nimmt er mit, sondern eine normale mit Borsten, weiß und blau.

VII

Er hat: einen Tisch, ein Bett, eine Lampe. Eine Lampe, ein Bett, einen Tisch. Vier Wände, eine Decke, einen Boden. Es sind sechs Rechtecke, vier an den Seiten, eins unten, eins oben, in einem Würfel steckt er drin. Die Wände so nah. Flach und hart. Sind weiß, kalt, sind blind. Die Flächen fest, Gips ist das, darunter Backsteine und Eisen, wenn man dagegen klopft, klingt es hart, trocken wie alles hier. Er ist es nicht mehr gewohnt, in einem Zimmer zu schlafen. Wo ist der Himmel. Wo sind die Gefährten. Ein Baum müsste man sein. Wasser aus der Erde ziehen und die Arme zum Himmel recken. Sich biegen im Wind, rauschen wie wild, aber brechen nicht. So gerastert wollen sie seine Gedanken. DIN-Norm A4. 210 mal 297 Millimeter, eingepasst in den Bauplan dieser Anstalt. Dabei funktionieren die Wände wie Spiegel. Hin und her geworfen wird jeder einzelne Hirnimpuls, prallt ab am Mörtel und schießt quer durchs Zimmer. Weniger werden sie dadurch nicht, nur flatteriger und schneller. Und so trocken. Viel zu trocken ist die Luft. Sie flockt vor Trockenheit. Er muss sich vorbeten: Ein und aus. Ein und aus. Immer wieder genau so. Gedehnt. Nur nicht zu schnell. So geht atmen. So geht es doch, aber nur knapp, der Hals wird dicker, noch immer dieses Geschwulst, das er seit Tagen mit sich herumschleppt. Draußen konnte er atmen. Im Gehen. Am Fluss. Wo sich die Wasserteilchen durch die Luft zu ihm bewegt haben, seinen Hals gekühlt, seine Brust besänftigt. Hier aber wird es von Minute zu Minute enger. Er muss sich anstrengen, die Luft durch die schmale Öffnung zu pressen. Er sieht ein Rinnsal vor sich. Nur noch tropfenweise fällt das Wasser. Es wird immer weniger. Wie lange hält er noch durch? Er kann nicht mehr schlucken. Jeden verbliebenen Tropfen Feuchtigkeit hat er schon aufgenommen. Kommen die Wände sich näher? Er geht auf und ab. Was soll ein Mensch in einem Zimmer. Nein, er kann nicht durch Mauern gehen. Bildet er sich auch nicht ein. Nichts dergleichen. Aber diese Enge, diese Wüste. Dieser Mangel an Sauerstoff, sein Hecheln, das nun wie ein Röcheln klingt. Er will nicht sterben, nicht hier. Er will das Fenster öffnen. Es lässt sich nicht öffnen. Er muss raus. Irgendwo wird doch eine Tür sein und ein Garten. Haben die keinen Schlafsack für ihn. Er kann im Gras schlafen. Dort unten, beim Ginkgo. Dort ist es besser. Luft. Richtige Luft, keine Zimmerluft. Das Grün der Wiese, Photosynthese. Wasser braucht er. Er spürt, wie das Zimmer schrumpft. Wie er den Sauerstoff verbraucht. Der leere Raum verklumpt zu Staub, er atmet Krümel, hustet. Er fasst hin, die Krempe am Hals ist riesig. He. He. He! Es geht nicht mehr. Stopp. Steh still. Das benötigt weniger Sauerstoff. Hemd aufknöpfen. Er rüttelt am Fensterknauf. Der Rachen brennt. Die Kehle, als hätte er Beton gefressen. Ruhig Blut. Noch atmest du. So nah alles, so klein, ein Puppenhaus, er stößt sich den Kopf an. Er muss Wasser haben. Sofort. Ha-zwei-O. Einen Wald. Er würgt. Drückt mit dem Daumen die Klingel. Nicht denken. Jeder Gedanke atmet mit. Wenn er die Wände spreizen könnte.

Als endlich eine Schwester auftaucht, jung ist sie, will die ihn nicht verstehen. Deutlich erklärt er, was sein Problem ist. Dass sein Hals angeschwollen, dass die Luft hier zu trocken ist, dass er so nicht atmen kann, dass er ein Befeuchtungsgerät braucht, seine Frau anrufen muss, die hat ihm eins besorgt. Sie kapiert nicht. Schaut ihn an, schwer von Begriff. Was haben denn die für Personal hier? Ist die zu dumm? Sie faselt etwas von Nebenwirkungen und dass sie ihm ein Glas Wasser bringen könne. Ein Glas? Ein Fass braucht er, einen Tank. Immerhin soll er die nächsten zwölf Stunden hier verbringen. Das sind 720 Minuten und in jeder Minute müssen zehn Atemzüge durchgeführt werden, also 7200. Da reicht kein einzelnes Glas!

Wenigstens telefonieren darf er. Sie führt ihn zur Kabine. Kein Mensch auf dem langen Flur. Draußen ist es dunkel. Er wählt die Zahlen. Stellt sich vor, wie die elektrischen Impulse durch die Leitung flirren und in dem Apparat, rund fünfzig Kilometer von ihm entfernt, ein Klingeln auslösen. Eins, zwei, drei, vier, fünf. Keiner geht ran. Wo ist Maria? An einem Sonntagabend? Er wählt ihre Handynummer. Sie antwortet mit vollem Mund. Verreckt er beinahe und sie schlägt sich den Magen voll? Im Hintergrund Stimmen, Fröhlichkeit. Sie sei in einer Autobahnraststätte zusammen mit Lukas. Sie hätten das Auto aus Chur geholt und übrigens noch nichts gegessen den ganzen Tag. Den Befeuchter hat sie auf dem Rücksitz, sie wird ihn vorbeibringen, sofort, wie sie verspricht. Aber fertig essen will sie vorher noch.

Er bittet die Schwester, das Zimmer wechseln zu dürfen. Eines mit mehr Luftfeuchtigkeit braucht er, am besten mit einem Baum vor dem Fenster. Oder Pflanzen neben dem Bett. Aber die Schwester zuckt ihre jungen dämlichen Schultern. Alles belegt. Und dafür sei sie nicht zuständig. Da müsse er sich morgen an die Stationsleiterin wenden. Sprechstunde von zehn bis elf.

Immerhin hält seine Frau Wort. Es klopft, die Schwester stellt den Befeuchter auf den Tisch. Er will ihn einstecken. Starrt ihn an. Das darf nicht wahr sein. Das Kabel. Fehlt. Wollen die ihn umbringen?

Als die Schwester später nochmals die Tür öffnet, fängt sie an zu schimpfen. Eine unangenehm sirrende Stimme hat sie, monoton und meckernd zugleich, eine Frequenz, die ihm die Nackenhaare aufstellt. Die ist wirklich dumm, nichts hat sie verstanden. Er erklärt ihr, dass der Befeuchter nicht funktioniert. Doch sie redet von Schimmel, davon, dass das Zimmer kaputt gehe durch die Feuchtigkeit, was ihm eigentlich einfalle, alle Handtücher in Wasser zu tränken und wo er die ganzen Schüsseln und Becher herhabe? Er hat nur versucht, sich das Klima zu schaffen, das er braucht. Die Tropfen sind notwendig, sonst überlebt er die Nacht nicht, was gibt es da nicht zu verstehen? Und was wackelt sie mit ihrem Zeigefinger vor seinen Augen herum? Ihre langen Nägel beklebt mit Zebramuster. Er holt aus. Den Apparat, den sie gebracht hat, um zu inhalieren, schleudert er ihr vor die bestrumpften Füße. Was für eine Sauerei, sagt sie noch, alles nass, alles überflutet. Wenn das eine Sauerei ist, dann sind Sie eine Sau, sagt er, und wenn Sie mir nicht sofort Feuchtigkeit verschaffen, werde ich Sie anzeigen wegen versuchtem Mord. Und jetzt muss er mitgehen, sie halten ihn fest, er spürt die Finger um seinen Oberarm. Sie führen ihn zu einem Raum. Er brüllt, wirft sich gegen die Wand, die gibt nach, federt ihn zurück. Die Tür ist zu, die Schaumstoffwände verschlucken jedes Geräusch, kein Hall, kein Echo, er kann schreien, wie er will. Er hat keinen Tisch, kein Bett, keine Lampe. Nur die Matte am Boden. Hellgrün schwelt der Raum im Neonlicht und er muss an eine Mondkapsel denken. Es sei zu seinem Schutz, sagen sie ihm, Reizabschirmung, was für Reize denn, ist ja alles taub und matt und wüst hier. In eine Gummizelle haben sie ihn gesteckt, die Tür verschlossen. Er lacht. Und lacht. Er verschluckt sich und hustet, er schüttelt sich, fasst sich an den Hals, er würgt, schnarrt, spuckt Schleim auf den nackten Linoleum. Er verflucht das Personal und die, die ihn hierher verfrachtet haben. Nichts haben sie begriffen und keiner merkt, wie er verreckt. Was für ein klägliches Ende. Hat er sich anders ausgemalt. Aber kühl ist es hier. Und feuchter. Immerhin.

VIII

1

Florence geht zu Fuß die halbe Stunde zum Elternhaus. Sie ist das Laufen gewohnt, sie vermisst die Berge, wo sie fast jeden Tag wanderte. Zwei, drei Stunden durch die Dörfer und Seitentäler, über die Wiesen mit den Sommerblumen. Und wenn Marek sie besuchte, machten sie die langen Touren, acht Stunden auf dem Schmugglerpfad bis zum Grat, Übernachten in der Berghütte. Am liebsten wäre sie geblieben. Der Bergsee, die Blumen, so frei zu sein – es hätte ewig so weitergehen können. Wie sie mit der ganzen Künstlerschar zu Abend aßen, wie sie sitzen blieben, in die Nacht hinein. Nichts hatte sie zurückgezogen. Schon gar nicht die Aussicht, mit Marek bald in einer Großstadt zu leben. Wo es laut war und voll.

Aber jetzt ist sie zurück und etwas anderes steht an. Das Haus am Stadtrand kommt mit jedem Schritt näher.

Was erwartet sie? Wie wird er ihr begegnen? Ihr Körper fühlt sich faserig an, wie ausgefranst. Sie geht etwas schneller und drückt die Fingernägel in die Handballen. Auf der Brust spürt sie einen Druck. Sie hat sich Zeit gelassen für das Wiedersehen, ihr Vater ist seit zwei Wochen zu Hause. In der Klinik hat sie ihn nie besucht. Sie war froh, nach dem ganzen Krimi ihre Ruhe zu haben und die zweite Hälfte des Stipendiums ohne Drama zu nutzen.

Sie biegt in den kleinen Weg ein, ihr Blick scannt die Vorgärten, Blumen, Lavendel und eine neue Skulptur bei den Nachbarn. Die bepflanzte Wäschetrommel neben der Haustür ihrer Eltern sieht aus wie immer. Und neben der Tür die Hortensien.

Anders als sonst drückt Florence den Klingelknopf und wartet. Wie ein Gast. Vier Monate war sie nicht mehr hier. Zuletzt herausgescheucht aus dem Haus. Ihr Herz klopft.

Florence riecht Marias Festtagsparfüm in der Umarmung. Ihre Mutter wirkt müde, die Augen faltiger und kleiner als sonst.

Florence sieht sie fragend an, sagt leise:

»Wo ist er?«

Maria macht eine Kopfbewegung zum oberen Stock hin. Da erscheint eine schmale Gestalt an der Treppe. Hält sich am Geländer fest. Florence schaut ihn an, fasziniert, überrascht, bemüht, so zu tun, als wäre alles in Ordnung. Langsam nimmt er Stufe für Stufe. Der Vater ist dünn, wie ein Jüngling seine Figur. Die Bewegungen passen nicht zum Körper, er steigt nicht federnd, er steigt steif hinab, als wären ihm die neuen Proportionen fremd. Das Hemd leuchtet hellblau. Der Blick ist matt. Etwas fehlt in seinem Gesicht. Was ist es? Sie sucht danach, während sie ihm gegenübertritt,

»Hallo, Papa«

»Hallo, Florence«,

vorsichtig, und beide einander in die Arme schließen, kurz und so, als müsste man aufpassen, dass nichts zu Bruche geht. Sie küsst seine Wangen. Sie sind glattrasiert, fühlen sich an und riechen wie früher. Er senkt den Blick. Etwas von einem schüchternen Lehrer hat er. Einer, der sich nicht vor die Klasse traut. Zart kommt er ihr auf einmal vor, noch nie hat sie dieses Wort mit ihrem Vater in Verbindung gebracht.

Seine Lippen zittern wie die eines greisen Mannes. Florence versucht, ihr Erschrecken zu verbergen. Sagt nur, dass er dünn geworden sei.

Und er:

»Ich bin viel gelaufen.«

Und sie:

»Alles Gute zum Geburtstag.«

Der Tisch unter dem Zwetschgenbaum ist reichlich gedeckt. Orangensaft, Käseplatte, Müsli, Nussbrot. Über das blaue Tischtuch kriechen Marienkäfer aus Schokolade.

Das Schweigen ist ihr unbehaglich, Florence sagt das Naheliegendste:

»Wie schön der Tisch gedeckt ist! Und frischgepresster Orangensaft!«

Maria lächelt sie an. Wie immer.

»Möchtest du ein Glas?«

»Gern.«

»Und die Blumen sind schön!«

»Ich habe sie am Samstag frisch vom Markt besorgt.«

»Ach ja. Sind das Ranunkeln?«

Maria nickt.

»Und Schleierkraut und Mohn.«

Sie bemühen sich, sich die Bälle zuzuspielen, damit das Schweigen nicht auffällt.

Erwin sitzt da. Beobachtet alles unter gesenkten Augenlidern.

Florence löffelt das Müsli.

»Mit Zitrone?«

»Ja, genau«.

»Das macht es so: frisch.«

Sie tun so, als wäre alles wie immer. Führen ihr Gespräch fort, als säße da nicht ein stummer Zuhörer mit am Tisch.

»Lecker, der Käse«, sagt Florence.

Nur eine Prise fröhlicher als sonst, extra munter. Es soll nett sein, leicht. Es soll nicht weh tun, nicht schon wieder. Und nichts ankratzen, was vielleicht noch schlummert. Florence beobachtet ihren Vater, ohne direkt hinzusehen. Fast ängstlich wirkt sein Gesichtsausdruck und von höchster Konzentration. Als müsse er dem Gespräch genau folgen, als hinge viel davon ab. Er blickt zwischen ihr und Maria hin und her. Er wartet einen Moment, ehe er mitlacht, wie zur Prüfung, ob es angebracht sei. Ein Fremder, der Rituale erforscht.

Florence trinkt ihr Glas in einem Zug leer. Sofort greift Erwin zur Karaffe und schenkt ihr nach. Es rührt sie, wie aufmerksam er ist. Und zugleich schmerzt es sie. Wie er da sitzt. Das Haar zerrupft vom Liegen, es steht an seinem Hinterkopf ab. Die Augen so klein, so wachsam.

Sie muss an einen Vogel denken, der aus dem Nest gefallen ist. Sie weiß nicht, was man zu so einem Vater sagt.

»Wie geht es dir, Papa?«

Erwin zögert eine Sekunde, dann spricht er leise:

»Es geht. Ich muss sehr viel liegen. Ich werde bald wieder hochgehen. Weißt du, meine Beine zittern so. Sie kribbeln unentwegt. Es ist besser, wenn ich liege. Das ist von den Tabletten.«

Er räuspert sich.

»Florence, es ist viel passiert. Ich bin dir Erklärungen schuldig. Aber der Arzt sagt, ich darf noch nicht über alles reden. Es ist zu früh, wir müssen das verschieben, einverstanden?«

»Schon gut, Papa. Hauptsache, du bist wieder da.«

Auch sie will nichts Falsches sagen. Nichts erwähnen, was sich entzünden könnte in seinem Kopf. Zu brodeln anfangen. Nicht schuld sein daran, wenn es wieder passiert. Dieses Mal ist sie vorsichtig.

Bald steht er auf.

»Kann ich etwas hereintragen?«

Maria gibt ihm die leere Müslischale. Er trägt sie behutsam zur Terrassentür. Mit kurzen Schritten, alles neu ausmessend. Ein anderer geht hinein, nicht der, den Florence kannte. Ein Neuankömmling.

Maria sagt, dass sie das nicht persönlich nehmen solle. Dass er fast den ganzen Tag liege. Das Fenster im ersten Stock steht offen, hört er sie nicht, wie sie über ihn redet? Maria winkt ab.

»Er hört Radio. Er ist versunken in sich.«

Florence ist es unangenehm, über den Vater zu reden, über den Kranken, während er doch da ist. Da und doch nicht da. Anwesend und abwesend zugleich. Und doch macht sie mit und will es auch, reden, endlich.

Maria lächelt ihr aufmunternd zu. Florence versucht, das Lächeln zu erwidern, seufzt. Schmiert sich eine dicke Schicht Butter und Marmelade aufs Brot. Beißt hinein. Süße von früher. Beruhigt. Ein wenig.

Die Vögel pfeifen. Von nebenan dröhnt ein Rasenmäher. Sie essen und tun so, als wäre alles in Ordnung. Ist es aber nicht. Florence beschleicht die Ahnung, dass es das nie mehr sein wird.

»Und wie geht es dir, Mama?«

Maria zuckt die Schultern. Zum ersten Mal heute schaut sie ernst.

»Ich bin froh, dass es vorbei ist. Noch länger hätte ich es nicht ertragen.«

»Ja, natürlich. Wie ist es denn jetzt zwischen euch?«

»Wir reden viel. Nicht allzu lange, um ihn nicht zu ermüden. Manches, was passiert ist, weiß er gar nicht mehr.«

Florence schaut sie aufmerksam und skeptisch zugleich an.

»Er braucht viel Ruhe. Er ist ganz oft in seinem Zimmer. Das Hirn muss sich erholen, nach allem, was er mitgemacht hat.«

Ihre Mutter sagt, sie mache sich Sorgen. Sie will verreisen mit ihrem Quartett, die jährliche Probewoche vor dem Konzert, sie weiß nicht, ob sie Erwin schon allein lassen kann.

»Ich muss ihm alles sagen, er macht nichts von sich aus. Sogar an die Medikamente muss ich ihn erinnern. Er traut sich nicht raus, nur eine kleine Runde um den Weiher. Selbst Bus fahren macht ihm Angst. Das Auto meidet er und auch den Computer rührt er nicht an.«

Und doch will sie sich diese Reise nicht nehmen lassen.

Florence nickt energisch.

»Nein, Mama, du musst auch auf dich schauen. Du bist nicht seine Pflegerin!«

Es klingt vehementer als gewollt. Schuldbewusst blickt sie zum Fenster hoch.

Maria zuckt die Schultern.

»Mama ...«

Sie schauen sich an. Maria mit ihren haselnussbraunen Augen. Zutraulich und unschuldig.

»Hast du dir nie überlegt, zu gehen?«

»Vor zwei Monaten, als ich nicht wusste, was werden wird: ja. Da kam es zum ersten Mal in Frage. Aber jetzt? Nein.«

Maria schaut sie an, als dürfe sie sowas nicht fragen. Die Augen schon tränenverschleiert.

»Wenn er einen Tumor hätte, würde ich ihn doch auch nicht allein lassen. Es ist eine Krankheit. Nur halt psychisch. Damit müssen wir nun leben.«

»Heile Familie über alles, nicht wahr?«. sagt Florence und hat im selben Moment ein schlechtes Gewissen. Den zweiten Teilsatz denkt sie nur: auch wenn du daran zugrunde gehst. Wie immer, wenn sie die Mutter kritisiert, beginnt Maria zu weinen. Sie könne nicht anders, sagt sie immer, sie sei so nah am Wasser gebaut.

»Mama …«

Florence steht auf und wiegt sie in den Armen.

»Wir probieren es einfach. Ich kaufe für die ganze Woche ein, Cervelats, Fleischkäse, einfache Dinge, die er mag. Zur Not breche ich ab und komme wieder heim.«

Wie immer lenkt Maria das Gespräch aufs Praktische.

Florence nickt mehrmals und schaut dabei ins Weite.

»Es wird schon«, sagt sie dann, mehr zu sich selbst und nicht sicher, was das heißen soll. Es wird schon. Aber wie. Wie wird es.

2

Erwin hat irgendwann, vielleicht nach einem halben Jahr, genug davon, immer nur zu liegen und die Finger zu bewegen, als hätte er eine Flöte in der Hand, in sich drin die Melodie zu spielen und sich im Kopf alle Lumpenlieder vorzusingen, an die er sich erinnert. Zwar macht er das noch immer am allerliebsten und mehrere Stunden am Tag und wann immer ihm die Welt, die an ihn herangetragen wird, zu viel wird. Doch allmählich hat sein Geist wieder Lust, auf Streifzüge zu gehen. Lust, sich auszudehnen.

Zuerst erobert er sich das Lesen zurück. Er fängt mit kleinen Happen an: blättert in der Tageszeitung, liest die Wetterprognose, das Kurznotierte, die Filmkritiken in der wöchentlichen Kulturbeilage. Nicht mehr als ein paar Minuten pro Tag, höchstens eine Viertelstunde, so lange, bis er merkt, wie ihm die Augen wehtun und die Worte zu flirren anfangen.

Nach einigen Wochen wagt er sich an ganze Artikel. Weiß allmählich wieder über das Weltgeschehen Bescheid, macht sich Gedanken über das Währungssystem in Europa und bringt das Thema darauf, als Lukas ihn besucht. Dieser schaut ihn erstaunt an, als hätte er nicht damit gerechnet, dass sein Vater mehr als »Hallo« zu ihm sagt.

Er schmökert in Magazinen, Maria bringt sie von

irgendwoher mit nach Hause, in seine sichere Höhle. Er öffnet seine Tür behutsam und lässt so viel Außenwelt herein, wie er, ohne zu ermüden, ertragen kann. Er führt sich Rezepte zu Gemüte, informiert sich über den Pollenflug und den richtigen Zeitpunkt, mit Beikost zu beginnen. Passt, denn im Mai wird er Großvater werden, Lukas und Sina erwarten ein Kind. Nicht, dass er vorhätte, die beiden zum Thema Säuglingsernährung zu beraten, aber sein Hirn saugt hungrig alles auf, was es an gut verdaulichen Informationen kriegen kann. Bald überfliegt er alles, was ihm in die Finger kommt. Wie nach langer Krankheit füttert er seinen Kopf jetzt mit leichter Kost, und gierig verlangen seine Synapsen Tag für Tag nach mehr.

Anfang März traut er sich, das erste Buch zu lesen. Er beginnt mit einem alten Roman, den er im Regal vorfindet. Er liest ein paar Seiten pro Tag, dann legt er den Schinken weg und sich flach aufs Sofa. Dann, als es längst Frühling geworden ist, schon mehr als neun Monate sind seit seiner Rückkehr vergangen, geht er ganz allein zur Bibliothek und leiht sich einen ganzen Stapel Thriller aus. Er ist wieder in Übung, hat richtig Schwung, liest so schnell wie er isst, wenige Stunden, schon ist der Geheimagent zu Hause, der Killer erledigt. Er ist kaum noch ohne Buch anzutreffen, das Sofa im Wohnzimmer sein Stammplatz und jede Woche holt er sich Nachschub.

Seit er die Medikamente nehmen muss, ist sein Körper wieder schwer geworden, das Jünglingshafte und die sirrende Energie sind aus ihm gewichen. Sein Bauch ist größer als je zuvor und seine Bewegungen langsam und bedächtig, am wohlsten ist ihm, wenn er sitzt oder flach auf dem Rücken liegt. Nur, weil Maria ihn dazu drängt, rafft er sich manchmal auf zu einem Spaziergang rund um den Weiher.

Der Ergotherapeutin zuliebe macht er noch einen Versuch mit Spanisch. Der Lehrer trägt einen Schnurrbart, seine Hände flattern wie Fledermäuse durch die Luft. Erwin sitzt in der Ecke, er meldet sich kaum und in der Pause bleibt er drinnen. Die Sprache fließt nicht aus ihm. Sie geht ihm nur stockend über die Lippen. Me llamo Erwin. Me gusta leer.

Nur gegen eine Psychotherapie wehrt er sich standhaft. Was soll es bringen, in der Vergangenheit zu wühlen? In alten Wunden zu stochern? Und warum sollte er einem Studierten sein ganzes Innenleben anvertrauen? Vorbei ist vorbei. Er ist doch zufrieden jetzt. Muss ja nichts mehr. Besser als jetzt ging es ihm im Grunde nie.

Das erste Mal alleine Bus fährt er ausgerechnet in Berlin, als sie Florence besuchen. Sie will dort malen, man hat ihr ein Stipendium verliehen, von dem sie ein Jahr lang leben kann. Er hat sie seit Weihnachten nicht mehr gesehen, nur wenn Maria mit ihr skypt, winkt er in die Kamera, sobald seine Frau ihn dazu auffordert.

Dort in der Großstadt, nach einem Spaziergang über das verlassene Flugfeld, ist er müde und will nach Hause. Die beiden erklären ihm, an welcher Station er aussteigen muss und wie er zu Florences und Mareks Wohnung findet. Er hört konzentriert zu, es fällt ihm schwer, sich alles zu merken. Viel leichter ist es, im Görlitzer Park auf dem Rücken zu liegen und einen Mittagsschlaf zu halten, während Frau und Tochter sich endlos unterhalten. Das Geschnatter an sich vorbeiziehen zu lassen wie das Rauschen eines Bachs, mitten unter so vielen Leuten einzudösen, die Sonne scheint auf ihn nieder, um ihn herum liegen Müll und Glasscherben, das stört ihn nicht, Augen zu und ab in seine Welt, das gelingt ihm spielend und wann immer er will.

Schließlich traut er sich auch daheim wieder in die Stadt. Anfangs muss Maria ihm die Verbindungen heraussuchen und aufschreiben, doch nach und nach kehrt seine Sicherheit zurück. Bewegt er sich in der Welt, sucht sich seine Wege.

Und er fängt an zu wandern. Einmal die Woche trifft er sich mit Senioren. Zwar ist er der Jüngste, noch neun Jahre bis zur Pensionierung, aber das stört keinen. Er geht ganz hinten, langsam, allein, spricht mit niemandem, doch wenn er fehlt, fragen sie ihn beim nächsten Mal, wo er war. Mit der zweiten Gruppe spazieren sie immer mittwochs. Es ist ein Treff für psychisch Erkrankte. Selten deutet einer an, was mit ihm los ist. Erwin erklärt seine Geschichte simpel: Er konnte nicht mehr schlafen, zu viel Stress im Geschäft, da drehst du durch. Die Synapsen bilden zu viele Verbindungen. Jetzt werden die blockiert, damit sie nicht unablässig feuern. Jetzt hat er Ruhe.

Als er versucht, die Medikamente abzusetzen, es ist jetzt Sommer und sein Enkel schon zwei Monate alt, noch kann er nicht viel mit ihm anfangen, das Baby schläft nur oder weint, geht es einige Wochen lang gut. Er wird gesprächiger, das merkt er selbst, er hat Ideen, er freut und ärgert sich wieder.

Und die Angst vor dem Computer lässt nach. Er nähert sich ihm, ein Tier, das seine Beute umstreicht. Er fängt an, kurze E-Mails zu schreiben. Immer mutiger wird er, surft im Netz, kümmert sich um seine Website, forscht nach Lösungen für ein Problem. Schließlich setzt er das System neu auf, wacht die ganze Nacht über den Fortschrittsbalken. Im Grunde merkt er es selbst, aber es ist Maria, die es ausspricht: dass er wieder heißläuft. Er deckt den Tisch, weiß auf einmal nicht mehr, was er als Nächstes tun wollte, bleibt mit dem Messer in der Hand stehen, so viele Gedanken fluten ihn. Und als sie im Café sind, bemerkt er nicht, dass er an der Reihe ist mit Bestellen, so vertieft in seinen Monolog. Er weiß: Sie hat recht. Also nimmt er die Medikamente wieder jeden Abend ein. Der Alarm erinnert ihn täglich um 18.15 daran.

Er stichelt wieder, ein Teil seines Humors ist zurück. Meist lässt seine Frau, der General, wie er sie manchmal nennt, es sich gefallen, verdreht gespielt die Augen und wie auf Kommando lacht er los. Nur manchmal, wenn er sich beklagt darüber, was für ein Armer er sei, weil er den Boden wischen soll, versteht sie keinen Spaß. Es bricht aus ihr heraus, sie rechnet ihm vor, was sie alles schafft. Er nickt behäbig. War ja nur Spaß. Er greift nach dem Buch. Dann, lange vor neun, steht er auf und geht zu Bett.

Als Letztes holt er sich sein Gefährt zurück. Er setzt sich ans Steuer. Der Motor schnurrt. Er fühlt, wie der Wagen noch immer gleitet in seinen Händen, ihm spielend folgt. Ihn umgibt, sein fahrendes Haus. Hier ist er wieder. Hier geht es ihm blendend. Als Maria erneut in die Übungswoche mit ihrem Quartett fährt, nimmt er sich den Toyota und steuert ganz allein gegen Süden. Er quartiert sich auf einem Campingplatz ein, wo die Kleidungsvorschrift Nacktheit ist, schlendert über das Areal, grüßt hie und da und wechselt einige Worte mit der Wirtin. Regungslos liegt er lange in den Dünen, spürt die Sonne auf der Haut, träumt vor sich hin und schreitet dann, langsam, in das noch kühle, wilde Meer.

3

Florence lauscht in den Morgen. Es ist noch still im Quartier, nur eine Katze streift über den fast gefrorenen Boden, als sich die Terrassentür öffnet und der Junge durch den Spalt ins Freie schlüpft. Mit einer Hand stützt er sich an der Hausmauer, mit der anderen öffnet er, so gut es geht, die Klettverschlüsse der Winterstiefel und bohrt zuerst den rechten, dann den linken Fuß hinein. Er schnappt sich den Stock und befühlt die Spitze. Dann öffnet er das Taschenmesser, Späne fliegen auf den Boden. Auf der Wiese liegt Raureif und wenn der Junge atmet, steigen Rauchwolken in die Luft. Er haucht mehrmals mit spitzem Mund und schaut den Schwaden hinterher.

Die Weihnachtsbeleuchtung der Nachbarn ist schon erloschen, farblos blicken die Rentiere und der Schlitten in den Morgen. Doch dafür hat das Kind keine Augen. Es geht nun auf die Jagd. Leise vor sich hin murmelnd schleicht es über den Rasen. Unter dem kahlen Zwetschgenbaum dreht es sich mehrere Male um sich selbst, ehe es mit gezielten Tritten in die Luft gegen etwas Unsichtbares kämpft. Dann zieht es seine Runden über die Wiese, bis es sich irgendwann so sehr im Spiel vergisst, dass es beim Erlegen der Beute Laute von sich gibt.

»Emil!« Das Kind dreht sich um, die Mutter steht verschlafen in der Terrassentür.

»Ich spiel grad, Mama, du störst.«

»Aha. Dann spiel doch bitte leise. Es schlafen noch alle.«

»Ich bin aber schon lange wach! Schau mal, hast du meinen Stock gesehen?«

»Wow! Der ist ja spitz! Und jetzt spiel bitte ohne Ton weiter, ja?«

Florence geht zurück ins Haus. Sie nimmt ihre Yogakleidung aus dem Koffer und zieht sich an. Gestern Abend kamen sie an. Emil presste die Nase an die Scheibe und hielt nach den Großeltern Ausschau. Als Erster entdeckte er die Oma und sprang ihr in die Arme. Maria strahlte. Erwin stand ein paar Meter hinter ihr.

»Hallo, Fräulein Tochter«, sagte er warm und gutgelaunt zu Florence und sie umarmten sich länger als früher. Im ersten Moment kann sie immer seine Freude über ihren Besuch spüren. Und auch sie freut sich, den Vater wiederzusehen.

Er erkundigte sich nach der Fahrt. Florence genoss jede Frage wie eine seltene Frucht. Dann fragte sie ihn:

»Und wie geht es dir?«

Und wusste schon, was er antworten würde:

»Mir geht es gut! Wie der Made im Speck.«

Jetzt streckt Florence ihre Arme der Decke entgegen. Über ihr, im Schlafzimmer, schlafen die Eltern noch. Neben ihr steht der Baum, noch ungeschmückt. Drei

Runden Sonnengruß, soviel Zeit muss sein. Als sie in der Endentspannung liegt, fühlt sie plötzlich ein Gewicht auf sich. Emil drückt sein eiskaltes Gesicht an ihre Wangen.

»Machst du wieder Schwachsinn?«

»Frechdachs. Gleich mach ich dir Frühstück, ja?«

Emil nickt.

»Ich glaub, ich hab was gehört! Jetzt ist jemand aufgestanden!«

Er saust in den oberen Stock.

»Großmama!«

»Wollen wir gleich nach dem Frühstück zusammen den Baumschmuck vom Dachstock holen?«

»Ja!«

Florence bleibt mit dem Quark in den Händen vor der Weihnachtskrippe stehen. Wie immer sitzt dort die andere Maria, lehnt an ihren Mann und schaut auf das Kind in der Krippe. Florence überprüft, ob alles da ist: alle Hirten, der Korb mit der Wolle, die Harfe, die Laute, die Feuerstelle, das Kamel.

Maria ist eine Weihnachtsfanatikerin, schon mit dem ersten Dezember fängt sie an zu backen, zu schmücken, zu singen und sich zu freuen. Jedes Jahr eine dazukommende Sorte Plätzchen, mit der nicht nur die Nachbarn, nein, sämtliche Geschäftsstellen der Krankenkasse beliefert werden. Und Erwin: das pure Gegenteil. Früher musste er stets bis Heilig Abend arbeiten, er mochte den ganzen Rummel nicht und hätte sich am liebsten auf eine Insel abgesetzt, bis alles vorbei wäre. Und in all den Jahren, im Laufe des Nachmittags, meist aus nichtigem Anlass – Krawumm! Das Donnerwetter. Und dazu der ungeheure Druck, dass der Streit möglichst bis zum Fest geklärt sein musste – man wollte doch schöne Weihnachten, wieviel hatte Maria dafür geschuftet, wie unfair wäre es, ihr die Harmonie kaputt zu machen!

»Hallo Florence, wie hast du geschlafen?«

»Guten Morgen, Papa. Ganz gut, bis mich ein Geist aus dem Schlaf riss.«

Emil grinst.

»Der Geist war ich.« Er drückt sich an Erwin vorbei, der sich am Frühstückstisch niedergelassen hat, und holt sich zwei Fruchtzwerge aus dem Kühlschrank. Maria reicht Erwin Joghurt. Als der Wecker klingelt, schiebt sie ihm die Packung mit den Tabletten zu.

Erwin schleppt die Truhe mit dem Baumschmuck die Treppe hinab. Dann legt er sich wieder ins Bett.

Der Engel auf dem Schlitten, die Vogelhäuschen, die Sternsinger. Und der Espressoengel! Florence lächelt. Acht Jahre, überschlägt sie im Kopf.

Maria hakt die Aufhänger an die Kugeln, Emil behängt den Baum kreuz und quer.

»Mama, darf ich einen Schokoladentannzapfen essen?«

Florence zögert. So früh am Morgen … Dann nickt sie.

»Bring mir auch einen, bitte.«

Noch ist es ruhig. Maria macht im Wohnzimmer Mittagspause und ihren Vater hat sie gebeten, mit Emil auf den Spielplatz zu gehen. Florence mag es, ungestört vor sich hin zu arbeiten. Sie haben gemeinsam ein Rezept ausgesucht, Maria und sie.

Von einem Seufzer begleitet betritt Maria die Küche.

»Ich helfe dir, du willst sicher auch mal Pause machen.«

Florence zuckt die Schultern.

»Ich würde die Möhren schälen, wie immer, ist dir das recht?«, sagt ihre Mutter in seinem Singsang, der Florence sofort trotzig werden lässt.

»Ich schäl sie nie, aber mach, wie du meinst.«

»Gut, dann schäl ich sie. Und ich würde sie in kleine Stücke schneiden, einverstanden?«

»Es ist mir einerlei, Mama.«

Viel zu früh kommen Erwin und Emil von draußen zurück. Genau jetzt, wo Florence das Wohnzimmer aufräumen und den Tisch für den Abend schmücken will. Ihr Sohn stürzt sich auf die Autos und kriecht vor ihren Füßen über den Teppich. Erwin setzt sich in ihrem Rücken aufs Sofa. Sitzt reglos wie ein Ölgötze, sein Blick auf den E-Reader gerichtet. Alle zehn Sekunden räuspert er sich ausgiebig. Mit jedem Räuspern wird Florence innerlich ungehaltener. Sie will den Raum für sich, möchte das Zimmer vorbereiten für die Feier. Obgleich ihr Vater sie nicht anschaut, ist ihr, als sei sein Blick da und das spannt sie an. Seine stumme, laute Anwesenheit, seine auffällige Abwesenheit. Er sitzt, als wäre sie nicht da. Nur er. Nur er und seine Welt. Was sitzt er nur herum? Merkt er nicht, was vor sich geht? Dass Maria und sie seit gestern das Fest vorbereiten? Und: Was hätte er früher gesagt, wenn sie sich das erlaubt hätte? Einfach herumsitzen an Heiligabend, während die anderen arbeiten!

Die Bauern und ihre Kühe auf der Allmend. Florence hat es nie vergessen. Vielleicht war sie fünfzehn, der größte Krach war vorbei. Mit noch verheulten Augen saß sie unter dem Baum. Und dann geschah es: dass Erwin, direkt nach dem Vaterunser, das Gleichnis der Bauern und ihrer Gemeinschaftswiese in seine Ansprache einflocht. Wie es reicht, dass einer sich bereichern will auf Kosten der anderen, um das Gleichgewicht zum Kippen zu bringen. Wie Florence das hasste! Dass er den Moment, als sie mit gefalteten Händen und geschlossenen Augen dasaßen, ausnutzte, um seine Moral zu verkünden. Und sie, die Kinder: die Sündenböcke.

»Mama, kann Papa nicht wenigstens oben sein? Ich kann ihn doch nicht in seinem eigenen Haus wegschicken.«

»Du musst ihm eben sagen, was er tun soll, dann hilft er dir auch. Erwin, geh doch mit Emil nach oben und lies ihm was vor,« ruft sie zum Wohnzimmer hin.

»Ich will nichts vorgelesen bekommen. Ich will hier mit den Autos spielen.«

»Und ich will das Wohnzimmer schön machen und du könntest auch was helfen!«

Emil schaut verwundert und gekränkt zu ihr hoch.

»Ich weiß doch gar nicht, was ich machen soll, Mama, du hast gar nichts gesagt!«

Hörbar atmet Florence aus.

»Nimm bitte die Autos und spiel oben weiter, ja?«

Und Erwin sitzt. Und liest. Gleich. Gleich wird sie platzen. Schreien. Wird in den Garten rennen und brüllen aus Leibeskräften. Sie fühlt das Ticken in sich und zugleich ein Maulkorb, groß wie ein Fußballtor. Sie kann nicht. Sie kann ihm nichts sagen. Er tut ja nichts. Und sie will ihn doch nicht wie ein Kind behandeln. Nicht, wie ihre Mutter das manchmal tut. Noch einmal flieht sie zu Maria:

»Sag mal, wie hältst du das aus? Und warum versuchen wir hier krampfhaft zu tun, als wäre alles wie früher? Für wen überhaupt? Papa ist doch egal, was wir heute Abend essen.«

»Florence, das war doch schon immer so! Ich habe doch immer an Weihnachten alles allein vorbereitet«, sagt Maria in einer Mischung aus Jammer und Stolz. Florence schaut sie stumm an und geht zurück ins Wohnzimmer.

»Das ist gefüllte Kohlrabi«, sagt ihre Mutter.

»Aha«, macht ihr Vater und isst.

»Die mussten wir extra aushöhlen und füllen«, sagt Maria.

»Aha«, macht ihr Vater und ist schon fast fertig mit seiner Portion.

»Das ist viel Arbeit«, sagt ihre Mutter.

»Jaja«, sagt ihr Vater und sitzt mit dem Kinn auf der Brust da.

»Mama, lass gut sein«, zischt Florence sie an. »Es interessiert ihn nicht, merkst du nicht?«

»Interessiert es dich nicht?« fragt Maria.

»Doch, doch«, sagt Erwin monoton.

Dann essen sie schweigend.

»Könnt ihr wenigstens ein bisschen reden und so tun, als würde euch irgendwas interessieren? Es ist immerhin Heiligabend.«

»Erwin«, sagt Maria hilfesuchend und mit einem weinerlichen Unterton, »sag du doch mal was. Du weißt doch, dass ich während des Essens nicht reden kann, sonst bekomme ich saures Aufstoßen.«

»Also mir gefällt die Ruhe, ich habe nichts dagegen.«

»Aber ich!«

»Erwin, erzähl doch einen Witz, das konntest du doch früher so gut.«

»Au ja, den mit dem Leutnant.«

Emil klatscht in die Hände.

Erwin zündet die Kerzen an. Dann bittet Florence ihn, die Weihnachtsgeschichte vorzulesen. Er nimmt die Bibel zur Hand. Es ist schön, seiner Stimme zu lauschen. Emil zappelt mit den Beinen. Leider legt ihr Vater die Bibel gar nicht mehr weg. Florence schaut immer wieder zu ihm hin, Maria zuckt die Schultern.

»Erwin«, sagt Maria dann, »das ist dein Einsatz.«

Mir hochgehobenen Augenbrauen und gespielt überrascht blickt Erwin vom Buch hoch.

»Ach so?« Schwerfällig erhebt er sich. »Hier, mein Schatz, das ist für dich.«

Maria liest die Karte und strahlt. Dann küsst sie Erwin auf den Mund.

»Danke dir!«

Florence kann sich nicht verkneifen zu fragen:

»Weißt du, was drin ist?«

Maria nickt.

»Und hast du es auch selbst eingepackt?«

Sie nickt abermals und schmunzelt. Stolz hält Maria einen Kalender in die Luft. Florence bewundert ihn folgsam: Erwin liest bereits wieder, Emil baut sein Lego zusammen. Maria lächelt selig.

Anscheinend sind bis auf Florence alle zufrieden. Sie nimmt sich mehrere Schokoladenpilze vom Baum und stopft sie auf einmal in den Mund. Für einen kurzen Moment ist Ruhe in ihr.

Am nächsten Tag stehen sie um die Feuerschale. Die Kinder spielen Fußball, Sina und Lukas haben Punsch und Marroni vorbereitet. Florence ist froh, nicht mehr allein zu sein mit den Eltern. Lukas fällt immer was ein und wenn er da ist, lachen sie auch alle mehr. Als Sina und Maria in die Küche gehen, ist es Erwin, der als erster spricht. Er wendet sich an Lukas und macht eine Bemerkung über die anstehenden Wahlen in Amerika. Ungläubig hört Florence zu und mischt sich dann ein. Da stehen sie und reden. Gleich wird es vorbei sein, das weiß sie, aber jetzt, für einen kurzen Moment, ist alles da. Ist ihr Vater wieder da.

Später packen die Kinder berauscht ihre Geschenke aus, das Papier fliegt nur so herum. Maria und Erwin sitzen auf dem Sofa, sie wirken müde, wie Zuschauer in einem etwas zu langen Theaterstück. Schließlich verabschieden sie sich und fahren nach Hause. Morgen wollen sie verreisen. In Richtung Süden. Vielleicht zuerst in den Tessin. Dann weiter nach Italien. Dahin, wo es wärmer ist.

Als die Kinder schlafen und auch Sina zu Bett gegangen ist, entfacht Lukas das Feuer noch einmal. Eine Weile sitzen Florence und er still da und schauen in die Flammen. Plötzlich sagt Lukas:

»Manchmal frag ich mich, was geschehen wäre, wenn er Ernst gemacht hätte. Im Wald gelebt hätte oder in diesem Bungalow in Chur.«

»Was meinst du damit?«

»Ich weiß nicht, ob es richtig war, ihn einzusperren. Zeitweise schien er mir gar nicht verrückt. Im Gegenteil, er hatte eine Bereitschaft, alles umzukrempeln und sich in Frage zu stellen. Es war, als sei er zum ersten Mal wirklich offen, seine blinden Flecken zu betrachten! Ich hätte kein Problem damit gehabt, einen Vater zu haben, der ein bisschen schrullig ist, aber sein Ding macht.«

»Du meinst, es hätte es eine Befreiung für ihn sein können? Dass er vielleicht gar nicht krank war, sondern in einer Art Wandlung?«

»Ja. Und doch bin ich ja auch froh, dass er wieder da ist. Und einfach zuzuschauen, wie er alle um sich herum verrückt macht, besonders Mama, das wäre auch nicht richtig gewesen.«

»Aber diese Passivität, Lukas. Ich halte es kaum aus! Findest du nicht, dass es weh tut, dass er sich so null interessiert? Und findest du es nicht feige, dass er sich gegen jegliche Therapie verwehrt, gegen alles, was wehtun könnte und Arbeit bedeutet? Und wer macht denn dann die ganze Arbeit? Kriegst du nicht mit, wieviel Mama ausgleicht, und nicht nur sie, wir alle?«

»Ach, Florence. Du bist immer so wütend. So radikal. Er kann vielleicht einfach nicht. Weißt du: Ich bin froh, dass er die Medikamente nimmt. Vor dem, was da in ihm schlummert, habe ich mächtig Respekt. Ich möchte das Ungeheuer nicht noch einmal wachkitzeln.«

»Aber was ist mit Mama? Und was ist mit dieser verdammten Gemeinschaft und Gerechtigkeit, die ihm immer so wichtig war?«

»Ich glaube, er wäre auch mit wenig zufrieden. Für ihn muss Mama nicht aufwändig kochen. Sie macht das für sich. Für ihr Bild von Familie. Ich will nicht wissen, wovon er sich ernähren würde, wenn sie plötzlich weg wäre, aber durchkommen würde er gewiss. Auf seine Art halt.«

»Ja, das frage ich mich auch: Was passiert mit ihm, wenn Mama vor ihm stirbt? Blüht er dann noch einmal richtig auf? Oder wird er sich gehenlassen? Wer kümmert sich dann um seine Wäsche, um die Kontakte, um alles, was nicht Auto fahren oder schlafen betrifft?«

»Wir werden sehen, Flo. Weißt du noch, was du mir vor ein paar Jahren gesagt hast? Als ich so sauer war, dass Mama alles mitmacht und sich nie wehrt? Sie haben sich eingerichtet. Es ist ihre Entscheidung: Sie wollen es eben so.«

»Ja, wahrscheinlich hast du recht. Aber dann will ich nicht dabei zugucken und keine Rolle mehr spielen in diesem Stück. Nächste Weihnachten gehe ich mit Emil ins Kino und wer will, kann sich anschließen. Danach gibt es eine Wurst vom Grill.«

»Du bist Vegetarierin, Florence.«

»Na, und? Es muss doch mal was Neues her. Das Alte trägt nicht mehr.«

»Willst du ein Bier?«

»Unbedingt.«

Als sie am nächsten Nachmittag mit Emil zurückkommt, sind die Eltern bereits abgereist. Maria hat ihr einen Zettel hingelegt und Fruchtzwerge und Hafermilch im Kühlschrank gelassen. Ansonsten ist alles leergefegt, die Küche blitzblank aufgeräumt.

Abends, als Emil schon schläft, schaut sich Florence im Spiegel an. Dann öffnet sie den Spiegelschrank. Auch der ist fast leer. Hier steht normalerweise Marias Nachtcreme. Und das Opium, das Festtagsparfüm. Ein paar der Lidschatten, die sie ohnehin kaum trägt, hat sie dagelassen. Florence greift nach dem Gold und reibt mit dem Finger darüber. Sie betrachtet ihre Fingerkuppe, tupft sich den Glanz auf die Lider. Als sie sich die Zähne putzt, spritzt Schaum auf den Spiegel. Kleine helle Punkte, sie wird ihn putzen müssen, ehe sie zurückfährt. Oder sie lässt die Spritzer stehen. Eine winzige Spur wenigstens. Zum Zeichen: Ich war hier.

Die Autorin dankt der Stadt Zürich, dem Kulturamt Rottweil, dem Schriftstellerhaus Ventspils und der GEDOK-Stiftung Schleswig-Holstein von Herzen für die ermöglichte Schreibzeit.

Ein großer Dank geht auch an die folgenden Personen:
Nadja Al-Chalabi, Yousif Al-Chalabi, Christiane Frank, Robert Franz, Michaela Friemel, Dmitrij Gawrisch, Jona Andri Gawrisch, Lisa Hellmann, Stefan Jochheim, Simone Kadel, Tim Krohn, Sebastian Richter, Miklós Klaus Rósza, Catherine Ruet, Hanna Salzer, Mick Schenk, Diana Schnyder, Bettina Spoerri, Marga Stede, Anne Wieser, Daniel Wirth, Herbert Wirth, Marianne Wirth.